Lève-toi et marche

Aurélie Bouchet

Lève-toi et marche

Roman

LE LYS BLEU
ÉDITIONS

ISBN : 979-10-422-0323-8

En souvenir de Gilles,
avec tout mon respect et toute mon affection…

Chapitre I

— Le service RH va vous recontacter pour finaliser votre embauche. Vous commencerez donc vos nouvelles fonctions au cabinet médical lundi prochain. Nous avons hâte de démarrer notre collaboration Audrey.

— J'ai également hâte. Je vous remercie. À lundi. Aurevoir.

Après 6 mois au chômage, où il faut se l'avouer, j'ai profité de ce répit réparateur, je viens de décrocher un nouvel emploi de secrétaire médicale dans un cabinet composé de deux dentistes, un cardiologue, deux généralistes, deux ORL et une dermatologue. Une nouvelle aventure professionnelle va débuter. J'espère que tout se passera au mieux. Je ferai en sorte que cela le soit.

Je m'appelle Audrey, j'ai 49 ans et je m'approche donc dangereusement de la cinquantaine tant redoutée. Je suis mère d'une lycéenne, Louise, âgée de 17 ans. Jeune, j'ai démarré mon parcours professionnel en suivant une formation de secrétaire médicale après mon BAC. J'ai immédiatement travaillé de remplacement en remplacement dans des cabinets médicaux. Par la suite j'ai intégré une grande clinique dans laquelle régnait une certaine froideur qui ne me correspondait pas. Il y avait une grande distance entre les différents soignants eux-mêmes et envers les patients. Je ne me reconnaissais pas dans cet état d'esprit là. J'y suis restée quand même deux ans pour me faire une expérience solide. Toutefois je ne comptais pas m'y attarder trop longtemps. Nous étions 6 secrétaires au même service et c'est tout juste si nous nous connaissions. Nous n'osions qu'à peine nous adresser la parole dans les méandres de cette grande institution. L'une d'elles, la plus ancienne dans le poste, Catherine, se comportait comme la reine mère, autoritaire et froide. Elle se chargeait entre autres de distribuer le travail aux différentes filles et de faire le lien entre notre équipe et les médecins, nous interdisant presque de nous adresser directement à eux. Une autre, Blandine, la quarantaine était constamment grincheuse. Je crois que je ne l'ai jamais vu sourire. Une vraie porte de prison. La plus jeune du staff administratif, Miranda, était une femme très séduisante et toujours très apprêtée, elle avait eu son poste certainement pas par ses compétences professionnelles de secrétaire. J'aime à dire que cette gentille gourde écrivait Papa avec trois P. Mais elle s'acoquinait régulièrement avec les jeunes internes en médecine. Elle revenait souvent les joues rosies de ses soi-disant pauses cigarette. Elle s'attirait les remontrances et le regard désapprobateur et glacial de la mère supérieure. Les deux autres étaient très effacées et discrètes. J'ai bien tenté à plusieurs reprises de nouer des liens avec mes collègues, mais mes tentatives sont toujours restées vaines. Mes efforts tombant à l'eau. Il y avait une distance entre nous qui ne se serait jamais délitée. Les médecins qui se croisaient dans les couloirs n'étaient guère plus loquaces et amicaux entre eux. En tout cas d'après ce que j'en voyais. Il régnait un climat de concurrence entre eux incité par la direction de la clinique et vouée par les médecins eux-mêmes. Cette ambiance aseptisée des relations humaines me glaçait le sang. Je ne me retrouvais pas dans ce contexte. Je ne voulais pas forcément copiner avec tout le personnel ni avec les patients, mais j'espérais une certaine humanité que je ne trouvais pas ici.

C'est pourquoi lorsque l'opportunité de rejoindre un petit cabinet médical composé de 3 médecins généralistes s'est présentée, j'ai sauté sur l'occasion sans tergiverser. C'est mon médecin Paul ARVENE qui m'a proposé ce poste lorsque sa précédente secrétaire est partie à la retraite. Elle avait tout d'abord commencé sa carrière au sein de ce même cabinet auprès du père de Paul, lui-même généraliste et qui avait créé ce pôle de santé. Son fils l'avait rejoint par la suite et ils avaient œuvré côte à côte pendant de longues années jusqu'à ce que le père se retire professionnellement pour jouir enfin d'une retraite tant méritée. Ils avaient toujours placé l'humain au centre de leurs pratiques. Pour eux il fallait d'abord écouter la personne avant de pouvoir prétendre à la soigner. Paul a développé sa capacité d'écouter l'autre en même temps que ses compétences médicales.

J'avais une relation privilégiée avec lui. Il était mon médecin depuis ma naissance. Il m'a vu grandir, devenir femme, m'épanouir, me construire professionnellement. Il était le médecin de toute ma famille. Notre relation a commencé lorsqu'il m'a sauvé la vie quand j'étais encore un nourrisson et que j'ai développé des complications à la suite d'une infection. Ça a donné le ton à notre relation. Il était plus qu'un docteur, il était mon confident, mon ami, un peu l'oncle que j'aurais aimé avoir, un parrain. J'adorais nos conversations sur le monde qui nous entoure, nos réflexions, nos échanges, nos plaisanteries, nos fous rires, cette magnifique complicité. Outre le fait d'avoir été un médecin très humain, accessible, attentionné et même dévoué entièrement à ses patients, il était un homme extraordinairement bon. Il était très philosophe, très psychologue malgré les drames qu'il avait traversés. Il incarnait à mes yeux la sagesse même. Et lorsque je n'avais pas le moral ayant traversé moi aussi un drame, que je doutais de moi, de mes capacités, de mes choix, il avait cette phrase qui résonnera toujours en moi : « Lève-toi et marche ». Et c'est ce que j'ai toujours fait. J'ai suivi ses conseils et je me suis toujours relevée de tout parfois tant bien que mal. Il m'a épaulé à chaque étape de ma vie. J'ai puisé en lui un bel exemple de résilience et de courage. Il était une force incroyable. Un roc puissant auquel je savais que je pouvais me raccrocher en cas de besoin. J'ai pour lui une amitié sans faille, une admiration et une reconnaissance inconditionnelle. J'avais…

Paul a été frappé par un cancer du pancréas foudroyant deux ans avant qu'il ne prenne sa retraite. Une fois le diagnostic établi, il a lutté 5 mois et s'est éteint, entouré de ses enfants. La vie est cruelle et injuste parfois. Des connards, qui n'apportent rien de bon et nuisent aux autres, vivent centenaires alors que des gens bien, altruistes, partent brutalement relativement jeunes. J'en ai voulu à cette médecine à qui Paul avait voué sa vie entière de ne pas avoir pu le sauver. À cette science inexacte qui lui prédisait un pronostic vital de 8 mois, et cette mort qui nous l'avait arraché trois mois avant. Ils nous auront à tous manqué ces trois mois. Mais je crois que Paul, sans jamais se plaindre et en essayant toujours de ménager tout son entourage, n'en pouvait plus de ces souffrances et voulait que cela se termine, il souhaitait abréger. Croyant, il savait qu'il allait retrouver enfin sa femme et son fils aîné dans l'au-delà. Il était prêt à partir. C'est nous, ses proches, qui n'étions pas encore prêts. Mais l'aurions-nous été un jour ? Le choc a été à la hauteur de la grandeur de cet homme. Une chute violente. Le jour des obsèques, je n'avais jamais vu autant de monde réuni, on aurait dit que toute la ville s'était regroupée pour lui rendre un dernier hommage et témoigner à sa famille tout son soutien. L'église était pleine, les gens s'amassant comme ils le pouvaient. Certains n'ayant pas pu rentrer assister à la cérémonie avaient attendu dehors. Bien évidemment, j'étais présente pour lui dire un au revoir éternel, tenant contre mon cœur une rose blanche. Je ne parvenais pas à retenir mes larmes qui roulaient sur mes joues. Je devais me montrer digne et sobre comme il l'avait été tout au long de sa vie et comme l'étaient ses enfants se tenant tout près de son cercueil. Il régnait dans l'assemblée un profond respect pour cet homme, ce médecin, cet ami, ce père fabuleux et ordinaire en même temps. La cérémonie fut en toute sobriété et humilité comme il l'aurait voulu.

Ses enfants étaient devenus orphelins. Ils étaient soudés, attentifs les uns aux autres, aimants. Ils se relèveront, car ils ont hérité de la force de leur père. Le jour où il est mort, ils ont perdu leur papa, leur pilier, un grand homme, un modèle, un idéal de ce que l'humain peut être. J'ai perdu un ami, un confident, plus qu'un simple patron. Tu nous manqueras Paul. Tu manques à nos vies.

Mon retour au cabinet médical m'a semblé dénué de sens, froid. Il me manquait à chaque instant et j'allais me réfugier dans son bureau pour pleurer un bon coup lorsque les larmes débordaient de mes yeux à l'annonce de son décès aux patients qui appelaient ou venaient.

Les deux autres médecins généralistes, Docteur Froideur imbu de sa personne et Docteur Bourrin adepte des portes claquées violemment m'ont annoncé conjointement qu'ils n'allaient pas pouvoir conserver mon emploi de secrétaire et qu'ils étaient contraints de me licencier. Je n'ai pas cru à leurs arguments financiers. Mais quelque part, je ne voulais plus rester dans ce cabinet devenu vide. Je n'ai pas cherché à les convaincre du contraire. Je suis partie au bout de 10 ans de bons et loyaux services avec mon chèque de solde de tout compte, ma prime de licenciement, mon carton d'effets personnels et mes souvenirs en tête. C'est devenu concret dans mon esprit : Paul ne reviendrait pas.

J'ai végété pendant quelques jours, complètement déprimée, sans goût pour rien. Et puis je me suis rappelée que Paul m'aurait dit que « des coups de pied au cul se perdent ! » et m'aurait intimé de sa célèbre doctrine : « Lève-toi Audrey et marche ! Pour toi et pour ta fille Louise ! »

En effet, il y a un temps pour tout, pour chaque étape du processus de deuil. J'ai assez pleuré, je me suis assez lamentée, maintenant mets ce changement à profit Audrey et tires-en le meilleur possible. J'ai donc décidé de prendre du temps pour moi, pour me recentrer sur l'essentiel, parfois relégué au second plan après une journée de travail. J'allais profiter de mon temps libre pour flâner et surtout m'occuper à fond de ma fille que je n'ai pas toujours pu voir grandir.

Louise, ma belle Louise. Elle a 17 ans, elle est lycéenne, en terminale en sciences économiques et sociales avec spécialité maths. Elle a de grands projets de carrière. Elle veut surtout un meilleur métier que sa mère qui trime financièrement avec son petit salaire de secrétaire. Je l'ai eu quasi seule. Je suis une maman solo. Mais c'était mon choix et je l'ai toujours assumé.

Lorsque j'avais trente et un ans, je naviguais d'histoires de cœur foireuses en histoires bancales. Les hommes que je rencontrais ne voulaient que des plans sans lendemain ou sans projet. Et moi, je voyais la trentaine me passer sous le nez en un éclair et mes projets de fonder une famille s'écrouler avec ces mecs qui voulaient comme ils le disaient profiter de la vie sans une femme et encore moins un marmot dans les jambes.

Pour être tout à fait honnête, moi non plus je ne voulais pas m'engager avec un homme. Après le drame de Cédric, je ne voulais plus m'enflammer au risque de tout perdre.

Cédric a été et restera mon grand amour, mon âme sœur. J'avais 17 ans et lui 19 lorsque nous avons débuté notre relation. C'était une évidence, un coup de foudre comme on dit. Il était et sera à jamais l'homme de ma vie. Celui qui deviendrait mon mari et le père de mes enfants. Tout coulait si simplement et si profondément entre nous. Je l'aimais éperdument, passionnément. Et c'était réciproque. Nous étions si bien ensemble, si heureux, si épanouis. J'étais lycéenne et lui étudiant en faculté de droit. Notre relation a duré deux ans intenses. Il était doux, beau, attentionné, très mature pour son âge. Sérieux, travailleur. Il était drôle, charmant en tous points. L'Amour de ma vie avec un grand A. Nous nous destinions à faire un long chemin ensemble. Toute une vie. Nos parents respectifs approuvaient notre relation. Mes parents le considéraient et l'aimaient comme le fils qu'ils n'avaient pas eu. Dans sa famille, j'étais tout aussi bien accueillie. Il était l'aîné d'une fratrie de deux fils. Florent avait trois ans de moins que lui. Ils étaient complices, rieurs, si proches l'un de l'autre. Florent savait qu'il pourrait toujours compter sur son frère qui veillait sur lui. Cédric aurait été un grand homme, un grand avocat, un époux parfait, un père formidable. Notre idylle fleurait la perfection.

Malheureusement un putain de chauffard en avait décidé autrement.

Une nuit d'automne, alors qu'il rentrait à moto sous la pluie, en partance de chez un ami où ils avaient révisé ensemble et en direction de chez lui, un automobiliste a déboîté d'un virage en face de lui en débordant sur sa voie. Il l'a percuté de plein fouet. La moto de Cédric renversée a terminé sa course folle dans un mur de pierre. Il a été projeté en l'air, et a glissé sur plusieurs mètres avant de percuter lui aussi le muret. Il a été blessé très gravement. Son cerveau avait été trop lourdement atteint et l'hémorragie cérébrale aura eu raison de lui. Les pompiers et les médecins urgentistes qui lui ont prodigué les premiers soins ont fait tout leur possible pour le sauver. En vain. Cédric est mort des suites de ses blessures. Il avait 21 ans. Et n'aura plus d'avenir. Ses parents, anéantis, ont fait don de ses organes comme Cédric l'avait toujours proclamé. Je pense que cela m'a aidé à surmonter son décès et à me reconstruire de savoir que son cœur battait encore quelque part pour quelqu'un d'autre. Ainsi une part de lui persistait, il demeurait encore un peu là, quelque part dans cet univers et il n'était pas mort pour rien. Il avait sauvé des vies. J'ai vécu sa perte comme une immense injustice. Pourquoi lui ? Le chauffard a été condamné, mais certainement pas à la hauteur des souffrances qu'il nous avait fait endurer et de la grandeur de Cédric. La justice n'est pas toujours juste. Enfin ça c'est un autre débat. Florent avait perdu son frère, son mentor, son pilier. Leurs parents étaient abattus et je n'imaginais pas comment ils allaient pouvoir se relever d'un tel drame. Je me rappellerai toute ma vie de ses obsèques et du chagrin immense comme un puits sans fond. Une douleur atroce, immense. Pendant longtemps j'ai erré tel un zombie. Mes parents, très aimants, m'ont soutenue. Ma petite sœur, Charlotte, malgré son jeune âge et son innocence, a joué un rôle important dans ma guérison grâce à ses câlins réconfortants qu'elle savait mieux que quiconque me prodiguer. Paul m'a été aussi d'une grande aide, lui qui avait aussi connu la perte d'un être cher, son fils aîné, il savait précisément ce que je ressentais. Je me suis toujours sentie écoutée et épaulée par mon entourage familial et amical. Je suis incontestablement restée proche des parents de Cédric et de Florent. Nous avons continué à nous voir. Même si aujourd'hui nos liens se font plus rares, nous gardons cette grande affection les uns pour les autres et ce soutien qu'on ne nous enlèvera jamais.

Après la mort de Cédric, j'ai mis du temps à me relever et à sourire à nouveau à la vie qui s'était montrée si cruelle. À 19 ans, tous mes espoirs en l'avenir s'étaient écroulés et évanouis. Comment croire à nouveau en ce monde si injuste ? J'ai perdu définitivement mon insouciance. Je n'ai plus jamais été amoureuse. Je ne voulais plus aimer au risque de perdre l'être aimé et souffrir encore. C'était terminé. Je n'ai plus jamais aimé un autre homme. Mon rêve de vie à deux a été foudroyé en plein vol et s'est écrasé fatalement. Je resterai seule. C'était ainsi et je l'acceptais non pas comme une fatalité, mais comme un choix de vie qui était devenu très clair et limpide à mes yeux de jeune adulte qui devait grandir plus vite que prévu, confrontée à la dure réalité de la vie. J'ai eu des relations avec des hommes, plus exactement des partenaires, partageant un bout de chemin temporaire avec une durée toujours limitée. J'ai passé de bons moments, mais je ne me suis jamais attachée à eux. Ils ne se sont jamais attachés à moi non plus. Je crois bien que j'ai fui les hommes qui voulaient s'engager et j'ai toujours été attirée inconsciemment puis volontairement par ceux qui ne m'offraient pas de lendemain.

Contrairement à Charlotte qui a épousé son grand amour. Elle a cette candeur que je n'ai plus. Cette croyance en la vie à deux. Cet espoir. Elle marche toujours aux côtés de Damien, son mari. Pour elle le couple est le fondement essentiel du bonheur. À ses yeux, l'humain n'est pas fait pour être seul. Nous sommes des animaux sociaux qui doivent évoluer à deux. Ils ont une relation tendre et saine depuis leurs années lycée. À l'époque de mes trente ans, elle était déjà mère d'un petit garçon de 2 ans, Léo et je rêvais d'avoir à lui présenter une petite cousine ou un petit cousin avec qui il aurait partagé les plus beaux moments de sa vie. Charlotte s'épanouissait un peu plus chaque jour dans son rôle de Maman et je me régalais en Tatie Gaga de son petit bout de chou. Je le badais et le couvais. Au grand dam de ma sœur, je le gâtais trop. Elle me répétait souvent que j'allais faire de lui un gosse privilégié, ingrat, gâté pourri. J'ai toujours été très proche de ma petite sœur et nous passions de très nombreux moments ensemble. Je lui servais très volontiers de baby Sitter pour Léo que j'adorais et avec qui j'avais une complicité touchante. Je voulais moi aussi connaître ce grand bonheur que de devenir mère. J'en crevais d'envie. Mais je ne trouvais pas le père. Et surtout je voulais un enfant, mais pas d'un homme dans ma vie. Et puis j'ai rencontré à une soirée Edouard qui ne collait pas du tout avec l'image que renvoyait son prénom. En tout cas, l'image que je préjugeais de lui.

Il était libre, rêveur, utopiste, altruiste, et ne l'oublions pas, très séduisant. Il avait débuté des études de haut fonctionnaire à l'ENA comme son père qui était Ambassadeur français dans différents pays. Ils avaient voyagé toute sa vie. Il avait cette envie et ce besoin de découvrir le monde et ses populations qui lui venait de sa mère. Il n'avait pas de mal à créer des liens avec les autres. Sa mère lui avait donné le goût et la vocation d'aider les autres, les plus démunis. Elle avait toujours été bénévole dans des associations humanitaires pour apporter son soutien et son sourire aux gens dans le besoin. Toujours avec humilité. Elle l'avait souvent emmené avec elle, lui donnant de petites missions. Edouard avait d'abord suivi les traces de son père, un homme très autoritaire et froid. Puis à la mort soudaine de sa mère dans un accident de la circulation, il s'était retrouvé seul, perdant son ancre, son modèle de générosité. Fils unique, avec ce père distant qui était un étranger pour lui. Un matin il avait tout plaqué. Il s'était orienté contre la volonté et l'autoritarisme de son père vers des études d'infirmier. Il s'était ensuite engagé dans différentes organisations humanitaires et médicales et était parti de pays en pays apporter son aide aux personnes qui l'accueillaient chaleureusement et le lui rendaient au centuple. Dernièrement il est infirmier principal dans un dispensaire au Mali.

À cette soirée chez des amis communs où nous nous sommes rencontrés, par un bel été où nous multiplions les apéros en plein air, il émanait de lui cette idée même de la liberté. Il était sans attaches, allant là où ses missions et sa vocation le poussaient. Il ne faisait pas de plans ni de projets à long terme. Il vivait l'instant présent sans prise de tête. Il ne dépendait de rien ni de personne et allait où bon lui semblait. Il était passionné par son métier. Il l'est toujours autant même après 25 ans d'expérience dans les pattes. Il en parlait avec les yeux qui pétillaient. Il était fait pour venir en aide aux autres, aux plus fragiles suivant les traces de sa mère. Il vivait des expériences hors du commun à l'étranger, dans des contrées pauvres et éloignées des soins.

Il était simple, sans se prendre pour un autre. Il avait cette humilité que seuls les gens doués de bonté ont. Et c'est cela qui m'a plu chez lui. Tout autant que ses grands yeux verts et sa plastique irréprochable. Il faut le dire : je n'ai pas vu en lui que des qualités morales ! Nous nous sommes revus plusieurs fois pendant cet été où il était revenu profiter un peu de sa famille, notamment sa grand-mère dont il était si proche. Nous avons toujours pris beaucoup de plaisir à nous revoir et à échanger sur des sujets aussi bien sérieux que complètement détendus, voire délirants. Jusqu'à une fameuse nuit…

Un soir, nous nous sommes retrouvés chez des amis assis au bord de la piscine, les pieds ballants dans l'eau plus tellement fraîche par cette canicule. Moi en robe légère fleurie et lui avec sa chemise déboutonnée laissant apercevoir son torse nu. Le repas avait été bien arrosé. Et parce que j'avais trop bu de vin, il m'a confisqué mes clés de voiture et a insisté pour me ramener chez moi. C'était il y a 18 ans.

Edouard qui lui était sobre, m'a conduite jusque chez moi. À l'époque j'habitais un petit appartement en centre-ville d'un gros village. Il m'a escortée jusqu'à ma porte où je peinais à trouver mes clés au fond de mon sac. Nous avons ri. J'étais étourdie. Mais pas tant que ça. Parvenant enfin à ouvrir la porte, le moment de nous dire au revoir était arrivé. Par un élan de spontanéité, soufflée, il faut se l'avouer par l'alcoolémie, je l'ai embrassé sur les lèvres. D'abord étonné, il m'a regardé dans les yeux. J'ai été percée par l'intensité de ses yeux verts. Puis il m'a rendu mon baiser de manière plus prononcée et attendant mon approbation tout en jaugeant mon état d'ébriété. Je l'ai immédiatement enlacé et entraîné dans mon appartement. Nos baisers étaient enflammés. Il s'est assuré concrètement que j'étais en phase avec ce qu'il se passait entre nous à cet instant présent. Je lui ai assuré que non seulement j'étais on ne peut plus d'accord et que j'étais opérationnelle.

J'étais enivrée, non plus par le vin, mais par son odeur et sa chaleur. Nous avons passé une nuit mémorable. Pour sûr elle resterait marquée dans nos esprits et déterminerait le reste de nos vies. Un lien indéfectible. Oh oui, on s'en souviendra toute notre vie de cette nuit !

Edouard avait passé la nuit chez moi, classée interdite aux moins de 18 ans. Nous ne nous sommes pas quittés pendant deux semaines, jusqu'à son départ pour l'Afrique. Nous avons profité pleinement de moments détendus sans aucune pression ni contrainte, car nous savions que ce n'était qu'une parenthèse dans nos plannings. Aucun de nous ne voulait s'engager dans une histoire de couple, qui plus est improbable et à des milliers de kilomètres l'un de l'autre. Et cela nous convenait tout à fait. Deux semaines magiques, enchantées, de bon temps sans lendemain. C'était idéal pour chacun de nous. Et nous reprendrions le cours de nos vies. C'était sans compter sur la tournure des évènements.

J'ai repris mes activités professionnelles et mes sorties entre amis. J'ai continué de chouchouter Léo. Nous avions échangé quelques rares fois avec Edouard des petits messages tintés d'humour. Un dimanche lors d'un repas traditionnel chez mes parents, je ne me sentais pas dans mon assiette. J'étais nauséeuse. J'avais la sensation d'avoir un poids sur l'estomac. Le déjeuner servi par ma mère ne voulait pas passer et Charlotte me fit remarquer ma couleur verdâtre.

— Audrey, tu es toute pâle, on dirait un fantôme translucide. Tu as trop fait la fête hier et tu as trop picolé. Tu as la gueule de bois.

— Non, je ne suis même pas sortie hier soir, j'ai décliné une invitation, j'étais trop fatiguée.

— Eh bien, ma pauvre vieille trentenaire, tu ne tiens plus le coup !

— Je te remercie cher beau-frère pour cette remarque. Sache que je suis certainement plus vaillante que toi. Mais c'est vrai qu'aujourd'hui ce n'est pas la grande forme. Je dois couver quelque chose. Il y a une épidémie de gastro entérique au boulot. J'ai dû la chopper moi aussi. J'espère juste ne pas vous la refiler.

— Ma chérie, tu veux aller un peu t'allonger ?

— Non merci Maman, je vais plutôt rentrer chez moi avec mon ami citrate de bétaïne.

— Comme tu veux ma chérie. Repose-toi et donne-nous de tes nouvelles après une bonne nuit de sommeil.

— Promis, Maman.

— Dis donc Audrey, je rêve où tes boutons de chemisier vont péter ! Je ne veux pas être intrusive, mais il me semble bien que tu aies pris une taille de tour de poitrine ! Tu n'aurais pas quelque chose à nous annoncer ?

— Comme quoi ? Je ne vois pas de quoi tu veux parler Charlotte.

— Tu es nauséeuse, fatiguée et visiblement tu as les seins très tendus. Soit tu sors d'une anesthésie générale et tu t'es fait refaire les seins sans nous avertir, soit tu es enceinte !

— Tu rêves ! Je prends la pilule depuis mes 17 ans. Et je n'ai pas de mec dans ma vie en ce moment. Et je prends toujours mes précautions. Je suis juste malade.

— Tu devrais faire un test de grossesse grande sœur !

— Tu divagues Charlotte. Allez la famille, je vous laisse, je me rentre.

— À bientôt, ma chérie.

Tout le trajet en voiture jusqu'à mon appartement, j'ai cogité à ce que m'a dit ma sœur. Il est vrai que depuis deux semaines environ je suis constamment fatiguée. J'ai envie de dormir en pleine journée. J'ai beau me coucher tôt, le réveil matinal est rude. Tout à coup une information capitale me revient en pleine face. Il y a deux mois, lorsque j'ai passé ces deux semaines avec Edouard, je m'étais rendu compte un soir que j'avais un comprimé de ma pilule en trop. Signe que j'avais oublié d'en prendre un à un moment donné. Je n'y ai pas prêté d'importance et j'ai avalé le comprimé en surplus. Je ne me suis pas questionnée davantage. Mais voilà maintenant que j'y réfléchis, nous avons utilisé des préservatifs à chaque rapport sexuel. Ou bien ? Notre première fois était magique et sensuelle, mais j'avoue que certains détails m'échappent. Je crois qu'il faut se rendre à l'évidence : Charlotte a peut-être raison, ce serait plausible. Certes probable, mais vraiment pas de chance. Il faut que j'en aie le cœur net. Je consulte sur mon téléphone où est la pharmacie de garde. Je m'y rends immédiatement et achète un test de grossesse. Non, plutôt deux. Arrivée chez moi, je me précipite dans ma salle de bain. Je lis la notice de ce machin. Je réalise un test et attends pendant le laps de temps recommandé. Je n'ai pas à patienter longtemps, le test indique : positif. Je n'y crois pas et décide d'en faire un second. Celui-ci est certainement défectueux. Le second test m'informe du même résultat. Il faut se rendre à l'évidence : je suis bel et bien enceinte ! Oh putain ce n'est pas possible. Mes dernières relations sexuelles remontent à… Edouard. Oui, mais c'était il y a plus de deux mois. Oh, mais quelle conne !

J'ai eu du mal à fermer l'œil cette nuit-là. Passant d'un état de panique totale à une euphorie en caressant mon ventre. Et si c'était un signe, un message. Moi qui rêvais d'être mère sans un mec dans les jambes, me voilà servie. Il faut que je prenne rendez-vous en urgence chez mon gynécologue avant de m'emballer et avant de prendre une décision. Je ne peux pas imposer mon choix à Edouard. Oh si je le pouvais… Comment va-t-il réagir ?

Lundi matin j'appelle mon gynéco et le supplie de me recevoir en priorité face à l'urgence de la situation. Il me dégote un créneau entre deux consultations le soir même. Je vais travailler et je suis distraite toute la journée. Je suis perdue dans mes pensées. Je cogite, tourne le problème dans tous les sens, quantifiant les aspects pour et les contre. L'heure de mon rendez-vous médical est proche et je décide de m'y rendre en avance, ne pouvant plus attendre.

Docteur ENIN me reçoit. Je lui explique les circonstances de mes interrogations. Il réalise une échographie. Et tout à coup un son emplit la pièce : la course folle d'un petit cheval au galop. J'entends pour la première fois les battements du cœur de mon bébé. J'ai un bébé dans le ventre. Et c'est à ce moment précis que les yeux remplis de larmes de joie, je décide d'avoir ce bébé, ce cadeau de la vie. C'est ainsi que je réalise que je suis Maman et que je décrète que toute ma vie n'aura que cet enfant comme objectif du bonheur.

Docteur ENIN m'informe que mon bébé est en bonne santé, qu'aux vues de l'écho il aurait 11 semaines environ. Et que le début de grossesse serait vraisemblablement une des nuits torrides avec Edouard.

Edouard… Comment vais-je lui annoncer la nouvelle ? Et surtout comment va-t-il prendre ma décision de garder cet enfant, mon enfant ? J'ai besoin de conseils et de soutien. Et surtout j'ai besoin de partager cette merveilleuse nouvelle avec ma sœur. J'appelle Charlotte et déboule chez elle dans le quart d'heure qui suit.

— Je le savais ! J'en étais sûre ! Il y a des signes qui ne trompent pas. Tu es contente ?

— Tu parles, je suis si heureuse ! Charlotte, je vais avoir un bébé !

— C'est génial, je suis si ravie pour toi, tu feras une maman super !

— Oh c'est gentil ! J'aurais dû m'en doutais que j'étais travaillée par mes hormones quand je me mettais à pleurnicher devant un bébé chien !

— Bon, maintenant, réfléchissons à la manière dont tu vas l'annoncer à Edouard.

— Tu crois qu'un « bonjour Edouard, ça faisait longtemps, au fait je suis enceinte et tu es le père », ferait l'affaire ?

— Appelle-le maintenant.

— Reste avec moi pendant cet appel.

— Non Audrey, c'est entre vous, cela vous appartient à tous les deux. Ne t'inquiète pas, tu t'en sortiras très bien. Tu as toujours assumé tes choix donc tu assumeras aussi celui-là. Et qui sait ? Peut-être sera-t-il très heureux ?

— Si seulement tu pouvais avoir raison…

— Ciao ma belle. Tiens-moi au courant.

— Salut, je t'appelle plus tard.

Comment on annonce à un homme, partenaire de deux semaines et qu'on n'a pas recontacté depuis des jours, qu'il va être père ?

Audrey, prends ton courage à deux mains, comme toujours, et compose ce foutu numéro de téléphone !

— Allô Edouard, bonjour c'est Audrey.

— Audrey ?

— Oui Audrey, l'amie de Carla et Flavien.

— Oui Audrey, je me rappelle très bien de toi !

— Comment tu vas Edouard ? Tout roule pour toi au Mali ? Tout se déroule comme tu veux ? Tu y restes encore longtemps avant de refaire une halte ici ?

— Oui, ça va très bien. J'ai changé de contrée depuis notre dernière… entrevue. Ça me fait plaisir de t'entendre. C'est si inattendu.

— Inattendu, c'est bien le mot adéquat.

— Tout va bien pour toi ?

— Oui oui, je suis en forme et je vais l'être encore plus.

— Quoi donc ?

— En forme.

— Tant mieux pour toi, tu m'en vois ravi. Qu'est-ce que je peux faire pour toi Audrey ?

— Heu justement, c'est pour ça que je t'appelle, j'ai quelque chose à partager avec toi.

— Je t'écoute. Dis-moi ce qui me vaut l'honneur de cet appel impromptu. Tu as un problème ?

— Un problème, pas pour moi, et j'espère que cela n'en sera pas un pour toi.

— Tu es bien énigmatique Audrey. Je t'avoue que j'ai du mal à comprendre. Veux-tu bien arrêter de tourner autour du pot et me dire ce qui te préoccupe tant ?

— Voilà Edouard, lorsque tu es venu et que nous avons passé du temps ensemble…

— Du bon temps, tu veux dire !

— Ne m'interromps pas s'il te plaît sinon je ne vais jamais arriver au bout de ce que je dois te dire.

— Oh excuse-moi, je te laisse parler et je suis tout ouïe.

— Donc je disais, quand nous avons été partenaires, un jour je m'étais rendu compte que j'avais oublié ma pilule un soir de la semaine. Je n'en ai pas fait cas et j'ai repris mes comprimés sans me questionner, d'autant que quelque temps après, comme chaque mois, j'ai eu, comment dire, des saignements. Je ne me suis donc pas posé de questions. Sauf que, comme j'étais fatiguée, nauséeuse et étriquée dans mes soutiens-gorge, ma sœur m'a suggéré l'idée que… Bref j'ai fait un test de grossesse. Et voilà, je suis enceinte. Et c'est toi le père. Je désire garder et avoir cet enfant, mon bébé qui est un cadeau de la vie. Je n'attends rien de toi. Je ne te mettrai pas la pression et j'élèverai mon enfant seule. Je ne t'oblige à rien. Je ne te demande rien. Je voulais juste de prévenir de mon choix et de ta paternité. J'assumerai ma décision seule. Ne t'inquiète pas, je n'attends pas de toi que tu reviennes vivre ici. Je n'ai pas besoin de ta présence.

— …

— Edouard ? Tu as entendu ce que je t'ai dit ?

— …

— Allô Edouard ?

— Qu'est-ce que tu veux que je réponde à ça Audrey ? Tu m'annonces que tu es enceinte, que ta décision est déjà prise, que tu gardes cet enfant, que je vais devenir père que je le veuille ou non alors que mes projets se trouvent à des milliers de kilomètres. Tu me mets sur le fait accompli, sans même avoir pu dire un mot de ce que je voulais moi. Comment veux-tu que je réagisse ? Hein ? Que veux-tu que je rajoute à ton monologue Audrey ? Tu ne t'attendais quand même pas à ce que je saute de joie ! J'aurais aimé que tu m'en parles avant de prendre une quelconque décision. Tu es sûre que cet enfant est de moi ?

— Oui Edouard, je ne couche pas avec la terre entière !

— Tu es enceinte de combien ?

— De 11 semaines.

— Très bien, cela nous laisse encore quelques jours pour prendre une décision.

— Tu ne comprends pas, ma décision est déjà prise, je n'avorterai pas ! J'aurai cet enfant. Mon bébé.

— Tu ne crois pas que tu aurais pu me demander mon avis avant de m'engager à mon insu dans toute une vie !

— Écoute, je n'avais rien décidé ni présagé jusqu'à ce que j'aille chez le gynécologue pour vérifier ce que me disait le test de grossesse. Puis ça a été une évidence quand j'ai entendu son cœur battre et que je l'ai vu à l'échographie. C'est devenu réel et je savais que je voulais ce bébé. C'est une chance inespérée dans ma vie. Je ne sais pas si l'occasion de devenir mère se représentera pour moi. Je ne passerai pas à côté de cette opportunité ! J'aurai cet enfant et je ne te demande rien.

— Tu ne me demandes rien ? Tu plaisantes ? Tu m'imposes ton choix et tu me demandes de me taire et de l'accepter sans sourciller !

— Oui c'est vrai que je t'impose mon choix, mon désir de devenir mère. Mais je n'attends rien de toi. Tu n'es même pas obligé d'assister à quoi que ce soit, ni même de le reconnaître. Je ne t'oblige pas à devenir père. Tu peux être juste le géniteur sans rien de plus.

— Audrey, mais tu délires complètement ? Tu veux que j'oublie dans un coin de ma tête que j'ai un enfant qui va naître ? Ce n'est pas un vieux chien qu'on abandonne sur une aire d'autoroute en Espagne. C'est un enfant. Mon enfant. C'est un engagement sur toute une vie. Et toi, tu me demandes de l'accepter et de me tenir à distance. C'est ça, ce que tu attends de moi, d'être une banque de sperme, un anonyme ? Tu voulais juste un pigeon ?

— Je n'ai rien planifié et je n'ai besoin de rien ni de personne.

— Si, tu cherches mon approbation !

— Je n'ai pas besoin de ton approbation, c'est mon corps et j'en dispose comme je le veux !

— C'est bien ça, je ne suis qu'un pion dont tu te sers pour assouvir ton désir et dont l'avis ni la présence ne comptent pas ! J'ai besoin de réfléchir Audrey.

— Allô Edouard ?

Je n'en reviens pas, il m'a raccroché au nez ! Je suis partagée entre la colère qu'il m'inspire et ma déception face à sa réaction, et en même temps comment puis-je lui en vouloir ? J'ai besoin de prendre l'air. Je fonce chez Charlotte, elle me comprendra.

— Comment ça, il a raison ? Tu es de son côté ?

— Je suis de ton côté bien sûr Audrey, mais il est vrai qu'il n'a pas tort dans ce qu'il te dit. Il t'a exprimé ce qu'il ressentait, pris par surprise face à cette grande annonce. Il ne serait pas juste de lui en tenir rigueur ni de lui en vouloir. Je connais tes yeux sombres Audrey !

Laisse-lui un peu de temps pour digérer la nouvelle et rappelle-le pour lui présenter tes excuses.

— Mes excuses ? Mais tu plaisantes ou quoi ? Je n'ai pas à m'excuser de quoi que ce soit. Je ne l'ai pas prémédité. Je n'ai pas fait exprès de tomber enceinte d'un mec que je ne connais pour ainsi dire pas. La seule chose qui me conforte c'est qu'il est un bon géniteur. Il est intelligent, en bonne santé, altruiste, intègre et beau. Il est très convenable. Avec nos gènes à tous les deux, j'aurai un beau bébé en bonne santé !

— Audrey, comporte-toi avec toute la compassion et l'empathie dont tu es capable et mets-toi un peu à sa place. Après, rappelle-le.

— Mouais…

— Ne fais pas ta tête dure Audrey ! Essaie de le comprendre. Il est pris de court. Il ne maîtrise pas ce qui lui arrive. Toi oui. Comment le prendrais-tu si on t'imposait un choix qui n'est pas le tien, qui est contraire à tes attentes immédiates et qui va t'engager pour des décennies ?

— Oui, je sais que tu as raison Charlotte. Mais qui est la grande sœur ?

— Laisse à Edouard une bonne nuit de réflexion et de conseils et téléphone-lui demain en lui demandant pardon.

— Le rappeler, oui, le comprendre, ok, mais m'excuser alors que je n'ai rien fait de mal, non !

— Audrey, tu es vraiment une tête de mule !

— C'est aussi pour cela que tu m'aimes tant petite sœur !

Je sais au fond de moi que Charlotte a raison. Elle est la voix de la sagesse, elle est la plus raisonnable de nous deux. Je suis davantage sanguine qu'elle. Elle est posée et réfléchie, douce et tendre quand je suis plus branchée sur le feeling, parfois débordée par mes ressentis et mon orgueil. Elle a toujours fait des projets sur du long terme alors que moi je vis depuis la mort de Cédric au jour le jour. Ma devise est carpe diem. Maintenant, avec ce bébé qui arrive, je me dois d'envisager les choses sous un autre angle. Je dois me projeter dans cet avenir à deux. À trois peut-être…

Chapitre II

J'ai réfléchi une bonne partie de la nuit avant de m'écrouler de fatigue. Je suppose que la nuit a dû être difficile aussi pour Edouard. Heureusement pour nous, nous sommes samedi. Je ne travaille pas et j'espère que lui non plus pour qu'il puisse se reposer et y voir un peu plus clair à notre situation pas banale. Pas banale ? Oh, mais si, je pense que des milliers de femmes et d'hommes sont concernés par ce dilemme.

Un café, une douche et je l'appellerai. Oh ce café est infâme et me donne des haut-le-cœur. Les joies de la grossesse et ses nausées matinales ! Je ne m'en plains pas, je suis ravie ! Je vais avoir un bébé !

Une heure plus tard, je prends une grande inspiration, expire bruyamment par la bouche en vidant mes poumons. Réitère l'exercice trois fois. Puis je prends mon courage à deux mains, toute ma zen attitude et je compose le numéro de téléphone d'Édouard. Quelques sonneries qui me semblent durer une éternité. J'en suis certaine, il évite mon appel. Il ne veut pas me parler. Quand je me préparais à lui laisser un message, il décroche in extremis et j'entends sa voix, plus calme qu'hier lorsque nous avons échangé.

— Bonjour Edouard.

— Bonjour Audrey.

— Je ne te dérange pas ? J'aimerais que nous reprenions notre conversation d'hier après la tempête.

— Tu veux dire le tsunami que je me suis pris en pleine face !

— Écoute Edouard, je ne veux pas qu'on se fâche. Je veux discuter avec toi calmement. Je sais que j'abuse en te demandant de comprendre et d'accepter mon choix. Je sais qu'il t'incombe à toi aussi et que ce n'était pas dans tes projets. Je te présente mes excuses pour hier et pour cette décision que je t'impose. Sache que je respecterai ton choix, quel qu'il soit. As-tu pu réfléchir un peu ?

— Réfléchir ? Je n'ai fait que ça depuis ton appel. J'ai tourné le problème dans tous les sens dans ma tête.

— Et tu y vois plus clair aujourd'hui ? Tu sais, tu n'es pas obligé de me donner une réponse maintenant. Tu as quelques mois devant toi.

— Mes parents m'ont toujours inculqué d'assumer mes actes. Je ne fuirai pas devant mes responsabilités. J'assumerai les conséquences de mes actes aujourd'hui encore. Je t'aiderai, je serai présent pour cet enfant, notre enfant. Je ferai tout pour être un père à la hauteur de la tâche. Je relève ce défi. J'accepte ton choix. Toutefois tu dois accepter le mien. Je ne reviendrai pas m'installer en France, je continuerai mes missions en Afrique. Je serai un père à distance, mais un père quoi qu'il arrive. Je reviendrai ponctuellement, mais régulièrement. Je pourrai être là toutes les six à huit semaines et rester deux ou trois semaines. Je séjournerai chez ma grand-mère. Je serai présent autant que possible aux rendez-vous médicaux et à la naissance du bébé. Je m'occuperai de notre enfant. Et lorsque je serai en mission en Afrique, j'appellerai régulièrement en Visio pour pouvoir maintenir un lien même quand je serai à des milliers de kilomètres. Je ne pourrai pas être présent au quotidien, mais je m'impliquerai et je m'investirai selon mes missions humanitaires. Certes je ne serai peut-être pas un père traditionnel, mais je serai investi et responsable.

— C'est toi qui fais un monologue aujourd'hui !

— J'avais des choses à dire.

— Je sais, je plaisante, je te taquine un peu pour détendre l'atmosphère.

— Je suis détendu.

— Heu… Nous n'avons pas la même notion de la détente !

— C'est un sérieux engagement. Je mesure son importance.

— Je vois que tu as envisagé bien des choses. En effet tu as dû beaucoup réfléchir cette nuit !

— Je ne prends pas ça à la légère et je ne me déroberai pas. Toi et cet enfant, vous pourrez toujours compter sur moi. Cependant nous aurons un modèle parental différent, un peu hors normes.

— Je suis d'accord avec cette organisation et j'accepte ton choix. Je m'engage à le respecter.

— OK. Alors c'est clair pour nous deux.

— Oui.

— Quand a lieu ton prochain rendez-vous médical ?

— Dans une semaine je passe une échographie du premier trimestre. J'aurai rendez-vous chez le gynéco tous les mois et il me fera une écho de contrôle. Je pourrai voir mon bébé, notre bébé, chaque mois !

— Prends tes rdvs dès à présent pour toute la grossesse et communique-moi les dates. Je verrai si je peux m'organiser au dispensaire pour être présent avec toi à certaines dates. J'essaierai de m'arranger et de faire coïncider mes permissions pour venir quelques fois. Je ne te garantis pas que je serai souvent là, mais du moins j'essaierai d'assister à quelques consultations, notamment les plus importantes.

— OK ça me va.

— Quel est le terme exact de ta grossesse ?

— Le 19 avril.

— Je vais déjà anticiper et prendre tout le mois d'avril en permission et en congés paternité. Je devrais pouvoir être présent pour l'accouchement et la naissance.

— L'accouchement ?

— Oui, l'accouchement. Je veux assister à la naissance de mon enfant. Pourquoi tu es contre cette idée ?

— Non, pas du tout, à vrai dire je n'y avais pas encore réfléchi.

— Je serai là pour rencontrer mon bébé et créer nos premiers liens.

— Je crois que tu as davantage pensé aux choses que moi.

— C'est un tort ?

— Heu non bien sûr. Je suis juste surprise.

— En devenant parents, nous allons devoir planifier certaines choses et anticiper. Nous devons aussi nous harmoniser et nous accorder.

— Rien ne nous oblige à être d'accord sur tout pendant les trois prochaines décennies Edouard !

— Comment te sens-tu ?

— Bien.

— Tu me disais hier que tu avais des nausées et que tu étais fatiguée.

— Ah tu as entendu ça dans notre discussion animée !

— J'écoute ce que tu me dis Audrey.

— Je vois ça. Oui c'est vrai, je suis fatiguée. J'ai toujours envie de dormir. Si je pouvais, je resterais au lit tout le matin.

— On va avoir un bébé…

— Oui Edouard, on va bel et bien avoir un bébé ! J'imagine que tu ne peux pas encore en dire autant, mais moi, je suis si heureuse de cette grande aventure !

— Mmm, laissons passer l'effet de surprise et laisse-moi un peu de temps pour ressentir de la joie.

À l'annonce de ma grossesse sans conjoint, mes parents ont été partagés entre la joie d'être à nouveau grands-parents et l'inquiétude face à cette situation inédite dans notre famille et inattendue pour leur génération. Mon père a exprimé ses craintes quant à cette organisation de parents à distance. Il m'a dit que je n'avais pas choisi la situation la plus simple, mais qu'il respectait mon choix et m'apporterait toujours son soutien. Ma mère en pensait tout autant, mais elle comprenait mon désir de devenir mère et mes sentiments en entendant battre le petit cœur de mon bébé. Elle m'a affirmé que dès cet instant j'étais devenue une maman.

Ma grossesse s'est bien déroulée, une fois le premier trimestre passé, j'étais dans une forme olympique. J'ai emménagé dans un appartement plus grand où j'ai pu installer une jolie petite chambre pour mon bébé. Je me rappelle encore l'échographie de quatre mois où le gynécologue m'a annoncé que j'attendais une petite fille. J'étais si heureuse. J'avais toujours rêvé d'avoir une fille. Il faut le reconnaître, je n'avais même pas envisagé qu'il puisse en être autrement. Oh bien entendu, si j'avais eu un petit garçon, j'aurais été très heureuse aussi. Mais là, en ayant une petite fille, mon bonheur est à son paroxysme. J'avais hâte d'annoncer la nouvelle à Edouard.

— Salut Edouard.

— Salut Audrey.

— Comment ça va pour toi au dispensaire ?

— Tout roule. Aujourd'hui j'ai assisté le médecin auprès d'une femme enceinte et j'ai pensé à toi.

— Tu y es toujours ?

— Non j'ai fini ma journée et je me bois un petit verre de vin rouge en guise d'apéro.

— Traître !

— Comment vas-tu ?

— Je suis en pleine forme et tout en rondeurs ! Mon gynéco m'a dit de ralentir sur les sucreries et de limiter ma prise de poids. On voit bien que ce n'est pas lui qui a des envies de grignoter en pleine journée. Il me dit de manger plutôt des pommes. Il est drôle celui-là, qui préfère une pink lady à un granola ?

— Tu as vu ton gynéco aujourd'hui. Que t'a-t-il dit ? Tout va bien ? Ta tension artérielle est bonne ? Tu n'as pas de douleurs quelconques ? Pas les jambes lourdes ? Le bébé se développe bien ? Il est en bonne position ?

— Monsieur l'infirmier, je n'ai rien de tout ça et je me porte très bien. Notre bébé aussi. D'ailleurs le médecin m'a fait part d'une grande découverte.

— Quoi donc ?

— Je connais le sexe du bébé !

— Déjà ?

— Oui il en a eu la certitude à l'échographie aujourd'hui parce que le petit bébé se montrait sous le bon angle de vue. Donc je sais !

— OK.

— Veux-tu le savoir toi aussi ?

— Laisse-moi une minute pour y réfléchir.

— Tu préfères garder la surprise pour la naissance ?

— Non je voudrais le savoir avant le terme. Mais peut-être que j'aimerais attendre d'assister à la prochaine écho de 5 mois pour le voir par moi-même.

— Ah ok, comme tu voudras. Mais moi je le sais et je compte bien le dire à ma famille !

— Bon d'accord, dis-le-moi sinon je sens que je vais te jalouser secrètement de le savoir.

— Tu es sûr ? C'est bien ce que tu veux ?

— Vas-y, je t'écoute attentivement.

— Tu es prêt ?

— Oui, vas-y. Ne me fais pas languir.

— C'est une fille !

— Ma mère aurait adoré avoir une petite fille. Je suis content. J'étais persuadé que tu attendais un garçon.

— Tu es content ?

— Oui je suis ravi. Je veux simplement qu'elle pousse bien et qu'elle soit en bonne santé. Et toi, tu es satisfaite ?

— Je suis la plus heureuse ! Je réfléchis déjà à des idées de prénoms.

— Oula, tu vas un peu vite. Nous avons le temps pour trouver un prénom.

— Je sais bien, mais commence à y réfléchir toi aussi. Quelque chose me dit que ça va être dur de nous mettre d'accord sur un prénom.

— Au fait, je serai présent à l'échographie du second trimestre.

— Chouette ! Elle sera en 3D.

— Je viendrai et je resterai en ville pendant trois semaines. Comme ça je pourrai t'aider à préparer ton appart' et on pourra aller acheter le matériel nécessaire.

— Très bien, c'est noté. J'en suis ravie.

Comme convenu, Edouard est arrivé le mois suivant. Nous ne nous étions pas revus depuis… Depuis la conception de notre bébé. Nous avions bien fait des appels vidéo où je lui montrais l'ampleur de mon ventre, mais nous ne nous étions plus vus en chair et en os. Tout en rondeurs ! J'espère qu'il ne va pas me trouver hideuse. J'ai fourni un effort sur ma présentation parce que j'aimerais qu'il trouve que je suis une jolie future maman. J'ai enfilé une robe noire qui souligne parfaitement mon ventre rond. Enroulée dans un foulard de soie. Pris une veste légère, car je n'ai jamais froid depuis que je suis enceinte. Je me suis pomponnée et j'ai soigné mes cheveux en une coiffure aérée avec un effet coiffé/décoiffé. Nous nous sommes retrouvés le lendemain de son arrivée dans un petit café. Il est arrivé avant moi et j'ai bien vu dans son regard qu'il prenait toute la mesure de ma grossesse en voyant mon ventre arrondi. Il s'est levé et m'a accueilli timidement. Nous avons échangé des banalités avec une certaine réserve, mais en même temps toute l'émotion qui nous submergeait. Rapidement nous nous sommes déliés et nous avons repris nos conversations détendues et amicales comme si nous nous étions vus la veille. Nous avons passé l'après-midi ensemble à flâner dans ce petit bar puis en marchant dans les ruelles de la ville où les décorations de Noël avaient pris place. Nous nous sommes attardés un moment dans ce grand parc que j'affectionne tout particulièrement où l'automne est bien installé. Des enfants jouaient ensemble et nous les avons regardés un instant sans rien dire, mais avec des étoiles dans les yeux.

Edouard m'a raccompagné chez moi. Je lui ai fait visiter mon humble demeure et lui ai désigné la future chambre de notre fille. Il a jugé l'ensemble adéquat et chaleureux. Je sais que nous y serons bien. Nous convenons de nous retrouver ce week-end pour aller faire du shopping ensemble pour meubler la chambre de bébé et acheter le matériel de puériculture nécessaire. Mais notre rendez-vous incontournable c'est la consultation médicale consistant en une échographie en 3D pour le second trimestre. C'est la première fois qu'Edouard m'accompagnera à une consultation. Je n'ai pas l'habitude que quelqu'un vienne avec moi, je suis autonome et indépendante depuis longtemps. Je l'ai toujours proclamé haut et fort. Toutefois il faut que je me fasse à cette idée puisqu'il m'a clairement affirmé qu'il serait présent à l'accouchement et que nous allons devoir composer nos rôles de parents à deux sachant que nous sommes quasiment deux inconnus. Nous serons à jamais liés dans un but commun : le bien-être de notre fille.

Nous convenons de nous rejoindre devant l'entrée du cabinet médical. Il est le premier encore une fois. Quelle ponctualité ! Ce mec a une horloge dans la tête ! Ou une pointe de stress. J'arrive tranquillement. La secrétaire nous appelle.

— Monsieur et Madame Chapuis, le médecin va vous recevoir en salle de consultation au bout du couloir.

— Oh je ne suis pas Monsieur Chapuis. Nous ne sommes pas mariés.

— Ni même en couple.

La secrétaire me regarde l'air un peu perplexe, mais ne se démonte pas pour autant et essaie de trouver un qualificatif à notre relation des plus originales.

— Votre compagnon peut vous accompagner si le médecin est d'accord.

— Je ne suis pas son compagnon.

— Oh excusez-moi, je n'avais pas compris. Votre ami peut…

— Je suis le père du bébé.

— Qui que vous soyez, vous pouvez bien entendu vous joindre à Madame. Au bout du couloir à gauche.

Je sens de l'agacement dans la voix d'Edouard. Cependant il va falloir nous y faire à ce genre d'attitude de la part des autres et s'attendre à de petites réflexions. Je l'assume. Mon choix, ma façon de gérer. Notre tour arrive enfin. Je m'allonge sur la table d'auscultation, relève ma blouse jusqu'à ma poitrine que je laisse volontairement couverte. Le médecin passe sa sonde sur mon ventre et tout à coup, à l'écran, mon bébé apparaît. Ces instants sont magiques, sensationnels. Ma fille. À chaque échographie je la découvre un peu plus. Son visage en 3D nous la montre comme si elle était à côté de nous. C'est si réel. Elle est belle. Je lui trouve des airs de ressemblance avec moi bébé et ma sœur. Elle bouge ses petits pieds et je me régale à la sentir bouger et à la voir en même temps. Le médecin prend des mesures en même temps qu'il commente les images. Edouard se rapproche de moi et me prend la main. Je ne m'y attendais pas et je suis prise d'un léger sursaut. Ma main semble petite dans la sienne. Il a une poigne rassurante, réconfortante. Je vois bien qu'il est ému et qu'il prend vraiment la mesure que les choses sont bien réelles. Dans le cadre de son travail, il a l'habitude de tout se jargon médical et de ses instruments. L'ambiance ne lui est pas étrangère. Pourtant cette fois-ci c'est si différent, il est directement concerné. Il s'agit de son enfant. Je quitte des yeux l'écran de contrôle et m'attarde à le regarder, à découvrir ses réactions et son regard émerveillé et attendri. Ça m'émeut et je surprends une larme rouler sur ma joue. Je l'essuie d'un revers de main. Je ressens une complicité entre nous comme pendant ces deux semaines que nous avions passées ensemble en ce début d'été. L'examen terminé, nous observons une minute de pause et croisons nos regards avant de nous lâcher les mains, tous les deux un peu gênés de ce rapprochement. Ce moment chargé en émotions était intense. Et j'en garderai un souvenir ému. Edouard m'aide à me relever. Je n'ose pas lui dire que j'en suis tout à fait capable seule et le laisse m'accompagner d'un geste protecteur. Il propose d'aller boire un verre ensemble pour prolonger ce moment de plénitude.

Samedi matin Edouard vient me chercher chez moi avec une grande voiture qu'un ami père de famille lui a prêtée. Comme toujours, il est en avance et moi pile à l'heure. Nous empruntons la route du magasin de puériculture que ma sœur m'a conseillé. Nous faisons le tour de la boutique et nous retrouvons face à des articles auxquels nous n'avions pas pensé. Nous arrivons à nous mettre d'accord sur à peu près tout. Enfin je vois bien qu'Edouard me laisse choisir. Il ne veut pas être contrariant. Le mobilier sélectionné, un lit et une table à langer en bois avec des boutons de tiroirs en forme de fleurs, le transat, la baignoire, le coussin d'allaitement, nous passons au matériel. Puis je me dirige un peu malgré moi, attirée par ces petites choses trop mignonnes tels les petits pyjamas, les chaussons, les doudous tous aussi jolis les uns que les autres. Edouard arrive peu de temps après, ou peut-être que ce moment a duré plus longtemps que je ne le croyais. Il me rejoint dans ce rayon.

— Fais-toi plaisir, prends tout ce que tu veux.

— Oh si je me laissais aller, je dévaliserais cette boutique !

— Choisissons chacun des vêtements et des peluches.

— Il faut que je me montre raisonnable. Allons déjà payer ce que nous devons.

— C'est déjà fait.

— Comment ça ?

— C'est déjà réglé. Prends ce que tu veux. Choisis ce dont nous aurons besoin. Moi j'opte pour ce pyjama et ce chat en peluche.

— Tu as tout payé ?

— Eh bien oui.

— Ce n'était pas nécessaire, j'ai de quoi payer pour mon enfant. Je n'ai pas besoin de ton argent ni de ta charité.

— Ne t'offusque pas Audrey, je ne voulais pas te contrarier. Je pensais bien agir. C'est mon rôle de père de subvenir aux besoins de notre fille et je t'avoue égoïstement que ça me fait plaisir de faire cela pour vous deux. Toi, tu la portes, tu la conçois au chaud. C'est ma contribution. Payer du matériel et du mobilier, ce n'est pas un problème pour moi. Maintenant choisir des vêtements de petite fille, je ne suis pas très doué pour ça. Je préfère m'appuyer sur tes goûts et tes choix. Je te fais confiance partenaire !

— Je n'ai pas l'habitude que quelqu'un gère pour moi. Je me débrouille toujours seule. Même si ma famille me le reproche souvent. J'ai du mal à accepter l'intervention d'un autre dans ma vie. Je ne veux dépendre de personne.

— Nous allons pourtant être liés et coparents. Nous allons devoir compter l'un sur l'autre pour notre fille.

— Je sais, tu as raison. Excuse-moi pour cette réaction disproportionnée.

— Il n'y a pas de mal. Poursuivons nos achats. Pourquoi tout est toujours rose pour une fille ?

— Tout simplement parce que c'est trop mignon et ça nous rappelle notre enfance et nos rêves de princesse !

Une fois notre périple en terre inconnue réalisé, nous regagnons mon appartement avec une voiture pleine à craquer. Edouard décharge tout dans la chambre de bébé que j'avais repeinte en rose pastel et blanc dès que j'ai su que j'attendais une fille. Il est 14 heures et nous n'avons pas mangé. J'ai un coup de fatigue et Edouard s'en aperçoit.

— Va t'asseoir sur le canapé et repose-toi. Tu me permets d'aller dans ta cuisine nous préparer un petit repas ? Tu as besoin de reprendre un peu ton souffle et surtout de t'alimenter.

— Je vais m'en occuper. Laisse-moi juste quelques instants. Je ferme les yeux cinq minutes et je serai opérationnelle.

Je me réveille après m'être assoupie, alléchée par ce parfum délicat et légèrement épicé. Bon sang, mais combien de temps ai-je dormi ? Suffisamment longtemps pour permettre à Edouard de nous concocter un repas appétissant. Je le remercie chaleureusement et engloutis ce délicieux plat. Ainsi rassasiée, je me sens ragaillardie et prête à affronter toutes ces notices de meubles à monter. Sur lesquelles sont indiqués des temps de montage que je double à chaque fois tant je n'y comprends rien à leurs schémas et leurs dizaines de boulons différents. Soudain mon bébé bouge dans mon ventre. Elle doit s'étirer et je sens ses petits pieds contre la paroi de mon abdomen. Je me lève aussitôt en direction d'Edouard, saisis sa main sans rien lui dire et la place sur mon ventre à l'endroit des petits coups de pied. Il ne dit plus rien. Je ne sais même pas s'il respire encore tant je le vois immobile et retenant son souffle. Il me regarde dans les yeux et je constate à cette lueur qui y brille qu'il est pris d'une grande émotion. Ça me chavire le cœur de le voir ainsi secoué, lui à l'assurance et au pragmatisme affichés. Ça ne colle pas avec l'image que j'ai de lui, en tous cas avec ce qui transparaît de son aura. Nous échangeons de grands sourires et restons ainsi quelques instants qui semblent comme suspendus dans le temps. Puis il rompt le silence pour dissimuler son trouble.

— Allons monter ses meubles.

— D'accord, mais je te préviens que je ne suis pas douée pour ça et quand la notice prévoit un montage en 1 heure, après avoir frôlé une crise de nerfs j'en mets trois et un sacré Bazard !

— Je vais m'en occuper. Tu veux bien me faire un petit café en attendant s'il te plaît ?

Nous passons l'après-midi à assembler les différents meubles dans une ambiance détendue et chaleureuse. J'aime cette complicité naissante entre nous. Ce sera un atout pour nos rôles conjoints de parents. J'en profite pour poursuivre la décoration de la chambre en voulant accrocher les rideaux sur la tringle déjà en place. Je tire une chaise et monte debout dessus pour enfiler les œillets des rideaux.

— Tu sais que bientôt tu ne pourras plus te permettre de faire ce genre d'acrobaties Audrey.

— Oh ce ne sont plus les seules que je ne pourrais plus faire pendant un petit moment ! Je n'ai plus la même souplesse qu'il y a quelques mois.

— On peut redoubler d'imagination et de techniques différentes !

Mais pourquoi j'ai dit cela ! Qu'est-ce qu'il doit croire ? Que je lui fais des avances ? Je sens le rouge monté à mes joues et je suis troublée. Lui n'a pas l'air gêné et sourit tout en soutenant mon regard. Je détourne aussitôt les yeux et m'éclipse lâchement en prétextant devoir aller au petit coin. On ne fait pas mieux comme transition pour refroidir l'atmosphère et quelques ardeurs.

Ce séjour d'Edouard durera 3 semaines. Nous avons passé beaucoup de temps ensemble à faire plus ample connaissance, échangeant sur le modèle parental que nous avons reçu, sur nos souhaits pour notre enfant, notre vision de la parentalité, et débutant nos réflexions sur le choix d'un prénom pour notre bébé. Nous avons bien ri. J'ai apprécié chaque moment passé ensemble, nos discussions, nos accords et désaccords. Je commence à ressentir la certitude qu'Edouard sera un bon père, un papa. Et que nous pouvons faire du bon boulot ensemble !

Un jour où nous avions beaucoup marché, nous sommes rentrés à mon appartement et j'étais éreintée à ce stade de ma grossesse où je présumais parfois de mes forces de femme enceinte de 6 mois. J'avais les jambes lourdes et les pieds en compote. Aussi on n'a plus idée quand on a atteint cette ampleur de bidon de continuer à mettre des bottes à talons hauts pour aller se balader des heures. Je ne pouvais m'en prendre qu'à moi-même. Je me suis affalée dans mon canapé avec toute la grâce d'une baleine à bosse échouée sur une plage. Autant dire à un degré en dessous de zéro. J'ai tant bien que mal retiré une botte. Quand soudain Edouard m'a pris l'autre jambe pour m'ôter la seconde chaussure.

— Je peux y arriver toute seule, je ne suis pas handicapée, juste grosse avec une pastèque en guise de ventre !

— Je n'en doute pas une seconde, mais laisse-moi t'apporter un peu de mon aide. C'est ma petite contribution. Allonge-toi et laisse-toi faire.

J'obéis sans tergiverser. Il s'assoit à côté de moi et s'empare de mes pieds qu'il soulage d'un incroyable massage réalisé avec des mains expertes. Je suis emplie d'une sensation de bien-être immédiat. Mes yeux mi-clos et mon état de détente lui laissent comprendre sans aucune hésitation que je me délasse complètement sous la chaleur de ses mains fermes. Je romps ce silence en lançant ce que je veux être une boutade.

— Il faut que je m'habitue à me sentir comme une grosse tortue renversée sur le dos. Je suis devenue énorme et j'oublie parfois les mensurations exagérées de mon corps.

— Je te trouve très belle. Tes nouvelles proportions dans ce chemisier et ta nouvelle silhouette te vont très bien.

— C'est gentil de ta part d'essayer d'être rassurant avec une femme enceinte et à fleur de peau, mais je ne suis pas aveugle et j'ai parfaitement conscience que j'ai abusé sur la nourriture !

— Tu es rayonnante et toujours magnifique.

— Merci pour ce compliment.

— Et putain ce décolleté Audrey ! Ses seins ! Tu devrais envisager de prendre des photos !

Nous éclatons de rire tous les deux. J'aime cette complicité et ce sentiment d'être complètement à l'aise avec lui. Nous stoppons nos fous rires et il plonge ses yeux verts dans les miens. Il fait remonter sa main le long de ma jambe jusqu'au haut de ma cuisse et je suis saisie malgré moi par un tourbillon de désir qui monte le long de mon corps. Il s'approche. Je ne bouge pas. Je ne me recule pas. Je le laisse venir jusqu'à mes lèvres qu'il couvre d'un baiser charnel. Il reste collé à moi et attend mon approbation ou ma désapprobation. Je lui rends son baiser et c'est le début d'une soirée intense en émotions et riche en plaisirs partagés.

Nos corps rassasiés et encore brûlants de nos étreintes sensuelles, nous convenons d'un commun accord que ceci n'est nullement un engagement, mais juste du bon temps entre adultes consentants et avertis. Cela ne se reproduira pas. En tout cas pas dans l'immédiat…

Avril est vite arrivé et le terme de ma grossesse aussi. Edouard est rentré en France il y a une semaine. Il restera deux mois cette fois-ci. Tout est prêt pour l'arrivée de notre fille.

Je me rappelle encore être allée chez l'esthéticienne le soir pour être enfin prête et m'être calée devant un téléfilm, une comédie romantique moderne, seule chez moi. Je me suis couchée sans présager de ce qui m'attendait cette nuit-là.

À deux heures du matin j'ai été réveillée par des contractions répétées. Je me suis doutée que ma fille voulait me rencontrer plus tôt que prévu. J'ai surveillé le rythme et la fréquence de mes contractions. La sage-femme m'avait conseillé pour un premier enfant, d'attendre chez moi confortablement installée que le travail soit bien engagé avant d'aller à la maternité. Suivant ses recommandations, j'ai patienté chez moi au chaud dans mon lit et le nez rivé sur mon réveil. À 4 heures, le travail étant bien entamé, j'ai pris la décision d'appeler Edouard, consciente que les choses allaient assez vite s'enchaîner désormais.

— Allô Edouard.

— Mmm…

— Il faut que tu viennes me chercher.

— Mmm quand ?

— Maintenant ! Notre bébé arrive.

— OK ça y est, je suis réveillé, ne bouge pas, j'arrive immédiatement.

— Oh tu sais, je ne vais pas m'enfuir !

— Je serai chez toi dans 10 minutes.

— Edouard ?

— Oui.

— Bouge !

Il est arrivé aussi vite qu'un éclair. Je m'étais habillée de manière confortable et surtout pratique quand on a un œuf de la taille d'une pastèque qui veut sortir. Edouard a pris ma valise d'un côté et m'a tenu la main de l'autre. Le trajet en voiture en pleine nuit s'est déroulé sans encombre et rapidement. Arrivés à la maternité, le gynécologue de garde, qui n'était autre que le mien, m'a annoncé que le travail était très bien engagé et que j'allais dans peu de temps tenir mon bébé dans mes bras. À la proposition de l'infirmière de me poser une péridurale, j'ai dit tout fièrement que ce n'était pas nécessaire et que je n'en voulais pas, car j'étais résistante à la douleur.

Une heure après, crispée par l'intense douleur, je suppliais Edouard d'aller chercher un médecin pour me faire cette foutue anesthésie. Après tout, pourquoi s'évertuer à souffrir quand on peut être soulagée et éviter toute souffrance ? Je suis revenue sur mes principes de guerrière et j'ai béni la science d'avoir trouvé une pareille alternative à la fatalité de donner la vie dans la douleur. J'ai retrouvé mon calme et par la même occasion une certaine dignité ! Les heures qui ont suivi ont été plus paisibles. Edouard était très attentionné et se pliait en quatre pour m'apporter son aide comme il le pouvait. En étant infirmier, il connaissait les gestes et les actes qui apportent du réconfort. L'accouchement s'est très bien passé. La sage-femme m'a déposé ma fille sur la poitrine et j'ai découvert sa petite frimousse rosie aux grands yeux ouverts qui me regardaient lorsque je lui parlais. J'ai été submergée par un tsunami de bonheur et d'amour infini. Je n'ai pas pu retenir mes larmes, si tant est que j'en aie eu la réelle intention. Edouard nous a embrassé chacune notre tour sur le front, lui aussi envahi par la joie et l'émotion.

— Comment s'appelle cette petite fille ? a demandé la puéricultrice.

— Louise, avons-nous répondu d'une même voix.

— Elle s'appelle Louise Elisabeth, ai-je affirmé.

— Elisabeth ?

— Oui comme ta mère, c'est pour lui rendre hommage et pour que notre fille ait un lien avec elle.

— On n'en avait pas parlé.

— C'est ma petite surprise pour toi.

— Je te remercie Audrey, ça me touche profondément.

Nous étions le 1er avril. Voilà comment est née ma fille, notre fille, ma belle Louise.

Elle a la morphologie de son père, grande et élancée. Elle a surtout ses grands yeux verts à la profondeur changeante en fonction de son état d'esprit et qui trahissent bien souvent ses émotions. Des yeux rieurs, tendres ou en colère parfois. Elle ressemble physiquement davantage à son père qu'à moi, mais elle a mon caractère indépendant. Elle a pris de nous deux l'altruisme et la générosité. Ce sont deux valeurs que nous lui avons inculquées. Elle a été mon bébé bonheur, une enfant toujours joyeuse intéressée par le monde qui l'entoure, attentive aux autres et attentionnée. Elle a toujours été studieuse et appliquée dans tout ce qu'elle entreprenait. L'élever, seule la plupart du temps ou en tout cas avec un père à distance et présent par intermittence, a été chose aisée et très agréable. Edouard et elle sont très complices. Il est un père aimant et soutenant. Notre organisation a toujours été très claire et facilitante pour Louise. Il s'est montré impliqué dans l'éducation de notre fille. Lorsqu'il était en France, Louise était la plus heureuse des petites filles. Il lui faisait toujours faire des choses fantastiques. Louise était une enfant facile, respectueuse des règles et des autres, empathique. Bref un plaisir et un amour de petite fille.

Puis l'adolescence est arrivée avec ses questionnements sur le monde, sa quête identitaire et ses tourments. Et là les choses sont devenues plus complexes. Les reproches ont fait leur apparition. Des reproches sur mes choix.

Chapitre III

Les années ont défilé et aujourd'hui Louise a 17 ans et moi 49. Nous sommes restées dans le même appartement qui a assisté à ses premiers mots et ses premiers pas. Bien entendu la décoration a bien changé au fil des ans et le rose de la chambre de ma fille a disparu au profit de couleurs moins enfantines. Louise est une bonne élève et une lycéenne exemplaire. Elle répartit son temps entre ses études et ses amis. Je suis reléguée au second plan, voire au troisième. Mais la vie est ainsi et je l'accepte. Il en avait été tout autant pour moi au même âge. Je comprends maintenant ma mère qui me demandait de passer davantage de moments avec elle lorsque j'étais une adulte en devenir. Je réalise le sentiment d'abandon que certains parents peuvent ressentir. Je n'en suis pas à ce stade, toutefois j'aimerais profiter un peu plus de ma fille et qu'elle m'octroie davantage de temps avec elle. Je prends ce qu'elle me donne et m'en contente. Je m'estime comme une maman privilégiée. J'ai ma vie moi aussi. Je suis mère célibataire, mais non sans activités et loisirs.

Je ne me suis jamais mise en couple. Cela ne m'a jamais attiré. Je dirai même qu'au contraire, cela m'a constamment rebuté. Pour être tout à fait honnête et lucide, j'ai fui tout engagement avec un homme. Je reste marquée par mon histoire idyllique avec Cédric et la souffrance que j'ai ressentie à sa mort. Sa disparition tragique, nos rêves envolés et anéantis. Mon désir de couple et de toute une vie à deux s'est fracassé. Je me suis relevée. J'ai continué ma vie. Toutefois je n'ai plus jamais été cette fille amoureuse transie. J'ai gardé cette blessure, cette cicatrice indélébile en moi. Je ne le ressens pas comme une fatalité, mais plutôt une nécessité. C'est un choix de vie de ma part. J'ai opté pour ce modèle-là. Je l'ai assumé et je l'assume encore. Je n'ai pas ressenti de manque ou de tristesse. Je suis à mon aise ainsi. Je ne m'en suis pas cachée auprès de ma fille, ma famille et mes amis. Tous ont compris que ce serait comme cela et que je ne reviendrai pas sur ma décision, peu importe les arguments avancés. Ils se sont tous faits à cette idée et ce modèle familial que j'offrais à ma fille avec son père à des milliers de kilomètres et pour autant très investi.

Néanmoins j'ai eu des hommes, des partenaires qui ont partagé un bout de chemin avec moi. Je suis devenue incollable sur les histoires de passage, sans attache ni lien. Je passais du bon temps avec eux, nous partagions des instants agréables pour une période limitée. Bien sûr il y a bien eu un homme ou deux qui ont tenté un rapprochement affectif avec moi. Cependant, c'était le pacte entre nous, aucun sentiment et aucun engagement. Dès que je sentais qu'ils commençaient à s'attacher, à devenir dépendants, je mettais fin à notre relation, notre contrat à durée déterminée.

Je n'ai jamais imposé un homme à ma fille. Elle savait que c'étaient des copains qui venaient me chercher et avec qui je passais du temps, mais qu'aucun ne s'installerait dans notre quotidien. Nous étions un duo. Elle et moi. Autant qu'elle était un duo avec son père. Edouard et moi nous efforcions de maintenir ce lien de coparent entre nous. Il y a cette liaison entre nous et le point central est notre fille. Nous réussissons à nous accorder dans l'intérêt de Louise. En fait j'ai eu la vie que je m'étais fixée et choisie après Cédric.

Louise s'est montrée à l'aise avec ce schéma parental. En tous cas, c'est ce que je croyais jusqu'à cette fameuse et grandiose crise entre nous et que je me suis prise en pleine face.

Louise a un petit copain Théo depuis deux mois maintenant. Je constate qu'elle est amoureuse comme on l'est à cet âge-là où tout est décuplé, les sentiments aux bords des yeux et les émotions à fleur de peau. Elle voulait aller dormir chez lui. Je me suis opposée à cette envie, en mère responsable qui ne laissera pas sa fille de 17 ans aussi rapidement à un inconnu de passage.

Bon sang, qu'est-ce que je n'avais pas fait ?

— Je ne comprends pas ton refus Maman. Théo et moi sommes sérieux et ensemble depuis deux mois et demi. Toutes mes copines vont dormir chez leur copain. Leurs mères, elles, le comprennent et l'acceptent. Mais toi non !

— Louise, tu n'as que 17 ans et je me fous de savoir si Micheline ou Joséphine vont chez leurs mecs ! C'est ainsi, c'est non. Tu peux passer la soirée chez lui, mais pas y dormir. Ce n'est pas de ton âge et c'est trop précoce dans votre relation.

— Je ne suis plus une gamine Maman !

— Prends du temps pour mieux le connaître avant de prendre une décision sur laquelle tu ne pourras pas revenir.

— Ma décision est prise ! Nous sommes à un stade de notre relation où nous envisageons davantage. Tu peux le comprendre Maman.

— Tu es trop jeune Louise, c'est trop tôt, laisse-toi le temps de voir évoluer les choses entre vous. Je me doute que vous n'allez pas jouer au scrabble et je suis contre. Non, un point c'est tout.

— Je dispose de mon corps comme je l'entends, Maman ! Et dis-toi bien que cela arrivera que tu le veuilles ou non, avec ton consentement ou non, ce week-end ou à un autre moment.

— Louise…

— Tu n'es pas juste Maman. Quel âge avais-tu avec ton premier amour ? Tu avais attendu l'approbation de ta mère pour coucher avec lui ? Tu ne me feras pas croire que tu n'allais pas dormir chez lui !

— Ce n'est pas la même chose.

— Ah bon, et en quoi est-ce différent ?

— Maintenant ça suffit Louise, je n'ai pas à me justifier davantage. C'est ma décision.

— Ah et on en parle de tes décisions ?

— De quoi parles-tu ?

— Tes choix, ta vie de solitude. Ta vie triste en solo ! Je ne veux pas finir comme toi, seule et fière de l'être.

— Je ne suis pas triste, je suis très bien ainsi. Je n'ai pas besoin d'un conjoint.

— Non juste quelques mecs de passage pour te satisfaire !

— Louise, je ne te permets pas de me parler ainsi, sois respectueuse. Je suis ta mère, pas ta copine !

— Tes décisions, c'est bien ça ? Celles que tu imposes aux autres sans leur demander ni leurs ressentis ni leurs avis et qui détermineront pourtant leur vie.

— Mais bon sang, que me racontes-tu ?

— Je dis que tu as imposé à Papa ton choix d'avoir un enfant sans même écouter son point de vue et ses projets. Je dis aussi que tu m'as imposé par conséquent d'avoir un père à des milliers de kilomètres. D'être toujours seule avec toi tel un duo impossible. Que tu as décidé pour moi et pour lui selon TES désirs égoïstes ! Tu es égocentrique Maman. Tu n'as vu que ton propre intérêt. Pas le mien. Pas celui de Papa. Je t'en veux de m'avoir imposé tes choix pourris et injustes ! C'est moi qui en paye le prix et essuie les plâtres de ta vie sentimentale ratée, voire inexistante ! Tu entends, je t'en veux terriblement !

Elle tourne les talons, les yeux remplis de larmes, la voix tremblante de sanglots, se réfugie dans sa chambre dont elle claque très violemment la porte.

Putain, mais que vient-il de se passer ? Je me suis pris un ouragan de colère et de reproches dans la tête ! Une vraie tornade que je n'avais pas vu venir. Je reste abasourdie, sous le choc, immobile et interdite tel un lapin dans les phares d'une voiture.

Que répondre à ça ? Comment n'ai-je pu rien voir ? Je n'ai rien compris à ma fille. Je me suis fourvoyée en beauté. Je la pensais heureuse, épanouie, en adéquation avec notre modèle parental et notre fonctionnement familial. Je n'ai pas réalisé ce qui venait de se passer. N'aurais-je rien saisi à ma fille depuis 17 ans ? Je me suis trompée sur toute la ligne. Mais comment ai-je pu être centrée sur ce que je voulais voir au lieu de prendre la réelle mesure de ce que ressentait ma fille ? J'aurais fait fausse route depuis 17 ans ? Comment vais-je pouvoir rattraper cela ?

Je suis partagée entre poursuivre cette discussion avec elle ou respecter son choix de s'isoler. Quelle est la bonne solution ? Je n'en sais rien. Je suis envahie de flash-back de notre vie à deux et par l'incompréhension. À cela bien entendu vient se mêler la culpabilité. Je ne peux pas la laisser sur cet échange désastreux et surtout après ses révélations sur son mal être. Je toque à sa porte et guette une réponse. Qui ne vient pas. Je réitère mon geste et je m'entends dire qu'elle ne veut plus me parler. Cela déclenche en moi une torsion dans mon cœur. Je déteste lorsque nous sommes fâchées. Je décide d'entrer quoiqu'elle puisse me reprocher de n'en faire qu'à ma tête, cependant c'est dans son intérêt.

— Louise ?

— Laisse-moi tranquille !

— Je voudrais qu'on parle de ce que tu viens de m'avouer à demi-mot et de tes ressentis.

— Je veux juste être seule, tu peux le comprendre. Tu es trop sur mon dos depuis que Paul est mort et que tu as perdu ton boulot. Je voudrais pour une fois que tu respectes mon choix ! C'est trop te demander Maman ?

— OK, je respecte ta solitude, mais nous continuerons cette conversation. C'est important. Et sache que j'agis toujours en prenant en considération tes intérêts quoi que tu puisses en croire. Je t'aime ma belle.

Je ne suis pas persuadée d'avoir pris la meilleure décision en la laissant mijoter seule. Néanmoins, comment m'imposer davantage lorsqu'elle me reproche de ne penser qu'à moi ? Paul m'aurait dit de lui octroyer du temps et de respecter sa colère. Elle en a le droit. Elle est légitime. Il m'aurait conseillé de prendre du recul et d'envisager les choses sous son angle à elle. De faire preuve d'empathie et de voir avec ses yeux à elle, ceux d'une adulte en construction avec ses propres désirs et ses ressentis. Ah Paul, si seulement tu pouvais être encore présent à mes côtés pour me guider. Tu me manques chaque jour. Une tisane ne m'aidera pas à me détendre ce soir, en revanche me venger sur le pot de Nutella peut avoir son petit effet non négligeable.

Cette nuit, j'ai eu du mal à trouver le sommeil. J'ai refait dans ma tête le film de nos vies. Je comprends le sentiment de Louise de s'être considérée comme éloignée, voire tenue à l'écart de son père. Il est vrai que c'est moi il y a 18 ans qui ai imposé mon choix d'avoir un enfant à Edouard, et par la même occasion qui l'ai infligé à ma fille. Je ne peux pas lui en vouloir de me juger égoïste. Elle n'a pas tort. Je ne peux pas rattraper ce qu'elle semble considérer comme une décision discutable. Il faut que je lui prouve coûte que coûte qu'elle se trompe et que c'était la meilleure décision de ma vie que jamais je ne regretterai. Certes j'ai voulu assouvir mon propre désir de devenir mère, mais toute ma vie je la lui consacre depuis sa naissance. Il faut que je m'affaire à lui démontrer que j'entends son point de vue, que j'ai certainement commis des erreurs, or elle est toujours au centre de mes choix. Je vis pour elle.

Dans un premier temps j'ai opté pour exposer mon différend avec Louise à Edouard lors d'un échange téléphonique sans attendre sa prochaine visite dans quelques semaines.

C'est dans ce but que le lendemain, après le départ au lycée de ma fille, j'appelle son père pour l'informer, recueillir ses impressions et son point de vue. Je lui relate les faits. Il n'a rien remarqué non plus d'anormal dans l'attitude de notre fille ces derniers mois, ni même d'indicateurs d'un quelconque mal être profond comme Louise a pu le laisser transparaître hier lors de notre échange que l'on peut qualifier de houleux. Bien entendu nous avons toujours été lucides sur le fait que cette situation que nous avions choisie lui et moi n'était pas la plus évidente pour un enfant. Nous nous sommes constamment rassurés en nous disant qu'il valait mieux un père à distance, mais impliqué et des parents en accord l'un avec l'autre, que des parents dans la discorde ou totalement absents et irresponsables. C'est indéniable, nous nous sommes voilés la face et trouvés des excuses plausibles pour nous déculpabiliser et nous conforter dans nos choix. Or nous voilà avertis et dorénavant vigilants au bien-être réel de notre fille.

Edouard se montre rassurant quant aux débouchés positifs que nous allons retirer de cette situation conflictuelle. J'avoue que pour le moment j'ai du mal à l'entrevoir. Edouard est un éternel optimiste. Il a toujours vu le verre à moitié plein. Moi aussi en règle générale, mais à cet instant présent j'aurai plutôt tendance à le voir à moitié vide. Il faudra que j'aie une discussion à cœur ouvert avec ma fille. Cependant, je sais que pour le moment elle s'est braquée et que je n'en tirerai rien de bon. Je connais ma fille et je sais reconnaître quand il faut lui laisser du temps et de l'espace. Louise est têtue et parfois dure depuis quelque temps. J'ai tantôt l'impression qu'elle s'éloigne de moi et tout en le comprenant, ça me blesse. Je ne peux pas la tenir dans mes bras quand elle n'en a pas envie. Elle se comporterait comme un petit animal sauvage et se débattrait de plus belle. Je vais donc observer une petite période de répit.

Dans un second temps, j'ai aussi décidé de reprendre une activité professionnelle et laisser respirer ma fille sans avoir une mère déprimée et inactive dans les pattes. Me mettant en quête d'un autre boulot, j'ai rapidement décroché ce nouveau contrat de travail pour ce cabinet médical. Une nouvelle aventure professionnelle va débuter !

J'ai donc commencé un nouveau job dans ce pôle médical composé de plusieurs médecins de spécialités très différentes. Les locaux sont dans un immeuble très récent et sont flambants neufs. Cela me change vraiment du cabinet de Paul dans un vieil immeuble du centre-ville historique et qui était resté figé dans les années 1970 où son père avait fait la déco selon ses goûts de l'époque. Notre petite ville a voulu regrouper ses différents médecins dans un même lieu. Par conséquent, lorsque ces nouveaux bâtiments se sont construits, la Mairie a suggéré l'idée aux trois cabinets médicaux existants de fusionner en un seul dans ce nouveau complexe immobilier.

Il y a 8 médecins, 4 hommes et 4 femmes, la parité est, on ne peut mieux, respectée. Cette équipe médicale est complétée par une assistante dentaire, se prénommant Nathalie, une secrétaire médicale, Lucile, et moi qui viens en renfort de celle-ci après le départ de sa collègue, partie précipitamment. Nous voilà 11 collaborateurs à évoluer ensemble dans ce cabinet qui se veut très moderne. L'ambiance me paraît sérieuse et détendue à la fois. Les médecins ont entre 35 et 55 ans. Les plus jeunes étant les deux généralistes, Aymeric et Tristan. Les deux plus âgés étant le cardiologue, Jean Michel, et un des deux chirurgiens-dentistes, Stéphane. La seconde dentiste, Ingrid, une blonde et mince femme d'une petite quarantaine d'années, est moins loquace, mais pas moins sympathique. La dermato, Anne, est assez réservée et discrète. Les deux ORL, Magali et Muriel sont toujours en train de blaguer et de plaisanter. Elles sont constamment souriantes, avenantes et joviales. Elles sont très chaleureuses et rigolotes. C'est un réel plaisir de travailler à leurs côtés. Elles contribuent sans doute à l'humeur de l'ensemble du personnel par leur joie de vivre et leur gentillesse. Elles ont à quelques années près mon âge et sont elles aussi mères d'adolescents. Il semblerait que tous ces médecins soient très efficaces et fiables. Ils sont expérimentés, un peu moins les deux plus jeunes. Cela ne les empêche pas de s'octroyer des pauses détente et fous rire entre deux consultations. Ils échangent régulièrement entre eux autour d'un café pris ou d'une cigarette fumée sur le balcon. Le climat qui y règne est empreint de sérieux et de convivialité. Je sens que je vais me plaire ici ! J'assure le secrétariat de 4 médecins, le cardio, les deux dentistes et la dermato. Lucile gère donc celui des deux jeunots généralistes et des deux copines ORL. Nathalie jongle entre les deux dentistes pour apporter son aide selon les soins prodigués aux patients et les besoins des docs. Je suis en période d'essai pendant un mois et le contrat proposé par la suite est un CDD qui pourra déboucher sur un CDI. Autant je n'ai jamais voulu ces dernières années m'engager auprès d'un homme, autant l'engagement professionnel ne m'a jamais fait peur et je me suis toujours donnée à fond dans mes emplois. Je prends mes fonctions avec toute la conscience professionnelle et l'investissement qui me caractérisent. Mon expérience me permet d'être opérationnelle immédiatement. Je constate que Lucile en apprécie ma rapidité et mon efficacité. Depuis le départ de sa collègue, le cabinet a tenté de fonctionner avec une seule secrétaire médicale. Tous se sont rendu compte, malgré le dévouement de Lucile, que cette tâche était bien trop grande pour une seule personne et qu'il leur fallait recruter rapidement pour venir soulager cette démenée de Lucile. C'est dans cette optique que Magali m'a recruté en accord avec ses confrères et consœurs. Je pense sincèrement que je vais me sentir bien ici.

J'officie à temps complet. L'amplitude horaire des journées travaillées est grande, mais en contrepartie je ne bosse que 4 jours par semaine. Et croyez-moi que j'apprécie ce jour chômé ! La semaine de 4 jours, quelle riche trouvaille ! Je ne travaille pas le lundi, ce qui me permet d'avoir un long week-end sachant que le cabinet est fermé le samedi. En revanche, Lucile ayant son repos le mercredi, je suis seule secrétaire ce jour-là. Cette nouvelle génération de médecins, contrairement à Paul et ses acolytes, ne veut pas consacrer tout son temps à ses patients et veut s'octroyer une vie familiale et de loisirs. C'est bien normal. Et ils ont bien raison. L'époque des médecins de famille qui bossaient en cabinet 70 heures par semaine et que les patients pouvaient appeler même en pleine nuit à leur domicile est bel et bien révolue. Nous faisons face à des hommes et des femmes, non moins investis, mais qui aspirent à autre chose qu'une seule carrière professionnelle sans répit. La médecine et sa pratique évoluent sans cesse. Et les desiderata des médecins aussi.

Ces premières semaines au cabinet se déroulent à la perfection. Je ne peux pas en dire autant de l'ambiance à la maison. Louise reste sur la réserve avec moi et je ne parviens pas à briser cette distance qu'elle a mise entre nous. J'ai beau fournir des efforts, la laisser tranquille quand je la sens s'éloigner, j'ai du mal à la suivre. Si je garde mes distances, elle me reproche mon manque d'intérêt et si je lui manifeste justement de l'intérêt, elle me reproche de l'étouffer. Ces derniers temps, je ne reconnais plus mon bébé bonheur et je fais face à un ours grincheux mal léché. Si j'ai le malheur de pénétrer dans l'antre de sa chambre transformée en grotte d'hibernation, je me fais envoyer sur les roses et mettre dehors. Elle me rejette souvent. Et de manière très contradictoire, le soir elle vient parfois se blottir sur le canapé contre moi comme un petit chaton en mal d'affection. Je ne la comprends plus. J'ai besoin d'un décodeur d'ado. Le seul moyen que j'ai trouvé pour ne pas la mettre en rogne et subir sa mauvaise humeur actuelle, c'est de me tenir à distance raisonnable et à sa disposition : câlins quand elle le souhaite, écoute quand elle a envie d'échanger et distance nécessaire quand elle se change en dragon. Je marche sur des œufs avec elle. J'ai constaté qu'elle ne voit plus Théo depuis quelque temps et j'en conclue qu'ils ont rompu, mais sans en avoir la certitude. Je n'ose même pas aborder le sujet par peur de sa réaction et par respect de sa vie privée. Je déteste la voir comme ça. Elle a l'air si perdue. Si triste, si désemparée. Un chagrin d'amour c'est douloureux. Toutefois ce ne sera sans doute pas le dernier. J'espère que la venue imminente de son père saura apaiser cette guerre froide entre nous et saura lui rendre le sourire. Je mise tous mes espoirs en Edouard et son bon caractère. Or c'était sans compter sur la ténacité de l'humeur chagrine de Louise… Grincheux 1, Joyeux 0. Et moi, quel personnage suis-je ? La méchante reine ou Prof ? Dans tous les cas, je suis barbante à ses yeux.

Lorsque Edouard est arrivé, je l'ai invité à manger à la maison pour que nous nous retrouvions autour de notre fille et d'un bon repas familial pour fédérer les troupes et leur redonner du baume au cœur. Je n'avais pas imaginé une seconde la pluie de reproches qui allait s'abattre sur nous deux au cours de la soirée…

— Louise, tu ne voulais pas inviter ton petit ami à se joindre à nous ce soir ?

— Edouard, chut.

— Quoi, j'ai dit une bêtise ? Tu ne veux pas me le présenter ?

— Il n'y a plus personne à te présenter Papa !

— Ah ok, je vois. Tu veux nous en parler.

— Pour dire quoi ? Qu'il m'a trouvé trop cruche de ne pas pouvoir aller dormir chez lui ? Trop puérile que j'ai besoin de l'autorisation de ma mère ? Trop débile de m'y soumettre ? Trop arriérée de prétexter vouloir attendre le bon moment dans notre relation pour aller plus loin ensemble ? Quoi d'autre ? Qu'il a préféré une fille dont la mère ne s'oppose pas à la voir grandir et s'émanciper ? C'est de ça dont tu parles Papa, c'est cela que vous voulez que je vous réponde ? Ou le fait que ce n'est pas grave, que je comprends la décision de Maman, que c'est la vie, que je ne vous en veux pas ? C'est ça que vous voulez entendre de moi ?

— Ta mère t'a expliqué son point de vue. Je suis d'accord avec elle.

— Mais duquel tu parles Papa ? De celui de m'interdire d'aller dormir chez Théo et de me tourner en ridicule auprès de lui et tous ses copains ?

— Ma chérie, raconte-nous ce qu'il s'est passé ?

— Non, ça m'est personnel. C'est ma vie intime. Même si toi, tu ne sais plus ce que c'est !

— Louise, ne t'adresse pas comme ça à ta mère !

— Ma belle, si Théo n'a pas compris ma décision et s'il t'en a tenu rigueur pour ça, c'est un idiot !

— Tes décisions Maman, il n'y a pas que Théo qui ne les comprenne pas. Et tes décisions s'imposent toujours aux autres dans ton seul intérêt !

— Le problème est ailleurs. C'est bien cela ? Louise, je ne vais pas m'excuser de t'avoir donné la vie !

— Tu n'as pensé qu'à toi et à assouvir ton désir d'être mère coûte que coûte et sans te soucier de ce que pourrait ressentir cet enfant, MOI !

— J'ai pris cette décision il y a 18 ans, oui, j'ai voulu garder cet enfant que la vie m'offrait. Toi ma fille, et je ne l'ai jamais regretté. Ne me dis pas que tu as été malheureuse de ce choix depuis 17 ans ?

— C'est maintenant que je suis en âge de comprendre les choses que je vois différemment.

— Louise, nous avons décidé de t'avoir et de t'élever, certes selon un modèle parental différent, mais non moins sans amour et investissement.

— Oh toi, tu as choisi de m'avoir Papa ? Non tu as subi le choix de Maman ! Tu n'as rien choisi du tout me concernant !

— Si j'ai choisi de devenir père.

— Tu as surtout choisi ta carrière, et d'assouvir ton besoin d'aider les autres pour te racheter quoi ? Tu as décidé de sauver tous les enfants de l'Afrique, mais tu n'as pas choisi TON enfant, tu ne m'as pas choisi MOI ! Et maintenant vous voulez que je vous rassure et que je vous déculpabilise ? Non, vous devez faire face à ce que vous m'avez imposé. Avoir une mère seule avec des hommes de passage quelques fois, mais jamais ancrés dans notre vie. Avoir un père qui vit sur un autre continent et qui vient en aide aux enfants du monde, quel héros, mais qui s'en fout de sa propre fille ! Qui a préféré sa carrière et les enfants des autres !

— Louise, ma belle, je sais que ce mode familial peu conventionnel n'a pas été facile tous les jours. Je me rends compte qu'on t'en a peut-être demandé trop et que ce n'était pas simple pour toi d'être loin de ton père. Mais je sais aussi qu'on a toujours fait au mieux dans ton intérêt pour te faciliter nos décisions. Nous nous sommes toujours investis à 200 % auprès de toi et ton père a à chacun de ses séjours tout fait pour que vos rencontres soient merveilleuses.

— Je m'en foutais que ce soit merveilleux, ce que j'aurai voulu moi, c'est avoir mon père à la maison.

— Louise, on ne t'a jamais menti sur la nature de notre relation. Nous n'avons jamais été un couple.

— Sans même être un couple, Papa, tu aurais pu revenir vivre ici, à côté de moi. Au lieu de ça, tu as préféré vivre à l'autre bout du monde.

— J'entends ton ressentiment Louise, j'aurais dû faire autrement, tu as sans doute raison. J'aurais dû faire ça pour toi ma fille. J'ai pris de mauvaises décisions, je le conçois en t'écoutant, mais sache que tu as toujours été au centre de mes préoccupations. Tu es ce qui compte le plus pour moi, sois en assurée. Même si mes actes ont parfois montré le contraire. C'est vrai que je me suis reposé sur ta mère. Je savais qu'elle faisait son maximum pour toi et que tu ne manquais de rien.

— À part d'un père, je ne manque de rien !

— Tu es dure Louise, ton père est présent dans ta vie. Tu as un père. Il s'est investi même à des milliers de kilomètres ! Tu n'es pas juste.

— Pas juste ? Tu plaisantes ? Qui de nous trois subit ce mode familial ?

— Je comprends que tu sois en colère Louise, que tu te sentes désabusée et lésée. Sois certaine que je n'ai, que nous n'avons eu que ton bonheur en ligne de mire. Notre objectif a toujours été et sera toujours ton bien-être malgré ce que tu considères comme de mauvais choix. On t'aime ma belle.

— Pourquoi tu ne nous as jamais dit tes ressentis Louise ? On aurait pu les entendre.

— Je ne voulais pas vous faire de peine. Et je voulais profiter à fond de tes séjours ici et du temps réel passé avec toi. Je ne voulais pas blesser Maman que je voyais se démener pour moi au quotidien.

— Tu n'aurais pas dû garder toute cette souffrance dans ton petit cœur d'enfant. Nous serons présents à chaque fois que tu en auras besoin ou que tu en ressentiras l'envie. Tu n'as pas à essayer de protéger tes parents. Ce n'est pas ton rôle ma belle. C'est notre devoir d'agir dans ton intérêt et pour ta protection. Tu auras ad vitam aeternam la place de nous parler de tout, sans tabou, sans peur, sans gêne. Nous pouvons tout entendre. Je suis désolée que tu aies souffert de nos décisions qui allaient déterminer TA vie. Je suis sincèrement navrée. J'espère que tu pourras nous pardonner.

— Nous avons crevé l'abcès, dorénavant nous agirons en connaissance de cause ta mère et moi, et nous allons pouvoir rectifier certaines choses, mais nous ne pourrons pas revenir sur le passé. Je te promets de réfléchir à une solution. N'hésite plus jamais à me dire ce que tu ressens. Ne crois pas que les personnes dont je m'occupe en Afrique sont plus importantes que toi. En aucun cas. Tu es ma terre, je gravite autour de toi comme la lune, parfois de très loin, mais tu es le centre de ma vie. Et même si je m'éloigne physiquement, tu es à chaque instant présente dans mon esprit et dans mon âme. Je reviens toujours vers toi. Je ne me cherche pas d'excuses, j'ai commis des erreurs, or je n'ai pas eu un modèle de père très explicite. J'ai dû apprendre en partant de pas grand-chose. Ou plus exactement en partant d'un modèle déplorable. Non seulement mon père a toujours été très distant et froid avec moi, mais comme si cela ne suffisait pas, j'ai passé ma vie sous ses reproches. Il ne m'a jamais trouvé à la hauteur de ses espoirs et me l'a bien fait savoir. Je ne suis qu'une grosse déception pour lui. Tant que ma mère, douce, tendre et aimante, tout le contraire de lui, d'ailleurs je n'ai jamais compris ce qu'elle faisait avec un homme pareil, était encore en vie, elle faisait le tampon entre mon père et moi. Cet homme sinistre. Elle m'apportait du réconfort dans la dureté, la sévérité et le mépris que représentait cet homme. Mais à la mort de ma mère, je me suis retrouvé seul face à cet étranger insensible qui me faisait horreur et qui détestait ce que j'étais. Lorsque je pleurais ma mère et que je faisais mon deuil, il me rabaissait en me disant que je n'étais qu'une petite chose fragile et insignifiante qui n'avait aucun cran. Il est devenu encore plus tortionnaire avec moi. J'avais l'impression qu'il prenait plaisir à m'humilier constamment et à me détruire. Il me faisait payer le fait d'être en vie à la place de ma mère. Il aurait sans doute préféré que ce soit moi qui meurs dans cet accident et conserver son épouse docile et rassurante à ses côtés. Ma plus grande peur et ma hantise, c'était de devenir comme lui : ingrat, autoritaire, froid, un vrai connard. J'ai voulu marquer une rupture dans cette éventuelle fatalité de finir comme lui. J'ai pris le contre-pied. Je me suis tourné vers les autres quand lui n'était centré que sur sa personne. J'ai abandonné mes études à l'ENA, j'ai opté pour la formation d'infirmier. Sa déception n'a été que plus grande. Il avait la certitude que j'étais un raté et que j'avais craint la difficulté des études de haut fonctionnaire. Il n'a jamais compris mon choix et je ne le lui ai jamais expliqué. Je n'ai jamais dit mes ressentis à mon père. Il a un cœur de pierre, à quoi bon m'évertuer à parler à un roc dépourvu d'émotions. Il ne saura pas que j'ai hérité de la vocation d'aider les autres de ma mère, que je le fuis comme la peste et que j'ai opté pour me tenir à distance de lui. Comme si en étant à des milliers de kilomètres de lui et en mettant un continent entre nous, j'allais éviter de finir comme un vieux con autoritaire et seul. Toutefois, là où il avait raison, c'est que cela fait 30 ans que je suis lâche. Et que je ne l'ai pas affronté. Je me tais depuis bien trop longtemps. J'ai préféré la fuite à l'affrontement. Parce que ma mère n'était plus là pour me réconforter et panser mes blessures. Car face à lui, je ne ressors jamais vainqueur, mais vaincu et meurtri. Alors je suis parti le plus loin. Tu as raison, ma fille, lorsque tu me dis que j'ai servi mes intérêts avant les tiens. Oui tu as raison, je me suis mis à l'abri de mon père comme un lâche, et par la même occasion loin de toi. Crois-moi, je comprends aujourd'hui mes torts et je te présente toutes mes excuses. Je n'ai pas le pouvoir de modifier le passé, or je peux chambouler le présent pour un meilleur avenir pour nous deux, nous trois.

— Papa, les faits sont là, tu vis à des milliers de kilomètres de moi, je ne vois pas comment les choses pourraient être autrement.

— Fais-moi confiance et laisse-moi un peu de temps. Je te promets du changement.

— Edouard, ne promets rien que tu ne pourras tenir. Je ne veux pas que tu fasses de fausses promesses à Louise.

— Je ne suis pas du genre à promettre monts et merveilles.

— Papa, je suis désolée que ton père soit un vrai enfoiré. N'aie crainte, tu n'es pas comme lui et tu ne le seras jamais. Tu m'as toujours encouragée dans tout ce que j'ai entrepris et même quand c'étaient des idées saugrenues.

— Ton père a raison, maintenant que les choses sont dites, nous allons pouvoir construire autrement notre relation ensemble et surtout ton avenir ma Belle. On t'aime si fort. Tu es le soleil de ma vie. Tu es mon bonheur. Je n'ai besoin de rien d'autre que de te rendre heureuse. Tu es ma raison de vivre.

— Oui Maman, mais tu t'es oubliée dans notre duo.

— Non ne crois pas que je me sacrifie. Il en est ainsi depuis que Cédric est mort. Je suis bien seule et je n'ai besoin de personne dans ma vie. Je suis très heureuse ainsi et je ne ressens pas de manque.

— Et quand je partirai de la maison, Maman, tu seras toute seule.

— Eh bien si je m'emmerde, je prendrai un chien ! Ça tient chaud l'hiver, ça fait de la compagnie, ça apporte de l'affection, ça vous aime sans condition et ça ne râle jamais !

Nous nous mettons à rire à l'idée de moi vieillissante sous un plaid à carreaux avec un bichon maltais sur les genoux. Le reste de la soirée se fait dans la bonne humeur et les rires. Je suis heureuse de ce tableau familial de nous trois, ravie d'être ensemble. J'ai les yeux remplis d'amour et des larmes de joie sont au bord de mes cils. Je m'éclipse discrètement pour aller y remédier sans que mes deux mousquetaires ne me voient sinon je vais me faire charrier par ces deux-là.

Edouard doit rester ici en ville pendant plusieurs semaines. Ce qui leur laissera du temps pour se retrouver et partager de bons moments ensemble. Cette idée m'enchante et me rassure de savoir Louise entourée de son père pendant que je suis au boulot jusque tard certains soirs. Il va la chercher au lycée en fin de journée, la ramène à la maison quand elle doit étudier, l'emmène balader le week-end, au cinéma voir tous les derniers films. Ils sont complices et heureux d'être ensemble. Louise a regagné sa bonne humeur. Par la même occasion, j'ai retrouvé mon bébé bonheur. Je suis certaine que notre discussion à cœur ouvert la dernière fois y est pour beaucoup. J'en suis comblée. Son sourire me remplit de joie. Leurs rires illuminent ma vie.

Ma fille, elle est tout pour moi. Je l'aime d'un amour inconditionnel. Elle fait de moi quelqu'un de meilleur. Mon seul bonheur n'est que de la voir évoluer, grandir, devenir femme, s'épanouir. Elle est le centre de ma vie. Je ne veux pas la garder égoïstement pour moi. Je ne l'élève que pour qu'elle vole de ses propres ailes. Mais je serai toujours son refuge. Je serai toujours présente quand elle le voudra et quand elle en aura besoin. Je me montrerai chatte si elle a besoin de douceur, louve si elle nécessite ma protection et tigresse s'il lui faut ma force. Je serai son phare pour éclairer son chemin dans la nuit quand elle est égarée. Je la laisse faire ses pas seule, gagner son autonomie, son indépendance. Cependant elle pourra à chaque instant compter sur moi. Ma fille, mon grand amour.

Chapitre IV

Depuis que la joie a regagné mon foyer et surtout que je sens ma fille plus épanouie, je peux être plus sereine lorsque je suis au travail.

Je me sens de plus en plus à l'aise avec mes collègues « personnel support » et mes employeurs, les médecins. L'ambiance est toujours détendue. Je craignais un peu que ce soit l'engouement des premiers temps qui y contribue, mais ce climat propice perdure et je me sens ici à ma place. Cela fait dorénavant 1 mois que j'ai pris mes fonctions et ma période d'essai s'est terminée par un contrat à durée déterminée. Je suis embauchée pour une longue aventure qui s'annonce riche !

J'apprécie chacun des médecins et leurs caractéristiques propres. J'aime la convivialité, la décontraction et la chaleur de Muriel, la brunette aux yeux malins, mariée à une autre femme et mère d'un garçon, et Magali, la blonde longiligne aux cheveux aussi clairs que ses yeux sont sombres mariée à un chirurgien et mère également d'un fils très ami avec celui de Muriel. Elles sont douces avec leurs patients et à leur écoute. Je reconnais en ces qualités humanistes le reflet de Paul. J'affectionne tout particulièrement ces atouts chez un médecin et chez une personne en règle générale. Elles ont toutes deux un grand professionnalisme. Chaque médecin ici à des compétences et une expertise, ce n'est pas pour autant qu'ils restent sur leurs acquis. Ils sont sans cesse en quête de perfectionnement. Jean-Michel toujours rasé de près, sentant l'après rasage, et à la calvitie naissante est adepte de la recherche scientifique et des progrès à apporter aux patients en matière d'équipement. Il a créé un appareillage de mesure de la fréquence cardiaque spécifique pour les femmes à porter 24 h/24 et connecté au médecin qui assure la surveillance de sa patiente à distance. Quant à Aymeric et Tristan, nos deux petits jeunes, ils sont de chouettes gars, soucieux de leurs patients, désireux de bien faire et d'apprendre, et en même temps de gais lurons. Ils sont chaque jour apprêtés, se laissant pousser une barbe pour paraître plus âgés et pour inspirer davantage de confiance aux patients. Anne aux cheveux châtains et aux yeux verts rieurs est plus réservée et toujours calme. Elle se différencie par sa douceur même dans les actes chirurgicaux parfois douloureux qu'elle prodigue. Lorsque nous voulons nous recentrer et regagner notre sérieux, elle insuffle sur nous tous cette générosité discrète et cette humilité. Elle est le calme après la tempête que peuvent être les autres collaborateurs très dynamiques.

Les deux dentistes sont souvent affairés sur des actes de précision et Nathalie, leur assistante dentaire, leur apporte son savoir-faire et sa technicité. Ingrid aux charmes et aux allures nordiques, se montre un peu plus distante, mais n'en est pas moins agréable. Et Stéphane… Que dire de Stéphane ? Il a aux alentours de 55 ans. Il a été marié et est divorcé depuis plusieurs années d'après ce que j'ai compris. Il a eu 4 enfants, quatre fils, avec sa femme. Les deux aînés sont autonomes et inscrits dans la vie active, le plus jeune vit avec sa mère et le cadet fait ses études dans une autre ville où il vit en colocation. Stéphane n'est pas très grand, mince, aux cheveux grisonnants et aux yeux noisette. Il a ces rides aux coins des yeux qui lui confèrent un certain charme lorsqu'il sourit. Il est élégant, sobre, n'en fait jamais trop. Il a beaucoup d'humour. Il n'est jamais le dernier à plaisanter. Il est agréable à côtoyer et à regarder, je l'admets sans honte !

Un jour où Nathalie est en congé et Lucile en repos, il vient me chercher derrière mon bureau du secrétariat et me demande mon aide dans un acte médical auprès d'un tout jeune patient qui ne reste pas tranquille et ne se laisse pas toucher.

— Audrey, il faut que tu viennes m'aider, ce gamin ne se laisse pas approcher et menace de flanquer tout mon matériel en l'air. Sa mère ne parvient pas à le calmer.

— Mais Stéphane, je ne suis pas assistante dentaire, je ne saurais pas quoi faire pour t'aider.

— J'ai juste besoin que tu écartes la mère pendant que j'administre la piqûre d'anesthésiant au gosse et que tu le tranquillises pendant que je lui prodigue des soins pour soigner une vilaine carie.

— Je n'aurai rien d'autre à faire ?

— Non. Il me faut juste une tierce personne calme et rassurante.

— OK, je te suis.

Lorsque nous pénétrons dans le cabinet dentaire, l'enfant qui doit avoir une dizaine d'années s'agite dans la pièce, suivi par sa mère. Celle-ci est blême et prise de panique encore plus que son fils. Cet enfant est si nerveux en reflet de l'état de sa mère. Stéphane a raison, il faut éloigner et calmer la mère avant toute chose, sinon le dentiste ne pourra pas s'approcher du gamin.

— Madame, vous voulez bien venir avec moi ? Vous allez attendre en salle d'attente confortablement installée pendant que le docteur s'occupe de votre fils.

— Je ne laisserai pas mon fils seul.

— Il n'est pas seul, je serai présente.

— Je veux que ma Maman reste, je ne veux pas qu'elle parte.

— Je pense, Madame, que votre fils est nerveux du fait que vous l'êtes vraisemblablement vous aussi.

— Je veux rester.

— Je vous comprends Madame, mais les choses seront peut-être plus faciles pour chacun de vous. Ne vous inquiétez pas, votre enfant est entre de bonnes mains expertes.

— D'accord. Si vous croyez que c'est mieux. Mon lapin, ne t'inquiète pas, je suis là, juste à côté.

— Maman déteste les dentistes, elle en a affreusement peur.

— Je vois ça. Comment t'appelles-tu ?

— Killian.

— Bonjour Killian, moi je suis Audrey. Je te comprends, je ne suis pas très à l'aise en compagnie des dentistes habituellement. Je n'aime pas trop qu'on me touche les dents. Mais Stéphane, ton dentiste, est très précautionneux et délicat. Sais-tu ce qu'il doit te faire pour que tu n'aies plus mal à cette fichue dent ?

— Non, je n'en sais rien.

— Stéphane ne t'a rien expliqué ? Mmm. Je conçois que du coup tu sois un peu effrayé. Je vais t'expliquer avec mes mots à moi. Il doit te faire une piqûre dans la gencive pour endormir ta dent et ta douleur. Ensuite il va gratter la dent malade avec un instrument pour retirer la carie. Ensuite il appliquera une sorte de pansement sur ta dent et tu ne sentiras plus rien. Je vais rester avec toi et te tenir la main. Tu veux bien ?

— Et Maman ? Elle reste ?

— Ta Maman restera en salle d'attente. Elle sera juste à côté. Cela te convient ?

— Elle fait mal la piqûre ?

— Je ne vais pas te mentir et je vais me montrer honnête avec toi : oui la piqûre fait mal. Ce n'est pas agréable. Je te promets que Stéphane fera de son mieux pour que ce soit très rapide. Je suis certaine que tu es un garçon très courageux et que tu sauras te monter brave.

— D'accord, je veux bien essayer.

— Tant mieux. Tu te sentiras tellement mieux une fois que cette vilaine carie sera soignée. Crois-moi.

— Tu es prêt bonhomme ?

— Oui Monsieur, mais en douceur s'il vous plaît.

— J'y vais.

— Serre ma main, Killian autant que tu le veux.

Stéphane a pu soigner ce petit qui s'est montré plus coriace qu'il n'y paraissait. Kilian aura sans doute gagné toute la fierté de sa mère aujourd'hui. Les soins terminés, je tourne les talons et compte rejoindre mon bureau à l'entrée quand Stéphane me saisit le bras.

— Audrey, tu t'es montré très efficace. Heureusement que tu es intervenue, car je n'arrivai à rien avec ce couple infernal de l'enfant trouillard et de la mère hystérique.

— Cette mère stressée transmettait sa peur à son fils.

— Il y a toujours des enfants effrayés à soigner.

— Tu devrais leur expliquer clairement tes actes. Ça dédramatiserait la situation et rassurerait les enfants inquiets. Et même les adultes !

— Je lui ai décrit ce que je m'apprêtais à faire. Mais cela ne l'a pas calmé.

— Tu as employé ton jargon médical d'adultes ?

— C'est vrai que je n'ai peut-être pas été très clair dans mes explications auprès d'un jeune enfant.

— Il faut juste parler simplement pour démystifier vos actes médicaux et rassurer vos patients petits et grands. Nous ne sommes pas médecins et nous ne comprenons pas toujours votre charabia médical.

— En tout cas, je te remercie d'être venue à mon secours.

— Oh je ne suis pas venue à ton secours, mais à celui de Killian !

Les jours défilent au boulot et je suis vraiment satisfaite de mon embauche. J'avais peur après le décès de Paul et la fin de notre collaboration de ne plus jamais retrouver un cabinet médical où les choses auraient été simples et où je me serai sentie à ma place. Ici c'est le cas. Je suis contente et soulagée. Pourvu que cela dure et que ce ne soit pas une façade temporaire. Mais j'ai bon espoir.

À la maison, ma fille a comme retrouvé un peu de détente et de joie. Je la sens plus apaisée depuis qu'elle nous a confié ses ressentis. Nous avons renoué le dialogue et retrouvé un peu de notre complicité. Je conçois tout à fait que cette discussion n'a pas enlevé toutes ses rancœurs, néanmoins avoir mis des mots sur ses maux a été bénéfique et j'espère s'avérera constructif. En tout cas, j'y suis sensibilisée et je ferai mon possible pour son bien-être. Je ne veux plus qu'elle pense que je fais passer mes intérêts avant les siens bien que mon choix ait été discutable il y a 18 ans. Depuis sa naissance je n'ai eu en ligne de mire que son bonheur.

Edouard a passé beaucoup de temps avec elle sans pour autant l'étouffer et en respectant son besoin de solitude à certains moments.

Un samedi soir, alors que sa visite n'était pas prévue, nous avons vu Edouard débarquer à la maison.

— Bonsoir.

— Bonsoir Audrey.

— Que nous vaut l'honneur de cette visite imprévue ?

— Une triste nouvelle, malheureusement, mais prévisible.

— Que se passe-t-il ?

— Papa ? Qu'est-ce que tu fais là ?

— Une mauvaise raison. Je ne vais pas passer par quatre chemins et dire les choses telles qu'elles sont. Ma grand-mère est morte cette nuit. Son auxiliaire de vie l'a trouvé inanimée dans son lit ce matin. Elle est partie dans son sommeil apparemment.

— Je suis navrée de cette triste nouvelle et je suis désolée pour toi Edouard. Je sais à quel point Marie comptait pour toi.

— Oui, elle aura été un pilier dans ma vie. J'ai toujours apprécié son côté rebelle. Elle avait 103 ans. Elle aura eu une très longue vie bien remplie. 3 mariages et un divorce. Elle aura été choyée par ses 3 maris successifs et aura connu des chagrins avec le deuil à deux reprises de ses défunts maris.

— Elle m'a toujours fait penser à la grand-mère de Vic dans la Boum. Elle était si fraîche !

— Papa, tu dois être si triste.

— J'accuse le coup même si avec 103 ans, je me doutais bien que ça allait arriver un jour ou l'autre. Je suis content de l'avoir vu ces derniers jours et d'avoir passé tous ces moments avec elle.

— Tu n'étais pas chez elle cette nuit ?

— Non j'étais parti depuis deux jours avec des amis pour assister à un concert un peu loin. Je suis rentré immédiatement lorsque mon père m'a prévenu.

— Vous avez pu profiter de vous retrouver ces dernières semaines. Elle est partie en t'ayant vu.

— Papa, je suis si peinée pour elle, pour toi, pour moi. Elle va me manquer…

— À moi aussi Louise. Elle aura été pleine de vie. Elle n'était pas conventionnelle. Elle était en avance sur son époque et sera restée moderne. Elle aura vécu avec son temps et non pas comme une vieille femme aigrie et seule comme son fils, mon père. Je n'ai jamais compris comment mon père pouvait être aussi différent d'elle. Elle était tout l'opposé de lui. Là où il n'est que froideur et rancœur, elle aura été aimante et attentive aux autres.

— Comment va ton père ?

— Grand-père Jean doit être si chamboulé d'avoir perdu sa mère.

— Je ne sais pas. Comme à son habitude, il ne témoigne pas de ses ressentis et reste impassible et distant. J'ai juste osé une accolade sur l'épaule, il est resté stoïque et ne m'a même pas adressé un regard. Il règle toutes les formalités et n'a pas voulu de mon aide. Je ne comprendrai décidément jamais cet homme.

— Peut-être cache-t-il ses émotions, mais cela ne veut pas dire qu'il en soit dépourvu. Il est pudique.

— Pudique ou simplement con, je m'occuperai moi-même de l'éloge funéraire et des fleurs. Parce que si je compte sur lui, il se contentera de trois mots vides de sentiments et 3 fleurs sans aucune personnalisation. Je ne lui fais pas confiance pour ce qui est de mettre un peu de chaleur et de sens dans les choses de la vie et la perte d'un être cher.

— Quand auront lieu les obsèques ? Vous avez déjà une date.

— Oui ce sera mardi matin.

— Je serai présente pour rendre hommage à Marie et vous épauler toi et Louise.

— C'est la première fois que j'irai à un enterrement Papa.

— Elle ne voulait pas être enterrée, mais incinérée. Ce qui déplaît par-dessus tout à mon père et j'ai dû insister très lourdement pour qu'il respecte cette dernière volonté de sa mère.

— On te rejoindra au crématorium mardi. Tu veux rester manger avec nous ce soir ou tu préfères rejoindre ton père ?

— Certainement pas être avec lui ! J'accepte très volontiers ton invitation. C'est vrai que l'idée de rentrer ce soir chez elle dans cette maison maintenant vide ne m'enchante pas trop.

— Reste dormir ici Papa ! Hein Maman ? Tu n'y vois pas d'inconvénients ?

— Louise… Tu prends ta mère au dépourvu. Je vais rester manger et après je rentrerai chez ma grand-mère.

— Maman, allez dis oui.

— Oui tu peux passer la nuit ici. Je comprends que tu n'aies pas envie de rester seul ce soir chez elle. Ça ne me dérange pas. Tu es le bienvenu.

— Papa, reste. Je peux te prêter un t-shirt large et on a des brosses à dents neuves en rab.

— Tu es sûre Audrey ? Je ne veux ni te déranger ni m'imposer.

— Reste ici cette nuit. On ne va pas te laisser seul un soir pareil.

— J'accepte. Merci beaucoup à vous deux. Je prendrai le canapé.

— Papa, on pourrait regarder des photos ensemble de Mamie Marie ? Sauf si ça te fait trop de peine.

— Non je serai content de me remémorer certains souvenirs avec toi.

— Allez, mettez-vous à l'aise, je vais nous concocter un repas réconfortant.

C'est ainsi que nous avons passé la soirée, Edouard racontant des anecdotes sur sa grand-mère et leur complicité. Ma fille et lui ont pleuré. Et j'ai été émue de les voir si proches et si peinés. Louise a comme convenu prêté un grand t-shirt à son père que nous avons confortablement installé sur le canapé. La nuit fut courte pour Edouard que j'ai entendu se préparer un café tôt le lendemain matin. Ma cafetière étant très bruyante et l'odeur enivrante, je suis sortie de mon sommeil, je me suis levée et l'ai rejoint au salon. Nous avons échangé sur sa vision personnelle des obsèques de sa grand-mère et de comment il envisageait la suite pour son père qui resterait seul sans plus aucune famille sur place à part Louise, mais qu'il ne voit que très peu.

Certaines personnes ont l'habitude de la solitude, certaines s'en accommodent bon gré mal gré et d'autres s'y plaisent et complaisent. C'est le cas de Jean. Il n'est entouré de personne. Il vit seul depuis le décès de sa femme et n'a jamais fait de rencontre. Au fil du temps, ses amis ou plutôt les amis de sa femme, se sont éloignés et les liens étiolés. À part son fils et sa petite fille, avec qui les relations sont réservées et distantes pour ne pas dire conflictuelles et tendues avec Edouard, ses seuls contacts se résument à sa femme de ménage, son médecin et son banquier. Il ne cherche pas le contact avec les autres. Je dirai même qu'il le fuit comme la peste. Il est une personne qui n'aime pas les gens et qui n'est bien que seule. Il trouve toujours les autres en dessous de sa propre valeur et indignes de lui. Tous ne sont pas à la hauteur. Il les juge négativement, les critique durement. Il sait tout mieux que quiconque. Je l'ai toujours trouvé imbu de sa personne et inadapté aux relations sociales et familiales. Je dirai de lui qu'il est carrément incompétent en matière de sentiments. Je ne dis pas qu'il n'en a pas, je considère qu'il ne sait pas comment aimer ni comment s'y prendre avec l'autre. Il n'a pas les capacités pour comprendre l'autre. Je crois qu'il est défaillant. Il n'a jamais fourni un effort ni même consenti à faire preuve d'empathie. Cela ne l'intéresse pas. Il préfère être seul. Je pense qu'au fond de lui il craint de ressentir des émotions au risque de souffrir. Notamment depuis le décès de sa femme. Mais déjà bien avant cela, avec le départ de son père lorsque ses parents ont divorcé et que son père lui a quasiment tourné le dos sans ciller. Ne rien ressentir, c'est aussi se préserver de la douleur de la perte. Je comprends ce sentiment et ce mode de vie mieux que personne. Ce que je ne conçois pas une seule seconde, c'est comment peut-on se couper des seules personnes chères à nos vies : nos enfants et nos petits enfants ? C'est un grand mystère pour moi. Une incompréhension totale.

Je plains Edouard et Louise qui doivent composer avec cet homme intouchable. Heureusement ma fille a la chance d'avoir des parents aimants et démonstratifs. Edouard a pris le contre-pied de son père. Il a suivi le modèle que lui avait transmis sa mère et celui que sa grand-mère a perduré. Ma fille peut compter sur l'amour de mes parents et de ma famille. Ma sœur Charlotte et Damien sont très présents dans nos vies. Nous sommes sans cesse branchés les uns sur les autres. Nous sommes proches et présents les uns pour les autres. Nous sommes une famille qui n'a pas peur de montrer ses sentiments et de les crier haut et fort. Nous nous enlaçons, nous nous témoignons notre affection réciproque, nous partageons beaucoup. J'ai toujours évolué dans une famille attentionnée, soutenante, chaleureuse et sincère. J'ai le privilège d'avoir une vaste famille élargie. J'ai des tantes, des oncles et des cousins qui ont eux aussi des enfants du côté de ma mère et aussi de mon père. Les repas de famille sont de vrais rassemblements ! Lorsque nous sommes au complet, nous sommes une vraie tribu. Nous pourrions repeupler un village à nous seuls ! Nous aimons régulièrement organiser de grandes tablées pour nous retrouver. Nous sommes en contact fréquemment. J'essaie de prendre le temps d'appeler chaque membre pour prendre des nouvelles. Nous parvenons à nous octroyer des moments ensemble.

J'ai transmis ce mode de fonctionnement à ma fille. Je l'élève dans l'amour, la confiance, la tolérance et l'empathie. J'aime la serrer dans mes bras, l'embrasser et lui dire que je l'aime. Tout le monde a besoin d'affection et de ses démonstrations. C'est bénéfique pour l'estime de soi, la confiance en soi et la croyance en la valeur des autres. Louise est aussi très proche de son cousin germain Léo. Ils s'entendent si bien et ont une grande complicité. Peut-être tout autant que des frères et sœurs. Ils se voient régulièrement et se présentent leurs amis respectifs. Ils comptent énormément l'un pour l'autre et se soutiennent envers et contre tous. Léo est comme un grand frère pour Louise. Soutenant, protecteur, attentif. Ils veillent l'un sur l'autre. Et je dois dire que cela me rassure beaucoup quand ils sortent ensemble en soirée avec une multitude de jeunes parfois bien alcoolisés.

J'ai bien évidemment averti mes parents et Charlotte du décès de Marie. Ils ont immédiatement présenté leurs sincères condoléances, témoigné leur affection à Edouard et lui ont certifié leur présence aux obsèques. Je sais qu'Edouard, pas surpris de leurs réactions, en a été touché.

Le Week end est passé vite et cette reprise du chemin du travail pour moi et du lycée pour Louise est un peu délicate ce matin. Cette ambiance de deuil me mine un peu le moral, me replongeant dans des souvenirs de la perte de Cédric et de Paul. Deux hommes qui ont beaucoup compté pour moi. Le chagrin de Louise et d'Edouard m'a ramené au mien. Cela ne durera pas longtemps, mais aujourd'hui je suis d'humeur morose. Ma pauvre Louise est toute tristounette aussi. C'est la première fois qu'elle est directement concernée par la mort d'un proche. Malheureusement ce sont des choses courantes de la vie et normales. Chacun y sera confronté. Toutefois il est vrai que le premier deuil reste gravé. Louise s'en remettra, elle est solide comme moi et bien entourée.

Arrivée au cabinet médical ce matin, j'ai informé mes collègues et employeurs des évènements du week-end et demandé à prendre ma journée de congé mardi. Tous ont été compatissants envers ma fille et m'ont donné leur accord. Ils m'ont également proposé de prendre un jour supplémentaire mercredi si j'en avais besoin pour Louise. Ce ne sera pas nécessaire, car elle sera chez Léo ce jour-là après les cours. Ma journée de travail s'est déroulée calmement au rythme des rendez-vous et des comptes rendus médicaux à retranscrire.

Mardi matin est arrivé plus vite que prévu. Louise et moi nous sommes préparées sobrement. Nous avons rejoint Edouard, son père et ma famille au crématorium. Louise était très émue. Edouard a lu un discours qu'il avait préparé en guise d'éloge funéraire. Il était digne et touchant. Il a évoqué Marie, des souvenirs et des anecdotes. La bonté de cette femme toujours active, souriante et aimante. Il avait choisi des musiques. Il était difficile pour les personnes proches de retenir leurs larmes. Celles de Louise roulaient chaudement sur ses joues rosies. Je lui tenais la main et de l'autre côté elle pouvait compter sur Léo, présent pour l'épauler. Moi aussi j'ai eu du mal à retenir mes larmes. Edouard a dirigé la cérémonie avec le diacre. Son père est resté immobile et de marbre. Était-ce le chagrin ressenti pour la perte de sa mère qui le sonnait ou était-ce une façade qu'il voulait se donner pour ne pas laisser transparaître ses émotions ? Edouard et lui ne se sont quasiment pas adressé la parole. Ils ont conservé cette distance entre eux, cette absence de chaleur humaine, et cette pudeur qui les caractérisent de tout temps. Certes c'est triste, mais il en est ainsi et je n'envisage pas qu'il puisse en être autrement un jour. On n'efface pas 50 ans d'existence distante. Les personnalités de chaque protagoniste en sont marquées. Je ne suis pas certaine que l'on puisse changer une relation qui perdure depuis aussi longtemps et qui aurait plutôt tendance à pourrir. Edouard en porte les cicatrices. Fort heureusement il n'a pas reproduit ce modèle familial avec Louise ni même avec son entourage proche qu'il soit familial ou amical. Il a eu cette faculté de briser cette lignée de pères autoritaires et froids. Il ne ressemble en rien à son père ni à ce grand-père qu'il a très peu connu. Edouard est tourné vers les autres, altruiste, généreux. Nous nous sommes toujours reconnus en ces valeurs humanistes que nous avons inculquées à notre fille. Pour cela nous avons été sans cesse en accord.

La semaine file à vive allure, rythmée par nos occupations respectives. Nous n'avons plus vu Edouard depuis mardi. Il a dû être sans aucun doute affairé à de nombreuses démarches administratives en lien avec le décès de Marie. Je suppose qu'il a été contraint de composer avec l'humeur de son père. Jean est parfois, je dirai plus exactement, souvent colérique, teigneux et taiseux. Edouard a une personnalité lumineuse qui risque de s'éteindre au contact de celle obscure de Jean. J'espère qu'il n'en sera pas trop affecté. Toutefois je sais pertinemment qu'il a cette capacité à rebondir. Il est quelqu'un de joyeux et solaire. Son père ne lui fait jamais d'ombre trop longtemps. Les yeux pétillants et le sourire de Louise qu'elle a hérités de son père lui feraient oublier n'importe quel chagrin. Edouard a prolongé son séjour ici et ne rentrera en Afrique que lorsque les affaires de Marie et la succession seront en ordre.

Au cabinet médical j'apprécie mes échanges avec chacun et je prends davantage plaisir à blaguer et plaisanter avec Stéphane qui est tout comme moi un grand consommateur de séries diverses et variées sur les plateformes de streaming. Nous aimons partager nos trouvailles et nos points de vue sur le déroulé des intrigues et la personnalité des personnages souvent hauts en couleur et un peu bancals. Il est vrai que j'ai un penchant pour les héros cabossés, égratignés par les expériences de la vie. J'adore assister à leur progression psychologique et comportementale. Nous avons cela en commun avec Stéphane. J'apprends à le connaître. Il fait preuve d'un grand professionnalisme, d'une conscience et d'une grande rigueur dans son travail. Il est détendu avec ses patients et a souvent un mot gentil à leur intention ou une boutade pour détendre l'atmosphère. Le midi nous mangeons tantôt sur place et tantôt à l'extérieur et prenons plaisir à partager ce moment de repas. J'apprécie vraiment de travailler ici à leurs côtés. La semaine s'achève sur l'idée savoureuse d'un week-end relax et shopping ! Mais auparavant Edouard doit venir dîner à la maison ce soir.

— Les filles, j'ai une proposition à vous faire.

— Quel genre de proposition, Papa ?

— En cette période de Noël qui approche, et avant de repartir au Mali, je voudrais que nous fassions quelque chose ensemble, tous les trois pour une fois. Je voudrais vous emmener à Disneyland Paris ! Qu'est-ce que vous en pensez ? Ça vous branche ?

— Oh trop chouette Papa ! Bien sûr que je suis partante. J'adore Disney et la féérie de Noël doit être mémorable ! Tu es d'accord Maman ?

— Qu'en dis-tu, Audrey ?

— J'avoue que ce doit être magique, je suis passionnée de Disney, mais je n'ai pas les moyens de nous payer un tel séjour. Ce ne serait pas faisable et encore moins raisonnable.

— Tu n'auras rien à payer, je vous invite.

— Tu es fou Edouard, c'est trop cher. Que tu payes le séjour à ta fille, c'est normal, mais pas à moi. Ça ne se fait pas.

— Pourquoi je ne pourrais pas profiter de vous deux et vous offrir un voyage au pays de Mickey ?

— Emmène Louise, quant à moi je resterai ici et vous m'enverrez des photos. Je serai enchantée pour vous.

— Viens avec nous. Faudra-t-il que je te supplie ?

— Ce ne serait pas réglo de ma part d'accepter un tel cadeau.

— Pourquoi ?

— Tu ne me dois rien.

— Je te dois tout au contraire. Ma paternité, ma fille géniale que tu as élevée pendant mes absences. J'ai toujours pu compter sur toi. Vois ça comme un remerciement de ma part à ton égard.

— Dis oui Maman, s'il te plaît. Ce serait super. Ce serait la première fois que je partirai en vacances avec mes deux parents. Dis oui, Maman…

— Dis oui, Audrey…

— Ce n'est pas la peine de me faire ces regards de Chat Potté.

— On a réussi à te convaincre du bien-fondé pour notre famille recomposée ?

— Maman, j'en rêve depuis que je suis toute petite de vacances avec vous deux. S'il te plaît…

— C'est pour le bien-être de ta fille Audrey. Pour assouvir son désir d'enfant de parents séparés. Regarde son regard de chien battu.

— Vous exagérez, vous me prenez par les sentiments de mère qui m'animent. Vous essayez de me forcer la main.

— Maman, tu ne nous feras pas croire que tu n'en meures pas d'envie.

— Je ne sais même pas si je peux prendre quelques jours de congés. Et toi Louise, tu rateras les cours alors que tu es dans une année charnière.

— Maman je suis très bonne élève, j'ai de bons résultats et je fournis chaque jour un travail sérieux et appliqué. Si je manque 2 ou 3 jours, cela ne se ressentira pas sur mon année.

— Louise a raison. Elle rattrapera les cours et tu sais comme moi qu'elle est très studieuse. Quant à toi tu peux demander à tes employeurs de t'octroyer quelques jours de congés par anticipation.

— Je sais Maman que ce serait fabuleux et que ça nous ferait du bien à tous les trois.

— Audrey, tu n'as qu'un mot à dire et je réserve un séjour.

— Tu es sûr de ton choix Edouard ? Tu es bien certain de ta proposition.

— Oui. Sans aucune hésitation.

— Un séjour est onéreux.

— J'en ai les moyens. Ne t'inquiète pas pour ça.

— Allez Maman, accepte s'il te plaît.

— Ok je suis d'accord. Pour tout vous dire j'en serai très heureuse, mais je suis également gênée vis-à-vis de toi Edouard.

— Tu n'as pas à l'être Audrey. Ça me fait très plaisir.

— Super Maman, je suis trop contente ! On va s'éclater.

— Allez, venez les filles, on va se réserver notre séjour.

— Une minute papillon, il faut d'abord que je demande à mes employeurs s'ils n'y voient pas d'inconvénients.

— Appelle-les maintenant.

— Non, cela ne se fait pas.

— Pourquoi ?

— Tu as leurs coordonnées ?

— Oui, de certains.

— Appelle.

— D'accord.

Je me décide à appeler Muriel avec une voix hésitante et mal à l'aise. Elle me donne immédiatement son aval et me dit qu'elle va d'abord demander la confirmation à ses collègues. Quinze minutes plus tard, elle me rappelle et me donne l'autorisation d'anticiper des congés annuels et de m'absenter aux dates que je veux sans aucun problème. Je suis touchée de cette attention et la remercie chaleureusement. La nouvelle aussitôt annoncée à Edouard et Louise, nous commençons à organiser notre séjour et à émettre une réservation dans un bel hôtel à l'ambiance chaleureuse et raffinée. Louise nous fait remarquer que nous serons un nombre impair et qu'à chaque attraction l'un de nous, à tour de rôle sera seul. Quand soudain

Edouard lui suggère très spontanément l'idée un peu folle de proposer à la meilleure amie de Louise, Clarisse, de se joindre à nous. Louise saute de joie face à cette possibilité. Je demande au père de ma fille s'il ne s'emballe pas un peu trop vite et s'il mesure bien ce qu'il vient de soumettre. Il est aussi décidé que jamais et se montre certain de son choix. Clarisse devra payer seulement ses dépenses personnelles. Cet homme est fou. Il a perdu la tête. Peut-être est-ce le décès de sa grand-mère qui lui donne ces envies incontrôlées de profiter à fond. Clarisse ne se fait pas prier et elle et ses parents, bien qu'un peu gênés par un tel élan de générosité, acceptent avec grande joie cette proposition. D'autant que la famille de Clarisse ne part pas souvent en vacances et que Clarisse n'est jamais allée à Disneyland. C'est donc décidé et réservé : nous partirons 4 jours au pays de la féérie dans un magnifique hôtel dans deux semaines. Edouard n'a pas voulu que je voie le montant du séjour. Il a voulu tenir cela secret certainement pour ne pas en rajouter à mon malaise.

Chapitre V

Demain sera le grand jour de notre départ à Disney. Notre train est aux aurores et pour ne pas perdre de temps à aller chercher les uns et les autres, Edouard et Clarisse ont dormi à la maison.

Le réveil très matinal est un peu douloureux, mais dès le premier œil ouvert, nous avons tous la même joie et le même entrain et sautons dans la douche et nos fringues. Enfin prêts, la magie peut s'emparer de nous !

Les filles assises côte à côte ont passé la majeure partie du trajet à papoter tout en regardant des vidéos et en écoutant des musiques sur leur téléphone. J'avoue que j'ai dormi un bon morceau du voyage et que je me suis attardée à regarder les paysages verdoyants à la lumière du jour qui s'était levé. Edouard a quant à lui échangé des mails via son portable. Je ne lui ai pas demandé de précisions ni qui était le destinataire. Cela ne me regarde pas. Il m'en aurait parlé de lui-même s'il l'avait voulu. Je n'ai pas vu défiler les trois heures de train lorsque retentit l'annonce de notre arrivée imminente en gare. Aux vues du monde qui circule dans les méandres de la gare, je constate que nous ne sommes pas les seuls à avoir eu l'envie de séjourner à Disneyland. Les gens se bousculent pour être les premiers dans les escalators tenant par la main des enfants qu'ils traînent plus qu'autre chose tant ils sont pressés. De jeunes enfants chouinent et leurs parents s'en énervent. Ça crie, ça chahute, ça piétine dans les files d'attente, ça peste et râle. Notre petit groupe est spectateur de tout ce chahut et les filles ne se gênent pas pour critiquer les uns et les autres sur leur manière de gérer ou pas leur progéniture. Certains parents sont vite agacés et perdent patience quand d'autres, plus passifs, feraient mieux de se secouer un peu pour dissuader leur enfant de grimper partout et bousculer toute la file d'attente en criant. Moi qui n'aime pas la foule et Louise qui aime se vanter qu'elle n'aime pas les gens mal élevés, sommes servies. Edouard est très calme et Clarisse si heureuse de découvrir cette ambiance ne peut s'empêcher de sourire. Ce qui est certain et commun à nous quatre, c'est que rien ni personne ne pourra entacher notre bonne humeur et notre joie d'être en ces lieux.

Après avoir déposé nos bagages au service de conciergerie, nous nous dirigeons vers l'entrée du parc principal. Une fois les portes passées, nous arrivons devant l'hôtel, son parc, ses fontaines, ses décors et nous sommes tous si enthousiastes. Clarisse, novice en la matière, est encore plus émerveillée que nous trois qui sommes venus à plusieurs reprises pour de courts séjours. Je suis venue quelques fois avec Louise à des âges et des périodes de l'année différents. Je me rappelle ses yeux époustouflés et pétillants de petite fille la première fois que je l'y ai emmenée. Clarisse a ce regard là tout neuf en découvrant tant de beauté et de féérie. Rien que pour être témoin de cela, ça valait le coup de l'emmener avec nous. Nous pénétrons dans le parc aux décors si parfaits, si précis, si détaillés. Ici j'oublie tout. Je mets la réalité de côté et je m'offre une parenthèse dans mon quotidien parfois compliqué. Ici aucun souci, aucune tristesse, aucune mélancolie. Que de la joie, de l'enthousiasme et l'envie de profiter à fond de chaque moment. C'est le lieu de la détente et de l'amusement par excellence.

Fidèle à mon habitude, je nous ai programmés un parcours d'attractions. J'ai prévu de procéder land par land afin de ne pas nous éparpiller et bien organiser notre temps pour profiter au mieux. Nous commençons par un road trip en voitures américaines dans de beaux paysages colorés au rythme des saisons. Clarisse et Louise décident de monter ensemble, me laissant avec Edouard. Je profite du fait qu'il conduise pour prendre plusieurs photos. J'adore photographier toutes sortes de choses pour en garder des souvenirs et des traces. Je prends quelques clichés des filles qui se situent dans la voiture derrière la nôtre. Elles s'amusent à prendre la pose et à grimacer. Je me tourne machinalement vers Edouard et saisis quelques images. En sortant de ce périple, je les conduis vers notre prochaine attraction, puis la suivante. Nous sommes excités comme des puces. Louise s'amuse à dire que je suis la plus joviale et la plus motivée. Elle me charrie en me disant que j'avais hésité à me joindre à eux. Elle a raison, j'ai bien fait de venir, je ne le regrette pas, même si je trouve ce cadeau de la part d'Edouard à mon égard démesuré et quelque peu inapproprié. Je conserve, quand j'y pense, une certaine gêne. Je dois admettre que cet homme m'étonnera toujours.

Edouard et Louise, adeptes des manèges à fortes sensations, optent pour un roller coaster que j'ai déjà fait une fois lors d'un précédent séjour et qui m'avait valu une grosse frayeur et une nausée certaine. Ils insistent, Clarisse ayant également envie de tenter cette aventure. Je ne sais pas trop pourquoi, si en fait je le sais, ce sont leurs regards remplis d'étoiles et leurs mines suppliantes, qui me font céder et les accompagner. Une nouvelle fois Louise et Clarisse grimpent dans le wagon côte à côte. Ils sont tous les trois si excités comparés à moi qui n'en mène pas large et me demande ce que je fais là. Le wagon est projeté à une vitesse folle dans l'obscurité, les virages, les saccades. J'ai le cœur qui bat à vive allure, les mains crispées sur la barrière de sécurité à en avoir certainement les phalanges blanchies, je crie et je me demande à chaque looping pourquoi je m'inflige ça ! Bien que j'aie ma réponse, par amour pour ma fille et par envie de la remplir de joie, j'observe deux secondes pour me remettre de mes émotions fortes à l'arrêt du manège avant de descendre de mon siège. Quelle horreur ! Je ne recommencerai pas cette aventure trop brusque et remuante pour moi. Mon pauvre petit cœur est fébrile.

— C'était génial ! Maman, ça va ? Tu es toute pâle.

— Mais pourquoi je vous ai suivi là-dedans ? Qu'est-ce que je ne ferai pas pour toi ma belle ?

— Allez venez, on va en faire un autre dans ce style.

— Heu, il me faut cinq minutes pour reprendre mes esprits. Mes cristaux ont besoin de temps pour se remettre en place après avoir été secoués dans tous les sens. Allez-y sans moi, je vous rejoindrai sur la prochaine attraction.

— Comme tu veux Maman. Tu viens Clarisse, on y retourne ?

— Je reste avec toi Audrey.

— Ce n'est pas nécessaire Edouard, vas-y aussi.

— Non je vais faire une pause avec toi quelques instants jusqu'à ce que tu retrouves un peu tes couleurs.

— C'est une façon détournée et polie de me faire remarquer que j'ai une mine épouvantable !

— Non juste un moyen de m'assurer que tu ne vas pas faire un malaise chez Mickey.

— Je ne suis pas une petite nature !

— Je sais. Viens, allons prendre une boisson chaude en les attendant. Les filles, on se retrouve au café un peu plus haut.

— OK Papa !

— Amusez-vous bien !

Par ce froid, et pour reprendre mes esprits, car j'ai vraiment eu la sensation d'être ballottée comme une chaussette dans le tambour d'un lave-linge, une boisson chaude me fait le plus grand bien. Je dois dire que la compagnie d'Edouard est agréable. Nous parlons peu et il est vrai que j'aime le fait de ne pas être obligée de converser à chaque minute pour combler des vides. Il sait mon besoin d'être parfois silencieuse, dans ma bulle, observatrice de ce qui m'entoure. Et il respecte cela. Il est calme et apaisant. Nous sommes rejoints par Louise et Clarisse qui rompent cette quiétude par leurs rires en nous racontant leur dernière attraction. C'est dans cette euphorie contagieuse que nous reprenons le chemin vers d'autres aventures toutes aussi excitantes. Nous changeons de land pour en découvrir un plus coloré avec des manèges plus calmes et plus féériques. Ce monde-ci regorge de détails des grands classiques du cinéma plus enfantin. Nous ne nous pressons pas et observons chaque recoin, chaque décor. Nous prenons à tour de rôle la pose devant des points de vue différents. Cette journée se poursuit par un repas pris dans un restaurant dans lequel je n'étais jamais allée aux couleurs vivifiantes et chaudes sur un thème oriental. Cette pause est vraiment appréciable, un peu de calme dans ce tumulte. Nous consacrons l'après-midi à ce land. La fatigue de notre lever matinal commençant à se faire ressentir, ainsi que les nombreux kilomètres de marche accusant une lourdeur dans nos jambes, nous décidons de rentrer à l'hôtel que nous avons tous hâte de découvrir.

Nous devons encore marcher un bon moment avant d'arriver au bord d'un lac où trône au milieu d'une forêt un très bel hôtel en bois au charme certain. Nos bagages récupérés nous atteignons notre chambre chaleureuse et finement décorée. Mais je suis frappée par un léger détail : il y a deux lits doubles. J'imagine que Louise et Clarisse vont vouloir dormir ensemble. Ce qui signifie que je vais devoir partager le lit restant avec Edouard. Cette perspective me trouble quelque peu. Je devrais plutôt dire que ça me perturbe. Non pas que je n'ai jamais dormi dans un même lit qu'Edouard, mais les choses sont différentes. La dernière fois que cela nous ait arrivé, c'était il y a longtemps et nous n'avions pas fait que dormir ! Aujourd'hui les choses sont bien différentes. Nous avons pris des années d'expérience, des rides et des cheveux blancs ! Nous nous côtoyons depuis 18 ans, nous avons été proches, intimes et pourtant je suis mal à l'aise. Je ne suis plus la jeune femme fine et sans tabou. Je suis moins assurée de mon corps et de mon apparence qu'à trente ou quarante ans, car je n'ai plus les mêmes formes. Je suis plus en rondeur qu'avant. Ce qui ne m'a jamais empêché d'être décomplexée. Cependant je ne saurais pas comment l'expliquer, mais je ressens une gêne. Peut-être parce que Louise est là, dans cette même chambre que nous. Cela restera un mystère. En pénétrant dans la chambre, les deux adolescentes se sont ruées et jetées sur le grand lit au confort incontesté. Edouard en fait autant après avoir enlevé ses baskets. Il s'allonge de tout son long.

— Maman, il faut que tu testes ce lit !

— Plus tard, ma fille.

— Tu rates quelque chose Audrey. Viens essayer ce moelleux. Ça fait du bien après une journée de marche dans le froid.

— Audrey et Edouard je ne vous remercierai jamais assez de m'avoir permis de connaître cet endroit magique !

— C'est plutôt Edouard qu'il faut remercier. Moi je n'y suis pour rien.

— Merci Edouard, du fond du cœur.

— De rien Clarisse. Ça me fait plaisir pour toi et pour Louise.

— Maman, je voudrais bien prendre une douche chaude pour me réchauffer et me délasser avant d'aller dîner au restaurant. Tu n'y vois pas d'inconvénients ?

— J'aurai le temps d'en prendre une moi aussi Audrey ?

— Oui bien évidemment les filles. Je vais en profiter pour me reposer un quart d'heure.

— Ou plutôt une heure !

— Ah non ne mettez pas trente ans à vous préparer les filles ! Je savais que partir avec trois filles serait inévitablement synonyme d'attente trois plombes pour moi ! Mais quelle idée j'ai eu de partir avec trois princesses !

— Ce sont plutôt deux princesses et je suis la reine mère !

— Rejoins-moi sur ce lit douillet et détends tes jambes un instant. Tu verras comme c'est salvateur.

— OK, fais-moi une place, j'arrive.

— Ça fait longtemps qu'on ne s'est pas retrouvé dans un même lit !

Ah cette idée, je suis davantage troublée que je ne l'aurais voulu. Pour ne rien laisser paraître, je poursuis ce que je m'apprêtais à faire. Je prends ce laps de temps pour visionner les photos que j'ai prises aujourd'hui afin de me remémorer ces instants et de faire du tri pour effacer les clichés flous ou mal cadrés. Je suis plutôt satisfaite de mes prises de vue. Le sourire s'impose à moi tant j'aime voir ma fille si heureuse et tant nous avons tous pris beaucoup de plaisir aujourd'hui. En les regardant, je tombe sur des images d'Edouard. Il est photogénique. Je m'y attarde plus longtemps que de raison. Je me surprends à penser qu'il est bel homme et plaisant à regarder. Audrey, hôte toi ça de l'esprit !

Ces demoiselles enfin pomponnées et prêtes, nous rejoignons le bâtiment central où se trouve le restaurant toujours dans la même ambiance chaleureuse et familiale. Le buffet est très grand, varié et savoureux. Cela fait un bien fou de se ravitailler ainsi. À chacun de mes séjours, je suis frappée par la gentillesse et la bonne humeur communicative du personnel de toute la destination. Nous passons un repas agréable. Nous le concluons par une halte au bar lounge à la chaleur feutrée devant ce feu dans cette immense cheminée en pierres. Nous prenons une boisson chaude qui apaise nos corps fatigués. Le cadre est si reposant, mais l'envie de passer une bonne nuit de sommeil est plus forte. C'est ainsi que nous regagnons notre chambre où chacun se prépare pour dormir.

J'ai opté pour un pyjama simple et sobre. Pas de pilou pilou, ni de rose bonbon, ni même de dentelle. Un legging noir et un t-shirt large mauve feront l'affaire. Ainsi accoutrée, démaquillée et les cheveux lâchés, je me faufile sous la couette. Louise et Clarisse sont crevées et s'installent confortablement pour sombrer dans les bras de Morphée. Edouard sort de la salle de bain avec seulement un bas de pyjama ample bleu marine et torse nu laissant apparaître le dessin de ses muscles. Bon sang, il n'a pas vieilli, il n'a pas perdu de son sex appeal et bon sang qu'il est beau et sexy !

Oh Audrey, arrête de le reluquer et oublie toutes ces pensées sur le champ ! Dors !

— Bonne nuit les filles. Bonne nuit, Edouard.

— Bonne nuit, me répondent d'une même voix les deux ados à moitié déjà endormies.

— Bonne nuit Audrey. C'est quand même un peu étrange de se retrouver là, dans le même lit…

— Je ne vois pas du tout de quoi tu parles Edouard. Mais quelle menteuse je fais, me dis-je dans ma tête !

— Ici sous un même toit : toi, moi, notre fille, comme une vraie famille. Ça me plaît.

— À demain Edouard.

Je ne me vois pas lui dire que pour moi aussi c'est bizarre et plaisant à la fois. Cette nuit-là, malgré la fatigue accumulée, j'aurais du mal à m'endormir, essayant de rester de mon côté du lit pour que nos corps ne s'effleurent pas. Et en ne parvenant pas à m'enlever de l'esprit des images de nous deux plus jeunes et tactiles. Finalement le sommeil a remporté la bataille contre mon esprit tordu et contradictoire.

Le lendemain, lorsque j'ouvre un œil puis deux, je suis tournée vers Edouard. Il est si proche de moi que je peux sentir son odeur masculine et observer sa respiration calme. Je ne bouge pas. Je reste immobile un instant pour profiter du repos de cette chambre paisible. Il se tourne sur le flanc droit me faisant face. Il ouvre ses grands yeux verts et me surprend en train de le regarder dormir. Nous nous retrouvons un court instant silencieux et les yeux dans les yeux. Je fais mine d'être parfaitement détachée pour ne pas laisser entrevoir la confusion et l'ambiguïté de cette situation inédite. Je veux garder une certaine contenance et mon haleine de poney pour moi !

— Bonjour.

— Bonjour.

— Bien reposée ?

— Oui et toi ?

— Comme un bébé.

— Il est l'heure de se lever.

— Laisse-moi une ou deux minutes pour émerger et après je serai opérationnel.

— Je me lève et je vais commencer à réveiller les filles, car si nous voulons arriver tôt dans les parcs, mieux vaut s'y prendre à l'avance pour qu'elles soient elles aussi fin prêtes. Je pense que leur séance de maquillage risque de nous paraître longue.

— Je te laisse faire. Notre fille peut se montrer d'une humeur de dragon lorsqu'on la réveille.

— Lâcheur !

Louise est curieusement de très bonne composition ce matin un peu trop tôt pour elle. Clarisse est très réactive et se lève du lit en une seconde. Quelle énergie ! Je mets le temps de leur levé à profit pour gagner la salle de bain. Un brossage de dents, une douche, une tenue confortable et un peu de maquillage me redonnent une allure. Je laisse ma place à Edouard, qui sort rasé de près et parfumé toujours torse nu, auquel succèdent à tour de rôle les filles. Elles occupent la place, accroupies, devant le grand miroir en pieds pour se maquiller longuement. Quel talent artistique ! Je ne saurai jamais utiliser tous ces produits qu'elles s'appliquent sur le visage et les yeux. Pour la plupart je ne connais même pas leur rôle. Ma fille n'a pas pris ce goût et cette capacité à se farder de ma part. J'ai une grande ignorance en la matière. Pour moi il suffit d'une crème de jour, de mascara sur mes cils et de beurre de karité sur les lèvres. Je ne suis pas adepte de tout ce tralala. Je vais au plus pratique et au minimum nécessaire pour ressembler à quelque chose de potable et tout en naturel. Edouard passe devant moi dans un jean bleu laissant transparaître les formes de ces fesses rebondies. Audrey, arrête ça, veux-tu ! Arrête de te rincer l'œil ! Je ne fais rien de tel, mes yeux s'attardent juste sur ce qui est devant moi de manière innocente. Ou plus exactement de manière incontrôlée !

Après un petit déjeuner digne de ce nom, même gargantuesque, et bien emmitouflés dans des vêtements chauds, le parc n'attend plus que nous pour démarrer une nouvelle journée au pays de l'amusement et de la joie. Comme à mon habitude, j'ai encore planifié notre parcours au travers des autres lands que nous n'avons pas expérimentés la veille. Nous débutons notre périple par des attractions aux décors très dépaysants et aux thèmes différents. Passant de la piraterie au manoir hanté, pour finir dans des wagonnets dans une mine du far ouest. Cette dernière est sans doute ma préférée alliant sensations, mais dans le raisonnable. Les temps d'attente à chacune d'entre elles sont très longs pouvant avoisiner les 60 minutes. Or cela ne gâche pas notre plaisir et n'entame pas notre entrain. Ici, en ce parc féérique, règne une ambiance festive malgré tous les évènements. Rien ni personne ne pourra nous ôter notre bonheur d'être ici ensemble. Louise suggère l'idée à notre petit groupe de tenter une aventure plus palpitante. Ce n'était pas prévu dans mon programme, mais face à l'engouement de mes trois acolytes, je décide finalement de les suivre, me laissant convaincre que ce manège n'est pas si terrifiant que ça. Ils m'auront bien eu une nouvelle fois !

Au plus nous approchons de notre but et de la fin de la file d'attente, j'aperçois le chemin des wagons, j'entends les cris de ses passagers, vois les courbes des rails et j'en conclue que je n'aurais peut-être pas dû m'aventurer ici et que ce genre de sensations fortes ne sont pas faites pour moi. Je ferai mieux de m'abstenir. Or je n'ose pas me défiler et c'est ainsi que je prends place lorsque notre tour est arrivé. Pourquoi est-ce que je m'inflige ça une nouvelle fois ?

Des pentes raides, des descentes vertigineuses, des secousses très saccadées, un looping, mon corps remué en tous sens, je les maudis gentiment pour ne pas m'avoir dit toute la vérité et m'avoir entraîné là-dedans ! Quels chameaux ! Ils sont tous les trois morts de rire. Ils me charrient et se moquent gentiment de mes cris poussés en pleine descente. Un peu plus à chacune de mes remontrances. Il faut dire que je les sermonne amicalement avec le sourire aux lèvres. Ce doit être l'adrénaline ! Louise et Clarisse en redemandent. Oh non, je ne me ferai pas avoir une seconde fois. Je n'y retournerai pas. En tout cas, pas immédiatement. J'ai besoin de répit. Le temps d'attente affiche encore 60 minutes de patience. Je préfère aller faire un tour dans le parc, découvrir de nouveaux chemins, des passages qui sont encore pour moi secrets. Edouard opte pour ne pas me laisser seule, bien que cela ne me pose aucun problème, et venir avec moi. Nous marchons calmement l'un à côté de l'autre au travers de ces sentiers très arborés. Nous croisons quelques personnages faisant des câlins aux enfants et posant avec eux. Lorsque nous apercevons Bourriquet.

— Viens avec moi !

— Où ça ?

— Tu vois là-bas, il y a Bourriquet. Tu m'as dit un jour qu'enfant c'était ton personnage préféré.

— Edouard, nous allons être ridicules.

— Personne n'est ridicule dans ce parc. Regarde autour de toi. Tout le monde ose à peu près toutes les tenues.

— C'est pour les enfants.

— Viens, un selfie pour assouvir un de tes rêves de petite fille.

— Je n'ai plus l'âge depuis bien longtemps.

— C'est justement ça qui est drôle. Allons-y !

— Laisse la place aux enfants. Traçons notre chemin.

— Non, viens, ne te fais pas prier, je sais qu'au fond de toi tu en meurs d'envie !

— Tu insistes lourdement, Edouard.

— C'est mon côté balourd de mec. S'il te plaît…

— OK, j'arrive.

— Il faudra que tu m'expliques pourquoi ce personnage bourru était ton favori.

— C'est simple, c'est parce que ce petit âne grincheux et triste me faisait de la peine et que j'avais envie de le cajoler pour lui apporter du bonheur et de la joie. J'ai toujours aimé les âmes en peine, les cabossés, et les écorchés vifs. C'est mon côté social qui veut ça.

— Je comprends. C'est ce que j'aime chez toi. Ta capacité à redonner le sourire et ta générosité. Tu vois toujours le meilleur dans chacun de nous. J'aime ça.

— Merci pour ce compliment. J'ai toujours eu un penchant pour réparer les cœurs brisés.

— Je suis pourtant certain que tu en as brisé des cœurs.

— Pardon ?

— Je parle des hommes qui ont croisé ta route.

— Non. J'ai à chaque fois été claire avec eux sur mes attentes et ce que je pouvais offrir ou pas.

— Cela n'empêche pas que certains ont dû être déçus.

— Tout été bien défini dès le départ. Je ne suis pas responsable de leurs attentes déchues s'ils s'étaient imaginé un avenir.

— Une situation peut être claire au début et les espérances de chacun peuvent évoluer.

— Ou se différencier. Mais dis-moi, on parle toujours de bourriquet ou de ma vie sentimentale ?

— Excuse-moi si j'ai outre passé mes droits.

— On en parle de ta vie amoureuse à toi ?

— Oh tu sais, j'ai eu une histoire qui a duré assez longtemps et qui a beaucoup compté pour moi avec une collègue, Elena, mais qui n'était que de passage. Je ne partageais pas la même nature de ses sentiments. Quand le moment de repartir en Europe est arrivé, et qu'elle m'a demandé de la suivre, comme d'habitude j'ai fait passer mon envie d'ailleurs et de sauver des orphelins avant elle et l'horizon d'un avenir ensemble. Je suis resté en Afrique et elle est rentrée chez elle en Italie. Elle m'en a terriblement voulu et je me suis détesté de la faire souffrir. L'appel de l'Afrique a été plus fort que tout et je le regrette aujourd'hui. Contrairement à toi, je n'ai pas dû être assez explicite avec elle.

— Tu voulais d'une vie à deux ?

— Je n'y étais pas opposé. Toutefois je crois que je n'ai jamais rien fait pour m'engager auprès d'une femme. Je me suis montré centré sur autre chose et j'ai privilégié ma carrière professionnelle. J'ai mis tout le reste de côté.

— Sauf Louise.

— Si même elle, je l'ai sacrifié à mon besoin de sauver la terre entière. J'ai cherché à réparer les autres au lieu de me réparer moi.

— Nous avons fait des choix. Peut-être pas les meilleurs, mais ceux que nous croyions justes à ces moments-là.

— C'est bien de passer du temps avec toi. Quelque part ça m'a manqué toutes ces années.

— Mais nous avons toujours été en lien.

— Oui, mais comme des coparents, des partenaires dans cette aventure. Pas juste nous deux.

— Comme des amis.

— J'aurai plutôt dit comme un homme et une femme.

— Je ne te suis pas.

— Je veux dire comme il y a 18 ans, ce fameux été.

— Tout a changé. Nous étions jeunes et pas destinés à poursuivre notre route communément.

— C'est vrai. Cependant je suis ravi de la tournure qu'a pris ma vie et je ne changerai pas ça. J'ai d'autres regrets, mais certainement pas le fait de t'avoir rencontré et d'avoir eu Louise. C'est la plus grande chance de ma vie et mon plus grand bonheur. Je suis heureux de partager cette expérience avec toi. Je n'aurais pas pu rêver meilleure partenaire !

— Tu n'es pas mal non plus. Cependant ce n'est pas ce qu'aurait voulu Louise. Elle nous a bien dit qu'elle aurait préféré un modèle parental plus conventionnel que le nôtre.

— Certes je ne peux pas effacer mes mauvais choix, mais je compte bien y remédier.

Notre tour est arrivé devant Bourriquet et nous prenons joyeusement la pose amusés et pris dans l'entrain de ce moment partagé. Je ne sais pas exactement de quoi voulait parler Edouard quand il a évoqué le fait de remédier aux choses. Sa relation avec Louise est déjà belle. Je sais à quel point il se donnerait à fond pour sa fille et à quel point elle l'aime. Même à grande distance, ils ont toujours été proches l'un de l'autre, aimants et étroitement liés. En ça, je ne pouvais pas espérer meilleur père pour ma fille.

Edouard et moi continuons notre parenthèse. J'avoue que ce moment avec lui est très agréable. Il est de très bonne compagnie. Nous plaisantons. Nous chahutons. Nous nous moquons gentiment de l'un, de l'autre, et rions de bon cœur. Soudain je me rends compte que le temps a vite filé et qu'il est temps de retrouver nos deux ados en mal de sensations fortes. Elles nous rejoignent, ravies et excitées comme des puces. La journée dans le parc est ponctuée par un magnifique spectacle nocturne sur le château de la Belle au Bois dormant, monument phare de la destination. La beauté est telle que je suis saisie par l'émotion et des larmes montent à mes yeux. Louise s'en aperçoit et même si d'habitude elle s'en amuse et me taquine, cette fois-ci elle prend ma main dans la sienne. Sa main grande et fine tient la mienne plus robuste et épaisse. Nous échangeons un regard humide. Edouard nous regarde à son tour et constate notre tendresse commune. Il nous enserre de ses bras toutes les deux. Je suis tout d'abord étonnée de ce geste affectueux, puis me laisse aller dans le confort de cette attitude masculine. La chaleur de son étreinte rajoute à mon émoi un peu plus de grandeur. Ainsi lovée contre son torse et contre ma fille, réunis tous les trois, je ne pouvais pas rêver mieux pour conclure cette journée. Ils avaient raison, c'était une excellente idée de venir ici comme une famille. Louise se tourne vers nous, nous fait face et nous assure qu'elle est la plus heureuse d'être avec ses deux parents pour des vacances communes. Ma fille est émue. Ce moment est délicieux. Les adeptes de Mickey ont raison, ce lieu est magique et ce qui s'y passe est extraordinaire. Face à son regard épanoui et ravi, je ne peux m'empêcher de laisser rouler une larme. Ou deux !

— Les deux femmes de ma vie !

Clarisse nous prend en photo pour immortaliser cet élan d'affection. Sans même nous concerter, Edouard et moi lui tendons chacun un bras pour lui faire signe de nous rejoindre pour un câlin afin de ne pas l'exclure de cette tendresse.

Le reste de notre séjour ici se déroule dans la même bonne humeur et jovialité. Je me sens de moins en moins gênée à l'idée de partager mon lit avec cet homme, le père de ma fille, qui a été mon amant il y a bien longtemps. Cette intimité entre nous 18 ans auparavant était si naturelle et fluide. Aujourd'hui c'est une tout autre relation qui nous lie. Nous passons de nombreux instants ensemble rien que nous deux. Les filles aimant faire du shopping ou revivre à fond toutes sortes d'attractions, courant de l'une à l'autre. Passant d'une attitude speed à 100 kilomètres à l'heure à un rythme plus calme et propice à la flânerie. Un jour où je les rejoins dans une boutique pour faire flamber ma carte bancaire, nous laissons Edouard seul dehors. Pendant que j'attends mon tour en caisse, je vois Clarisse et Louise ricaner. Mes achats terminés, je m'approche d'elles et leur demande ce qui les amuse autant. Elles désignent Edouard en grande conversation avec une jeune femme.

— Maman, ça fait un quart d'heure que cette femme fait les yeux doux à Papa.

— Ah bon ? Ils sont juste en train de parler. Elle doit lui demander un renseignement.

— En lui matant les fesses !

— Que racontez-vous ?

— Regarde-la Maman, elle pose sa main sur son bras, elle se rapproche dangereusement, elle effleure ses pectoraux.

— Elle papillonne des cils comme Miss Bunny avec Pampan !

— Oh oui, tu as raison Clarisse ! Elle le drague ouvertement.

— Et lui il a l'air de ne rien comprendre aux intentions de cette femme. Ah les mecs, il faut tout leur expliquer !

— Regardez, elle sort son téléphone portable !

— Elle va lui demander son numéro ! Quel aplomb !

La femme, belle il faut l'admettre, bien plus jeune et sûre d'elle que moi, joue avec ses cheveux sous le nez d'Edouard qui semble amusé. Je ne saurais pas l'expliquer, mais ça m'agace que cette inconnue l'accoste et se pavane devant lui ainsi. C'est un parc familial, pas un site de rencontre pour jeunettes en recherche d'un mâle expérimenté ! Je vois rouge. Sans crier gare, je me dirige d'un pas assuré vers ce duo qui m'énerve de plus belle.

— Venez les filles, on les rejoint.

J'arrive comme sortie de nulle part et Edouard et sa camarade se retrouvent surpris. Je lui mets la main sur les fesses, le contourne en laissant traîner mon geste et l'embrasse tendrement sur la joue. Edouard me regarde sans dire un mot en se demandant ce qui me passe par la tête. Ses yeux s'attardent dans les miens avant que je ne me recentre sur notre belle ambitieuse.

— Ah chéri, tu n'as pas trouvé le temps trop long sans moi ? Les filles et moi avons fait quelques emplettes pour toi.

— Heu non, ça va.

— Oh pardon Mademoiselle, je vous ai interrompus. Vous êtes perdue ? Vous cherchez quelque chose ou quelqu'un ? Votre conjoint peut-être ? Oh vous savez, il n'est certainement pas là ! Je vous souhaite une bonne quête. Allez voir plutôt du côté d'Adventure land, il y a plein de pirates en mal d'affection. Au revoir.

La jeune femme reste interdite. Elle ne devait pas s'y attendre à celle-là. Je prends Edouard par la main et l'entraîne à ma suite. Louise et Clarisse pouffent de rire et nous rejoignent au galop.

— Oh Maman, tu es trop forte, tu l'as remise à sa place !

— Audrey, je suis fan de toi !

— Fallait pas abuser, draguer ouvertement un père qui attend sa famille, les femmes en rut n'ont peur de rien !

— Quelqu'un peut m'expliquer ce qui vient de se passer.

— Papa, cette femme te draguait ouvertement. Elle se frottait à toi. Elle battait des cils.

— Des faux certainement !

— Oui tu as sans doute raison Clarisse.

— Avec sa bouche glossée en cœur, elle te faisait du rentre-dedans. Ne nous fais pas croire que tu n'avais pas remarqué !

— Non, on parlait simplement.

— Il n'y a que toi pour croire que c'était une discussion innocente.

— Enfin Edouard, tu as bien vu son jeu ?

— Non, je pensais qu'elle était juste dans une ambiance chaleureuse, suggérée par le parc.

— Edouard, tu me désoles. Elle cherchait sans doute de la chaleur, mais pas venant de Mickey !

— Maman lui a dit d'aller voir ailleurs.

— On discutait, c'est tout. Elle me demandait quelle était mon attraction préférée.

— Oui elle voulait sans doute savoir si tu étais adepte de sensations inédites !

— Papa, enfin, tu es naïf.

— Elle avait un culot !

— Donc tu as jugé utile de venir me sortir de ses griffes en te faisant passer pour ma femme ?

— Oui, heu… Pour t'aider à te débarrasser d'elle.

— Hum, il n'y aurait pas eu une pointe de jalousie ?

— Mais pas du tout. Tu te méprends sur mes intentions.

— Décidément je ne comprends rien aux femmes !

— C'est exactement ça.

Il ajoute à sa réplique un clin d'œil amusé.

De la jalousie ? Moi jalouse ? Mais n'importe quoi ! De quoi serai-je envieuse ? Il n'est pas mon mari. Ah Audrey, qu'est-ce qui t'a pris ? Qu'est-ce que tu nous fais ? C'est juste que draguer le père de ma fille sous mon nez, ça a eu le don de m'énerver. Cela n'a rien à voir avec de la jalousie. Nous sommes justes partenaires, amis. Ah Audrey, quelle honte ! Oui, avoue honnêtement, tu étais contrariée qu'une autre femme jette devant toi son dévolu sur Edouard. Je ne me l'explique pas. Je ne comprends pas cette réaction impulsive que j'ai eue. Mais je constate bien qu'Edouard est flatté et qu'il ne va pas en rester là. Il saisit ma main et me lance à la cantonade :

— Allez, viens Chérie aux mains baladeuses !

Nous éclatons de rire tous les deux d'un rire si communicatif que les filles nous imitent. Nous en avons tous les quatre mal aux zygomatiques et les larmes aux yeux.

Les deux jours qui suivent, nous nous amusons tout autant toujours dans cette bonne humeur caractéristique de l'ambiance ici. Edouard a pu se divertir quelque temps avant de retrouver ses obligations à la suite du décès de Marie. Louise est enchantée de ce séjour familial. Nous avons trouvé une cohésion entre nous trois plus forte que jamais et cela me fait chaud au cœur. Certes recomposée, mais une famille tout de même. Dommage que cette parenthèse ne dure pas plus longtemps. J'y serai bien restée moi chez Mickey ! Cependant tout a une fin, et nous devons reprendre le chemin de la maison et du travail. J'aime mon boulot et j'aime travailler dans cette belle équipe et auprès des patients, mais je suis davantage faite pour les vacances ! J'ai une âme de vacancière.

Nous avons passé un séjour fabuleux, mémorable, soudés les uns aux autres dans cette intimité familiale. Le moment de regagner la gare arrive. Nous immortalisons notre départ du parc par un cliché de nous 4 pris par une autre visiteuse. Nous avons des étoiles plein les yeux. Et une certaine nostalgie de quitter ces lieux, cette détente et notre quatuor. Et je dois l'admettre une grosse fatigue qui commence à se faire ressentir une fois l'euphorie retombée. Nous quittons cet endroit magique avec des bagages plus chargés qu'à l'aller ! Installés dans le train du retour, je voudrais me reposer un peu et pourquoi pas dormir quelques minutes. Je n'arrive pas à trouver une position confortable sans me tordre la nuque. Edouard s'aperçoit de mon inconfort et lève son bras contre moi. Il me fait signe de venir me caler contre lui.

— Viens par là.

Hésitante, ensuite intimidée, je décide finalement sous son insistance et face à mon besoin de repos, de m'installer contre son torse, son bras autour de mes épaules, la tête appuyée sur ses pectoraux. Tout d'abord un peu gênée par cette proximité, j'arrive à me détendre et trouver le sommeil. J'apprendrai plus tard que ma fille avait capturé ce tendre échange avec son appareil photo et je constaterai sur le cliché l'air apaisé que nous avions Edouard et moi.

De retour à la maison, après avoir déposé Clarisse chez ses parents qui nous ont encore remerciés très chaleureusement d'avoir offert ces moments à leur fille, il est temps de se quitter après 4 jours passés 24 heures sur 24 ensemble. Autant nos deux ados se sont accordées des virées rien que toutes les deux, autant Edouard et moi ne nous sommes pas lâchés une minute.

— Je ne te remercierai jamais assez de nous avoir offert ce séjour extraordinaire, ces instants partagés de famille. Ce fut un pur bonheur et je sais que Louise est on ne peut plus heureuse.

— Je t'en prie. J'ai pris énormément de plaisir à être avec vous deux, plus exactement vous trois sans oublier Clarisse, notre seconde fille pour ces 4 jours !

— Rien ne t'obligeait à nous emmener Clarisse et moi. Tu aurais pu partir seul avec Louise comme d'habitude.

— J'avais très envie de faire ce voyage avec vous au pays des contes de fées. Ce qui me remplit de joie, c'est le sourire que Louise a conservé ces quatre jours. Je l'ai sentie si heureuse, ça me comble moi aussi. Et je suis ravi d'avoir partagé ces temps avec toi. Emmener Clarisse a été un bon prétexte qui m'a permis de me retrouver seul avec toi.

Une fois Edouard parti après avoir serré sa fille dans ses bras dans une longue étreinte où celle-ci l'a remercié sincèrement et félicité d'avoir eu cette idée saugrenue de nous emmener toutes les trois, Louise a regagné sa chambre fermant sa porte derrière elle et me laissant seule. J'ai justement à cet instant ressenti une grande solitude et un grand vide. Le retour à la réalité et à notre quotidien de mère solo d'une ado plus à l'aise seule dans sa bulle ou en lien avec sa ribambelle d'amis via les réseaux sociaux. C'est dans ce contexte que j'ai préféré ne pas défaire ma valise tout de suite comme pour prolonger encore un peu cette parenthèse que nous nous étions offerte. J'ai simplement déballé les souvenirs que j'avais ramenés : notamment une tasse dans laquelle je me suis servi une tisane de verveine que j'ai tenue contre moi pour profiter de sa chaleur quand je ressentais soudain un froid dans ma maison. J'étais nostalgique. Ça me passera aussi vite que ce sentiment est apparu. Ou peut-être pas…

C'est dans ce même état d'esprit un peu embrouillé que je suis allée me coucher, seule, dans ce grand lit glacial. Le lendemain, à mon réveil, il n'y avait personne à côté de moi, personne à contempler. Juste moi. Nous étions dimanche et ma fille devait rattraper le travail scolaire qu'elle avait manqué pendant son absence au lycée. Elle n'est sortie de sa chambre uniquement pour prendre vite fait un repas avec moi que j'avais mis plus d'une heure à mijoter. C'est ainsi que je me suis retrouvée pour ainsi dire seule chez moi. Pour seule compagnie je n'avais que notre lapin Peter que j'ai pris contre moi pour le cajoler et surtout, pour être honnête pour m'apporter un peu de chaleur et de contact. J'étais comme en sensation de manque. De manque d'échanges, de partage, de rires, de bonne humeur. Ou était-ce autre chose ? En une nuit, tout avait changé, la cohésion balayée, et la relation avec ma fille de ces derniers jours me manquait déjà. J'étais forcée de faire un sevrage de ma fille. Et ça me faisait mal. C'est ainsi et je l'accepte. Louise se détache de moi. Je sais pertinemment que c'est bien normal or personne ne m'avait dit que c'était douloureux.

Paraît-il que les filles se rapprochent de leur mère plus tard, une fois adultes et mères. Je ne sais pas. J'ai toujours été proche de la mienne Jeanne. Même dans mes moments de souffrance à la suite du décès de Cédric, j'ai toujours trouvé refuge dans les bras de ma mère. Je n'ai pas eu de crise d'adolescence où je tenais tête à mes parents et plus précisément à ma mère. Je n'ai pas été en conflit avec eux. Mes parents nous ont élevé Charlotte et moi dans l'échange, la communication et le respect. Même lorsque nous étions en désaccord, ils maintenaient un dialogue entre nous. Bien sûr cela arrivait que des portes claquent, mais ma mère faisait toujours preuve de beaucoup de diplomatie. Elle faisait tampon parfois entre nous. Avec mon père Francis plus autoritaire parfois quand c'était nécessaire. Notre famille et son bon fonctionnement reposaient essentiellement sur ma mère et sa capacité à dédramatiser une situation et à renouer le dialogue s'il avait été rompu. Ma mère et mon père, mariés depuis leurs 23 ans, étaient restés complices et amoureux. Ils représentent à mes yeux le couple épanoui et frôlant la perfection. Je ne dis pas que leur couple a toujours été un long fleuve tranquille, cependant ils ont surmonté tous les aléas inhérents à la longévité d'une relation et les obstacles rencontrés par notre famille. Ils ont fait face à ma souffrance, à mon incompréhension et à mon sentiment d'injustice dus au décès de Cédric. J'étais au fond du gouffre et ils m'ont permis de ne pas m'y noyer et de remonter à la surface pour reprendre vie quand je m'étais complètement éteinte. Sans le soutien de mes parents, leur amour, leur empathie et leur bienveillance, je n'aurais jamais pu surmonter ce drame. Charlotte a également joué un rôle important dans ma reconstruction malgré son jeune âge. Ses câlins étaient salvateurs. Il n'était pas facile de vivre aux côtés d'une grande sœur devenue zombie, et elle ne m'en a pas tenu rigueur. Elle aurait pu m'en vouloir d'accaparer autant l'attention de mes parents pendant ma descente aux enfers. Mais il n'en a jamais été question. Charlotte est la douceur incarnée, elle n'a pas une once de malveillance. J'ai grandi dans une famille aimante, soutenante, bienveillante et respectueuse de ma douleur et de mes choix de vie. Ils sont sans mauvais jugement. Ce sont des personnes d'une exemplaire bonté. Je leur en serai éternellement reconnaissante. Après ma fille, ce sont ceux que j'aime le plus au monde. Ils m'ont donné de bonnes fondations pour ma vie. Je les aime de tout mon être et je ne me gêne pas pour le leur dire. Et eux non plus. J'espère pouvoir avoir cette même relation avec ma propre fille. Mais les aléas de l'adolescence la mettent parfois à rude épreuve. C'est ainsi.

Chapitre VI

Edouard est reparti dans les jours qui ont suivi. Il a regagné son dispensaire au Mali. Louise a repris le chemin du lycée au rythme de ses cours et de ses virées entre amis. Quant à moi j'ai poursuivi mes fonctions de secrétaire au cabinet médical auprès de mes chers collègues. Notre cadence a repris. Noël approche à grands pas et j'apprécie tout particulièrement cette période de l'année. J'aime me creuser les méninges pour dégoter le cadeau original qui plaira à chacun de mes proches. Noël ne serait pas aussi festif sans sapin. C'est pourquoi je me suis pointée au boulot un matin avec un petit sapin sous le bras ainsi qu'un carton rempli de décorations que je n'utilisais plus chez moi. Je me suis affairée à décorer le cabinet. Les filles, aussi bien mes comparses secrétaire qu'assistante, ont vite été rejointes par Muriel et Magali. Afin de parfaire ce moment de fête, Magali a mis des musiques de Noël et les incontournables Mariah Carey et George Michael. Nous avons chanté gaiement toutes ensemble en nous dandinant. Qu'est-ce que nous avons ri ! Les hommes nous regardaient faire, amusés, sans s'en mêler, bien que je sache pertinemment qu'ils ont apprécié mon initiative et cet apport de gaieté dans nos locaux. Toute la journée s'est déroulée dans une ambiance guillerette. Et je crois bien que cette bonne humeur a été communicative pour tous les patients ce jour-là. Petits et grands ont tous eu un regard sur notre bel arbre. Je crois même que venir chez le dentiste se faire soigner une dent malade a été moins douloureux avec ces illuminations !

À la pause repas, Stéphane m'a proposé de me joindre à lui, Jean Michel et Ingrid. Nous sommes allés déjeuner tous les quatre dans un petit restaurant à proximité du cabinet sur une petite place pavée. Étant médecins tous les trois, je craignais qu'ils m'emmènent dans un endroit assez guindé dans lequel je ne me serai pas sentie à ma place, et aux menus hors de prix pour mon petit salaire de secrétaire médicale. Heureusement ce ne fut pas le cas. Le lieu était petit et très convivial à la décoration simple et soignée. Ils avaient là leurs habitudes. J'ai suivi le mouvement et leur ai fait confiance dans leurs recommandations de plats et desserts. J'avoue que je me suis régalée aussi bien gustativement qu'amicalement. Jean Michel est si drôle, si porté sur l'être humain. Il me rappelle par certains aspects mon regretté Paul en version plus dégarnie ! Ingrid se déride un peu. Je crois qu'elle est juste timide et réservée. Mais elle est très agréable. Je ne pense pas que ce soit avec elle que je me tape une franche rigolade, mais elle n'en est pas moins sympathique. Elle a seulement un tempérament moins démonstratif. Quant à Stéphane, c'est avec lui que j'ai davantage parlé notamment sur le chemin. Il est très avenant, distingué, amusant, mais toujours avec délicatesse. Je ne zappe pas l'information au passage qu'il est très séduisant et qu'il représente à lui seul un plaisir pour les yeux ! Les deux acolytes, Jean Michel le cardio et Stéphane le dentiste, nous ont fait rire avec des anecdotes sur des interventions qu'ils avaient pratiquées et des remarques de patients. Ce n'était en rien de la moquerie gratuite et méchante à l'encontre de ceux-ci, mais plutôt de la dérision d'eux-mêmes et de leurs métiers respectifs.

De retour à nos postes, nous avons tous repris nos missions et nos tâches. Même si ma relation avec Paul et ses patients me manquent, je crois que je ne pouvais pas rêver meilleure transition que celle-ci auprès de cette équipe pluridisciplinaire.

Pour prolonger ce côté festif, je décide que Louise et moi décorerons aussi notre maison pour célébrer Noël ce week-end. Depuis qu'elle est toute petite, nous faisons de cela une tradition familiale incontournable. Nous sommes chaque année très enjouées.

Edouard nous a informés qu'il serait en France pour les fêtes. Chaque année, il organise un réveillon avec Louise, son père et sa grand-mère le 24 décembre. Ma fille et moi avons notre petit rituel de l'ouverture de nos cadeaux toutes les deux chez nous en pyjamas pilou pilou et chaussettes aux motifs de noël le 25 au matin. Nous rejoignons ensuite ma famille chez mes parents où nous pouvons être une bonne vingtaine. C'est le jour le plus festif toujours dans une ambiance légère et détendue remplie d'amour. Les emballages cadeaux virevoltent de partout et jonchent le sol jusqu'à ce que je fasse ma maniaque et que je ramasse tout sous le regard amusé de Charlotte qui me taquine gentiment. J'adore ces moments où toute la famille est réunie autour d'un majestueux sapin. Mon père choisissant toujours le plus grand et arborant fièrement toutes les décorations lumineuses qu'il a installées sur la façade de la maison et dans le jardin. Je crois qu'il fait un concours avec le voisinage de la maison la plus décorée et illuminée. À mon sens, c'est lui qui décroche la palme d'or chaque année. Il a pris cette coutume quand Léo et Louise étaient petits pour contempler leurs yeux émerveillés par tant de féérie. Cette année ne dérogera pas à la règle et nos traditions familiales seront respectées comme toujours. Ma mère met un point d'honneur à ce que le repas soit innovant et que toute cette journée soit plus belle que la précédente. Elle relève le défi chaque fois et fait de ce jour une célébration inoubliable.

Mais pour l'heure, l'esprit est à la fête dans mon appartement avec ma fille. Nous rions en découvrant certaines des décorations des années précédentes et Louise me demande dans un éclat de rire comment j'ai pu faire pour acheter certains objets que nous déballons et trouvons particulièrement ridicules ou carrément moches. Je dois reconnaître que je ne sais pas quelle mouche m'a piqué le jour où j'ai dégoté et ramené certains bibelots. Louise sort un petit bonnet de Noël d'un ancien père Noël qui finira cette année à la poubelle tant il est décrépi. Elle a l'idée folle de le mettre sur la tête de notre lapin Peter. Il est trop mignon et si attendrissant notre petit lapin de Noël. Louise le tient dans ses bras et j'immortalise le moment en prenant plusieurs clichés que je conserverai dans mon téléphone portable.

— Papa arrivera le 22 décembre et il m'a fait part qu'il voudrait t'inviter à passer le réveillon du 24 avec nous deux.

— Ah bon ? Et son père ?

— Il ne veut pas fêter Noël cette année sans Mamie Marie.

— Il doit être triste de célébrer le premier Noël sans sa mère.

— Non, il a dit à Papa que la seule chose qui l'obligeait à réveillonner depuis toutes ces années, c'était la présence de sa mère et son insistance à perdurer une tradition purement marketing et débile.

— Sympathique pour Edouard…

— Tu te rends compte Maman, il ne veut pas faire l'effort pour son unique fils et son unique petite fille.

— Ton grand-père Jean a toujours été casanier et n'a jamais eu un esprit très familial.

— C'est le moins que l'on puisse dire !

— Il est particulier et l'a toujours été. Ce n'est pas à son âge qu'il changera. C'est ainsi. Le plus important, ma fille, c'est que toi tu passes les fêtes avec ton père surtout que Marie n'est plus là.

— Tu viendras avec nous ?

— C'est une drôle d'idée et de toute manière ton père ne m'a rien proposé.

— Il va le faire. Il doit t'appeler. Ne lui dis pas que j'ai vendu la mèche.

— Entendu, je ne dirai rien. Ce sera notre petit secret du soir.

— Tu lui répondras oui ?

— Je ne sais pas. Il faut que j'y réfléchisse.

— Allez, ne te fais pas prier. Tu seras seule à la maison cette année, c'est nul. Ça ne me plaît pas de te laisser seule pour le réveillon.

— Je ne serai pas vraiment seule. Je comptais passer la soirée avec une bonne bouteille, une langouste et Peter.

— S'il te plaît Maman, je sais que cela ferait aussi très plaisir à Papa.

— Ne mettons pas la charrue avant les bœufs. Ton père ne m'a encore rien suggéré. Allez, viens, on va se faire un bon chocolat chaud.

— Avec de la chantilly !

— OK, si tu veux.

Il nous faut patienter encore deux semaines avant que Noël ne soit vraiment là. En attendant, je continue ma cadence alliant vie familiale et professionnelle. Je rejoins un groupe d'amies pour une soirée apéro dans un bar à vin où nous avons l'habitude de nous retrouver pour faire un break dans nos vies personnelles. J'y retrouve notamment mon amie Pauline, celle qui m'avait présenté Edouard, et dont je suis restée très proche. Elle aussi est mère d'une fille, plus jeune que la mienne. Laurence et Nadège sont aussi présentes. Elles sont également mères d'enfants et d'adolescents. Pauline et Nadège sont en couple depuis longtemps. Laurence est séparée du père de ses deux fils depuis quatre ou cinq ans. Elle prône maintenant le célibat et sa liberté retrouvée. Nous formons une chouette bande de copines qui nous côtoyons depuis une vingtaine d'années. Nous sommes restées fidèles les unes aux autres. Nous nous organisons des soirées régulièrement soit entre filles soit avec toutes nos tribus. Je dois admettre que j'apprécie tout autant nos moments de décontraction entre copines où nous pouvons échanger sur nos vies, nos étapes de parcours, nos enfants et pour certaines leurs histoires de couple ou nos aventures sentimentales. Nous aimons aussi parler de la pluie et du beau temps, partager nos bons plans, échanger nos lectures, nos séries télévisées. Ou tout simplement parler de tout et de rien. C'est notre pause à nous. Notre trêve dans nos quotidiens surchargés. Un verre de vin, puis deux, puis trois, un plateau de charcuterie suivi de celui de fromage, et de bonnes rigolades. Nous nous amusons d'anecdotes sur nos vies et sur les comportements de nos ados respectifs. Leurs phrases typiques d'ados du genre « t'inquiète, je gère » ou les « c'est bon » dans un soupir voire un claquement de porte, les « j'arrive dans deux minutes » qui durent en réalité trois plombes. Pour être tout à fait honnête, on les critique allègrement et on se marre dans leur dos ! Les maris de Nadège et Pauline y passent également. Elles me font mourir de rire avec leurs exemples de mari qui s'endort en pleine conversation, de chaussettes sales qui traînent, ou d'horrible belle-mère à supporter qu'elles rêvent secrètement d'étrangler ! Je me réjouis souvent d'être solo. Elles nous racontent aussi les douces attentions de leurs hommes à leur égard, les fleurs, les mots tendres et rassurants, les câlins réconfortants, les soirées à deux, les fous rires partagés. Ça pourrait presque me faire envie cette complicité et cet amour durable. Mais je me ravise aussitôt.

On ne fait pas que pester contre nos enfants, on dit notre fierté de mère face aux jeunes adultes en devenir, notre chance inouïe de les avoir auprès de nous. En bref ces soirées bar à vin sont notre refuge à toutes les quatre pour les bons moments et les tempêtes qui font parfois rage.

Je leur fais part de mon séjour à Disney avec mes trois comparses. Elles en profitent pour me questionner sur mon partage de lit avec Edouard me disant qu'il vieillissait très bien et était toujours aussi charmant. Elles prennent un malin plaisir à insister sur le fait que lui et moi sommes toujours célibataires alors que nous sommes liés à vie. Je finis par détourner la conversation sur un autre thème, ne sachant pas trop pourquoi je préfère éviter le sujet.

Pendant ces deux dernières semaines avant Noël, il est vrai que nous sommes toutes les quatre très affairées et que nous nous voyons un peu moins que d'habitude. Cette année ne déroge pas à la règle. Par conséquent je sors un peu moins.

Un jour au cabinet médical où je discutais musique avec Stéphane, il m'a fait une proposition assez inattendue. Il m'a invité à aller voir un petit concert dans un pub du centre-ville où se produirait un groupe de rock dont il avait entendu parler favorablement. Prise au dépourvu, mais en manque de sortie, j'ai accepté son invitation pour le samedi suivant.

C'est ainsi que j'ai retrouvé Stéphane à l'heure prévue devant notre point de rencontre que nous nous étions fixés, car je ne savais pas précisément où se trouvait le pub.

Stéphane est arrivé vêtu d'un jean bleu, d'un blouson en cuir noir et de baskets. Habituée à le voir en blouse blanche, je suis presque étonnée de le voir accoutré de manière si décontractée. Ne sachant pas trop comment me positionner vis-à-vis de lui au début de la soirée, oscillant entre la relation patron/employée, vie professionnelle et vie privée, ne trouvant pas trop mes marques et n'étant pas très à l'aise, il a dû me trouver psychorigide. J'espère qu'il ne va pas regretter son choix de m'avoir invitée et moi mon choix d'avoir accepté. Je vois bien qu'il essaie de me mettre en confiance. Un verre de vin m'aidera à me dérider un peu. Le groupe se met à jouer et l'ambiance est plus détendue et festive dans tout le pub. Ce qui a le don de contribuer à me montrer plus conviviale et amusante. Stéphane chantonne et me fait part de ses références musicales. Je parviens avec mon second verre de rouge à me détendre. Il plaisante et sourit. Je remarque ses grands yeux malicieux. Les gens autour des tables se lèvent et se mettent à danser devant la petite scène. Me voyant me dandiner sur mon tabouret, Stéphane me tend la main pour m'entraîner derrière lui sur la piste improvisée. J'hésite une seconde puis saisis sa main et me laisse guider. Nous passons une très agréable soirée. Et même si au début je me suis montrée sur la réserve, je ne regrette pas d'être venue. Nous parlons beaucoup en nous penchant près l'un de l'autre, car la musique trop forte couvre nos voix. Nous sommes obligés de nous rapprocher pour nous entendre. Je prends un troisième verre de rouge, mais je dois m'arrêter là pour être assez alerte pour conduire pour rentrer chez moi, bien que la limite autorisée ne soit déjà dépassée. C'est un samedi soir sur la terre, banal et divertissant. Le concert se termine et c'est là le signe que notre soirée s'achève. Nous nous attardons encore un peu attablés jusqu'à ce que je décide qu'il est l'heure de mettre fin à ce… comment le qualifier ? Cette virée à deux. Entre collègues. Stéphane se lève avant moi et saisit ma veste qu'il me tient pour m'aider à l'enfiler. C'est une gentille attention. Galante.

Un peu vieillotte, mais pas désagréable. Il se dirige vers le comptoir et règle l'addition avant même que je n'aie eu le temps de sortir mon portefeuille de mon sac à main. Je le remercie sincèrement. Je suis garée à l'opposé de lui. Il insiste pour me raccompagner jusqu'à ma voiture pour que je n'erre pas seule en pleine nuit dans les ruelles sombres. En premier lieu je refuse, mais face à son insistance et à ce geste très attentionné, je cède et le laisse me raccompagner. Nous marchons dans les rues désertes. Le froid de décembre me glace malgré mon manteau et mon écharpe. Je regrette d'avoir laissé mes gants dans ma voiture plus tôt dans la soirée. Nos souffles dégagent de la buée. Nous n'accélérons pas le pas pour autant et prolongeons ce moment. Enfin arrivés à ma voiture garée sur le périphérique, nous prenons quelques minutes pour échanger nos impressions sur cette soirée passée ensemble.

— Je te remercie Stéphane pour cette proposition et cette soirée. C'était une très bonne idée et j'ai passé un moment très agréable.

— Moi aussi. La compagnie y était pour beaucoup !

— La prochaine fois, ce sera moi qui t'inviterai.

— Très volontiers. Non pas pour que tu me payes ta tournée, mais pour une seconde sortie ensemble. J'ai beaucoup aimé nos échanges. J'apprécierai une nouvelle rencontre à deux en dehors du boulot.

— Je suis partante. Surtout si tu as encore des bons plans comme celui-là.

— Je suis toujours à l'affût des bonnes sorties qui changent de l'ordinaire. En plus si je trouve en toi une partenaire, je suis enchanté.

— Tu ne veux pas que je te ramène en voiture jusqu'à la tienne ?

— Non je te remercie. Marcher me fait du bien. Je n'en aurai que pour quelques minutes.

— Tu es sûr ?

— Oui, ne t'en fais pas pour moi. Rentre bien et sois prudente.

— Passe un bon week-end et on se retrouve au boulot.

— Bonne nuit, Audrey.

— Bonne nuit, Stéphane et encore merci.

— Je t'en prie, tout le plaisir était pour moi.

Nous nous saluons et nous embrassons sur les joues. Je monte dans ma voiture, accroche ma ceinture et démarre. J'allume immédiatement le chauffage à fond. Je fais signe de la main à Stéphane qui tourne les talons et reprend son chemin dans l'autre sens.

Cette virée à deux était inattendue, mais fort plaisante. Stéphane est de très bonne compagnie. Il est prévenant, marrant, intéressant et intelligent. Il a de bons goûts musicaux qui correspondent aux miens. Et je dois reconnaître qu'il est bel homme ! Ce qui n'a fait qu'en rajouter à mon plaisir ce soir ! J'ai véritablement passé une soirée exquise. J'ai hâte de remettre ça.

Lorsque Stéphane et moi nous retrouvons le lundi matin au boulot, les choses sont encore plus fluides entre nous. J'apprécie tout particulièrement cette complicité naissante. J'ai l'impression que nous sommes sur la même longueur d'onde.

Ma fille est en vacances scolaires. Notre rythme à la maison s'en trouve plus détendu et moins pressant. De grosses grasses matinées sont au rendez-vous pour elle. Étant nouvelle dans mon emploi et surtout la dernière arrivée, je n'ai pas droit à des congés cette année. Mais l'équipe est sympa et m'octroie tout de même deux jours pour me faire un long week-end. C'est peu, mais je m'en contenterai sans rechigner. C'est le jeu ma pauvre Lucette !

Edouard m'a proposé de réveillonner tous les trois le 24 décembre. Contre toute attente, j'ai accepté. C'est sans doute la magie de Noël ! Nous passerons donc la soirée à trois, autour de notre Louise. Au cabinet nous serons en effectif réduit. Les médecins prennent des congés à tour de rôle pour que le flux soit réduit, mais pas interrompu. Les consultations auront donc lieu, mais en nombre limité. Stéphane a pris une semaine entière autour du jour de l'an pour aller skier avec ses fils.

Après mon service, je me hâte, lorsqu'il n'est pas trop tard, dans les boutiques pour faire mes achats de cadeaux pour mes proches. J'adore flâner dans les rues illuminées et devant les vitrines décorées pour l'occasion. Il règne une telle bonne humeur, voire une frénésie. Les passants vont et viennent d'une boutique à une autre. Ils marchent vite sans doute sont-ils pressés et frigorifiés. Ça sent bon les douceurs comme les crêpes, le vin chaud et les marrons grillés. Je m'en prends un cornet brûlant. Des manèges tournent presque sans discontinuer et mettent en joie les enfants tenant des barbes à papa roses tels des petits nuages au bout de leurs bâtonnets. Que cette période est plaisante ! J'adore l'ambiance festive, familiale. La générosité domine et touche chacun. En tout cas, c'est ce que j'aime à croire. Je n'oublie pas que c'est aussi pour les personnes seules et dans la précarité une étape qui peut se montrer douloureuse. J'achète un chocolat chaud et l'offre à cet homme assis par terre avec ses deux chiens sur une grosse couverture repliée sur eux trois pour les isoler un peu du froid. Il ne fait pas bon être à la rue par ce temps glacial. Je ne sais pas quelle est sa situation, mais cela me touche et je me sens concernée. J'y joins un billet de 20 euros. Ce n'est pas grand-chose, mais ça lui permettra de manger chaud ce soir avec ses fidèles compagnons. Il en est surpris et touché. Il me souhaite de passer de bonnes fêtes. Je n'ose pas lui retourner cette réplique par peur que son Noël à lui ne soit pas à la hauteur de ses attentes. Il me gratifie d'un grand sourire qui m'accompagnera ce soir. J'achète quelques emplettes pour Louise pour compléter ce que j'ai déjà prévu de lui offrir. Il faut également que je dégotte un cadeau pour Edouard. Je ne peux pas aller chez lui sans mettre quelque chose à son attention sous le sapin. Je suis à court d'idées. Je rentre dans plusieurs magasins en quête du bon présent. Il faut que je trouve de quoi lui faire plaisir, personnel, mais pas trop. Quel casse-tête ! J'opte sans grande conviction pour un sweat à capuche confortable et un livre photo sur les plus beaux endroits de l'Afrique. Puis je rentre à la maison où je retrouve ma fille installée sur le canapé sous un plaid avec un chocolat chaud dans les mains en train de regarder un film d'horreur. Je suis incapable de voir ce genre de cinéma. Je suis bien trop peureuse pour ça. Les rares fois où je m'y suis aventurée, je sursautais à tout bout de champ et j'allais me coucher en regardant derrière moi. C'est certain, ces films-là ne sont pas faits pour moi. Contrairement à Louise qui en est adepte et qui n'est pas effrayée. Je décide d'aller prendre un bain bien chaud pour réchauffer mon corps gelé et me délasser pendant que ma fille termine sa séance ciné.

Nous dînons toutes les deux et j'en profite pour lui montrer ce que j'ai acheté pour son père. Elle se montre rassurante en me disant que mon choix est bon. Je lui donne comme chaque année un budget cadeau pour qu'elle puisse offrir à son père et à moi un cadeau qu'elle aura choisi elle-même. Elle a toujours de bonnes idées et se révèle pleine d'imagination.

La semaine suit son cours et le 24 décembre est là. La journée au cabinet s'est déroulée calmement et dans une ambiance joyeuse. Nous nous sommes quittés en fin d'après-midi, plus tôt que d'habitude, en nous souhaitant de passer de bonnes fêtes. Je rentre chez moi. Louise est enfermée dans sa chambre à se pomponner pour notre soirée. Je m'affale cinq minutes dans mon fauteuil, les pieds relevés, pour savourer un peu de quiétude avant d'aller m'affairer devant les fourneaux. Il s'écoule peut-être davantage de temps. Dorénavant il faut que je me bouge un peu. Je me suis engagée à apporter le dessert pour conclure notre repas ainsi que des douceurs dont nous raffolons Louise et moi. Edouard n'en est pas moins gourmand. Je me suis lancée le défi cette année de réaliser moi-même une bûche. Louise a confectionné des fruits déguisés. C'est ainsi que nous nommons les fruits secs tels les noix, pruneaux, dates et figues farcis de pâte d'amande colorée. Elle les a joliment disposés dans un plat de service à étage jouxtant des nougats blancs et noirs, mon péché mignon. Je me saisis de ma recette : une bûche aux marrons et chantilly. La première étape consiste à préparer la génoise. Ça c'est dans mes cordes. Pendant qu'elle cuit et dégage cette bonne odeur de pâtisserie, je m'active ensuite pour préparer mon fourrage à base de crème de marrons. Je monte ma crème en chantilly et dresse mon entremets. Je décore le tout avec des marrons glacés et des petites figurines que j'avais achetées. Bon, je suis dans les temps. Il me reste environ une demi-heure pour me rafraîchir et me faire une beauté. Ça devrait me suffire. Le soir de Noël il faut se montrer à son avantage et pourquoi pas scintillante. Je suis fin prête et comme toujours je patiente en attendant Louise qui se fait longue. Je l'appelle et j'entends au loin la fameuse phrase « j'arrive dans deux minutes » qui durera un bon quart d'heure. La voilà enfin et nous pouvons rejoindre notre hôte chez Marie.

En pénétrant dans la maison, je suis frappée justement par l'absence de Marie, sa chaleur, son rire, son accueil. Il faudra bien nous y faire. C'est pour Edouard que cela doit être difficile. Vivre seul ici sans elle. Mais je reste persuadée que son aura plane dans ces lieux tout autour de nous. La maison est grande et sur deux niveaux. L'entrée est surélevée et le perron est bordé de colonnes blanches. Ça donne à cette demeure un style colonial. Marie avait fait construire cette maison avec son premier mari. Elle y a ensuite toujours vécu, son fils Jean y ayant grandi et ses époux s'étant succédés. L'intérieur est clair et lumineux parsemé de belles plantes vertes et d'orchidées de toutes les couleurs. Il y a une véranda, un vrai jardin d'hiver où trône un salon en rotin blanc. Cet endroit accueillant donne envie de s'y installer confortablement avec un thé aux arômes envoûtants et un bon bouquin. Le mobilier et la décoration du reste de la maison sont anciens, sobres et vous donnent l'impression de vous plonger gentiment dans une autre époque. Non pas que ce soit vieillot, mais plutôt au goût de Duchesse des Aristochats. Marie avait un goût raffiné. Elle avait meublé et décoré son intérieur à l'image des grandes demeures coloniales de l'île Maurice dont elle était tombée éperdument amoureuse lors de son premier voyage. Elle y sera retournée un nombre incalculable de fois toujours avec le même engouement et cette lueur dans les yeux. Elle y avait été séduite par la mixité de populations et de cultures, la richesse de son histoire, la chaleur de ses hôtes et la beauté de ses paysages.

Edouard nous sert l'apéritif dans le salon. Il a mis les petits plats dans les grands pour nous recevoir. Je note ses efforts pour nous satisfaire. Il a préparé plusieurs amuse-bouches et nous sert du champagne. J'avais peur que la soirée soit ponctuée de blancs et de moments de gênance, comme disent les jeunes, or il n'en est rien et la discussion est fluide. Louise y est pour beaucoup. Elle nous amuse en nous racontant des anecdotes de ses cours, de ses profs et de ses différents camarades. Le repas s'enchaîne sur des mets traditionnels et ses langoustes accompagnées de saveurs plus exotiques. Tout est délicieux et ravive nos papilles. Le moment du dessert arrive et le verdict tombe : ma bûche vaut le détour ! Edouard nous sert à nouveau du champagne pour trinquer aux fêtes de fin d'année.

— J'ai une grande annonce à vous faire les filles.

— Tu as rencontré l'amour, Papa ?

— Non. Ce n'est pas ça.

— Et tu vas te marier ?

— Non plus Audrey.

— Tu as gagné au loto ?

— Tu es millionnaire et tu pars faire le tour du monde !

— Arrêtez cinq minutes vos bêtises et écoutez-moi.

— Oh là là, c'est bien sérieux tout ça !

— Carrément solennel !

— Ça y est, je peux en placer une ?

— Vas-y, on t'écoute.

— Voilà, les évènements actuels, le décès de Marie, les annonces du notaire, nos discussions, ton point de vue Louise, mon âge, notre séjour ensemble, m'ont beaucoup donné à réfléchir ces dernières semaines et m'ont ouvert les yeux. Marie m'a légué sa maison avec tout son contenu et une énorme somme d'argent. Et surtout elle m'a laissé une lettre qu'elle avait écrite il y a quelques mois. Je pense qu'elle sentait qu'elle était arrivée au bout et que tout pouvait s'arrêter prochainement. Elle avait laissé des consignes à son notaire qui était son fidèle ami. J'ai reçu un acompte de cet héritage financier et c'est colossal. Le reste viendra par la suite à la fin de la succession. Je ne veux pas céder cette demeure qui reflète l'esprit pur et un peu rebelle de ma grand-mère. Cet endroit qui raconte sa vie. Je ne pourrai jamais m'en délaisser. J'y ai pour ainsi dire vécu moi aussi depuis 20 ans au gré de mes retours ici. C'était mon pied à terre. Et ma grand-mère était mon ancre, mon phare, mon repère. Elle a une importance capitale dans ma vie. Cette maison est le reflet de son âme. Elle veille en ces lieux. J'aime cette maison. Je m'y suis toujours senti bien, chez moi. Aujourd'hui Marie n'est plus là et elle m'a rappelé dans cette lettre à mon intention que j'avais trop longtemps fui ma vie, fui mon père au détriment de toi, ma fille. J'aurais dû prendre un autre chemin il y a 18 ans, mais j'ai été aveugle et stupide. Un vrai con égoïste. Je me suis voilé la face en me confortant dans mes choix et en me berçant d'illusions. Trop longtemps. Tu ne peux pas savoir comme je m'en veux Louise et comme je regrette de t'avoir fait subir ma fuite et ma lâcheté. Aujourd'hui je ne veux plus perdre de temps loin de toi. Je sais que je ne pourrai pas rattraper tous ces instants, toutes ces années et j'espère que tu pourras m'excuser et me pardonner. Je veux profiter de toi, de nous. Je ne veux plus vivre à des milliers de kilomètres. J'ai donc décidé de revenir m'installer définitivement ici, dans cette maison, près de toi, de vous deux. J'ai rompu mon contrat avec l'organisation humanitaire qui m'emploie et j'ai rendu ma blouse au dispensaire au Mali. Tu as raison, Louise, tu es bien plus précieuse à mes yeux que ma carrière et mes patients. Je te prie de bien vouloir m'excuser de l'avoir compris si tardivement.

— Tu vas vivre ici Papa ? Pour de vrai et à plein temps ?

— Oui, ma fille.

— Tu ne repars plus en Afrique ?

— Non, c'est terminé.

— Tu t'es décidé là maintenant ?

— J'ai pris ma décision il y a quelques semaines. Notre séjour à Disney et notre discussion à cœur ouvert m'avaient déjà lancé sur la voie de la réflexion, et le décès de Marie puis la lecture de sa lettre m'ont conforté dans mon idée. J'aurais dû le faire il y a 18 ans. Je suis navré d'avoir autant tardé Louise.

— Je n'en reviens pas, Papa.

— Dis ce que tu ressens. Tu es contente ? Tu crois que tu arriveras à me supporter en me voyant davantage ?

— Papa, c'est si inattendu ! Je suis partagée. Bien sûr que je suis contente que tu deviennes un père à temps complet, proche, mais je suis perplexe. Pourquoi n'as-tu pas fait ce choix à ma naissance ou lorsque j'étais petite ? Il t'aura fallu un décès pour le comprendre ? Tu auras été très long à la détente !

— Oui tu as raison, je suis un imbécile.

— Louise, ma belle, ton père et moi avons essayé de te l'expliquer. Nous avons fait des choix il y a 18 ans que nous pensions être justes. Nous avons toujours été conscients qu'ils n'étaient pas idéaux. Nous avons compris que ce n'est pas ce que tu aurais voulu. Nous avons commis la plus grosse erreur en t'infligeant nos souhaits. Nous ne pourrons pas revenir sur ce qui est passé. Mais nous pouvons donner une autre tournure à ton avenir, à tes relations avec ton père. C'est ça ce qu'il t'offre maintenant.

— Je suis heureuse Papa, ne crois pas le contraire, c'est juste que je suis surprise. Avoir connu depuis 17 ans un père à l'autre bout du monde et dorénavant ce même père qui avait favorisé sa carrière et les milliers de petits maliens, va être présent au quotidien quand j'en ai le moins besoin, c'est déroutant et je ne sais pas trop quoi en penser.

— Je conçois ton étonnement, Louise.

— Louise, peu importe l'âge, on a toujours besoin de ses parents. C'est notre lien, notre fondement, nos racines. C'est ce qui nous donne notre équilibre. J'ai 49 ans et mes parents ont une place si importante dans ma vie, dans la tienne. Ton père n'a pas eu la chance d'avoir à ses côtés sa mère, et le lien avec son père est si distendu que tu es sa seule famille. Il n'y a rien de plus important que la famille.

— Il fallait le réaliser avant que j'étais sa famille ! Il est un peu tard.

— Tu as raison ma fille. Cependant il n'est pas trop tard. Nous avons encore des décennies devant nous.

— De toute manière, tu as déjà pris ta décision. Tu as déjà posé tes valises ici. Donc une fois de plus tu m'imposes ton choix et c'est à moi de m'en accommoder. C'est bien cela, Papa ?

— Louise, j'ai fait des erreurs et j'en ferai certainement d'autres. Une chose est sûre, je veux être auprès de toi.

— Tu te réveilles quand je vais bientôt avoir 18 ans.

— Laisse-moi une chance Louise… S'il te plaît. Je veux rattraper mes conneries. Je ne veux plus vivre sur un autre continent que toi.

— Je pensais que tu serais contente ma belle.

— Détrompez-vous, je le suis, mais aussi étonnée. Laissez-moi me faire à cette idée. Ça va chambouler mon quotidien et mon existence.

— Oui j'en ai conscience et je ne veux pas m'imposer lourdement. Nous allons composer ensemble un nouveau fonctionnement, un nouveau schéma familial. Je me plierai en quatre pour toi ma fille et selon ton rythme.

— Bon, et si on la goûtait ma bûche avant que la chantilly ne dégringole.

— Sers-nous Audrey et après je voudrais vous offrir mon cadeau.

— Encore une grosse surprise, Papa ?

— Oui j'en ai bien peur !

— Edouard, c'est la soirée des surprises ?

— Qu'est-ce que tu as encore mijoté Papa ?

— Tu lui as mis la puce à l'oreille Edouard ! Elle ne va pas te lâcher jusqu'à ce que tu lui remettes ton cadeau mystère.

— Très bien, je capitule, tiens je te le donne.

— Une pochette ?

— Ouvre-la.

— Papa, est-ce que c'est bien ce que je crois ?

— Ça dépend… si ce que tu crois est un voyage sur les traces de ton arrière-grand-mère et sa destination favorite dont elle nous aura vanté les mérites toute sa vie, alors tu as raison.

— De quoi s'agit-il, Louise ?

— Maman, c'est un séjour de 14 jours à l'île Maurice aux vacances de février !

— Oh c'est un magnifique cadeau ma belle que te fait ton père ! Riche en symbolique.

— Ma grand-mère m'a raconté tant de fois ses voyages là-bas, la population chaleureuse, la beauté des lieux, ses influences culturelles variées. Aller dans sa destination préférée parmi toutes, c'est un peu voyager avec elle. Elle voulait que j'y aille, dans un endroit très précis et que j'y répande ses cendres. Cette île comme dernière terre. J'aimerais faire ce périple au souvenir de ma grand-mère avec toi ma fille… Qu'est-ce que tu en penses ?

— Je pense que c'est une super idée, Papa !

— J'en suis ravi.

— Mais ? Maman il y a trois participants ?

— Tu emmènes ton père Edouard ?

— Certainement pas ! Je voudrais y aller avec les deux personnes les plus chères à mon cœur.

— Maman, c'est à ton nom !

— Pardon ?

— À ton nom !

— Tu plaisantes ? Edouard, dis-lui qu'elle se trompe.

— Louise a bien raison. J'aimerais vraiment faire ce voyage avec vous deux. Comme une famille sur les traces de Marie. Pour comprendre et ressentir les raisons qui la poussaient à y retourner jusqu'à en amener un petit bout chez elle au travers de sa décoration et de son mode de vie.

— Maman, ce serait génial ! Toi qui n'as quasiment jamais voyagé en dehors des destinations proches.

— Premièrement, je n'ai pas les moyens de m'offrir un tel rêve…

— C'est une volonté de Marie. Un cadeau laissé pour toi de sa part. Elle voulait que je t'y emmène avec Louise. Marie avait beaucoup d'affection et d'estime pour toi. Elle regrettait que je sois si couillon.

— Deuxièmement, je viens de commencer un nouveau job et je ne sais pas si je pourrai m'absenter si longtemps…

— Je suis sûre que tes patrons seront d'accord Maman !

— Troisièmement, je ne peux pas accepter, c'est bien trop.

— Et quatrièmement Maman, tu as une peur panique de l'avion et le voyage dure au moins 10 heures !

— 11 heures exactement au départ de Paris.

— Maman, il va te falloir des médicaments ! Des anxiolytiques !

— Ne vous esclaffez pas tous les deux, je n'ai pas dit oui.

La fin de soirée s'est passée dans la bonne humeur. Edouard a partagé ses projets d'installation ici et Louise s'est montrée plus enjouée qu'à l'annonce de son père de revenir vivre ici. C'est bien toute l'ambivalence de cet âge. Je profite de ses moments de joie à fond. J'en fais ainsi depuis mes 19 ans. Je sais qu'il faut vivre à 200 % ces instants de petits bonheurs. Surtout lorsqu'ils sont partagés.

Le réveillon terminé et devant se lever pas trop tard demain pour pouvoir ouvrir nos cadeaux ma fille et moi avant de nous rendre chez mes parents, nous mettons un terme à cette agréable soirée qui avait bien failli virer à l'orage. Dans la voiture, sur le trajet du retour, Louise me demande de réfléchir sérieusement à la proposition de voyage à trois dans l'océan Indien. Je m'engage donc à étudier cette éventualité sans rien promettre pour autant. Nous rentrons chez nous, nous préparons pour dormir et nous couchons. Louise est enchantée par le cadeau de son père et sa signification. Je reste là, allongée dans mon lit, songeuse et perplexe. Le sommeil peine à venir tant mon esprit est bousculé de toute part par toutes sortes d'idées qui ont décidé de venir se rappeler à moi à cette heure très tardive au lieu de dormir. Je me repasse le film du repas chez Edouard. Je décortique, j'analyse, je me rejoue les scènes. Bref je cogite et me prends la tête sur à peu près tout ce qui a de l'importance et aussi sur ce qui n'en a pas la moindre à cette heure-ci.

Le lendemain, le réveil est un peu difficile, mais vite rattrapé par la joie d'offrir ses paquets à ma fille et de partager ce moment avec elle selon notre petit rituel : pyjama au motif hivernal, grosses chaussettes pilou pilou et chants de Noël en sourdine. Je m'octroie cinq petites minutes pour émerger et je me lève d'un bon pied. J'ouvre les volets et je suis ravie de constater qu'il fait grand soleil. À mes yeux, pour qu'un matin de Noël soit pleinement réussi, il faut soit qu'il neige (ce qui n'arrive jamais dans notre région), soit qu'il fasse un temps radieux. La journée s'annonce belle. Je tape doucement à la porte de la chambre de ma fille. J'attends sa réponse. J'entends un léger grognement. J'entre et me dirige vers son lit. Je lui glisse un mot à l'oreille et m'allonge à côté d'elle pour une longue étreinte. D'un premier abord, elle ronchonne gentiment puis se laisse enlacer. Nous restons ainsi un doux moment. Je respire l'odeur de ses cheveux. Je sens sa chaleur même à travers la grosse couette. Je pourrais demeurer ainsi longtemps. Sans bouger. J'aime ces matins câlins, j'aime serrer ma fille contre moi. Ces instants sont précieux d'autant qu'ils se font plus rares dorénavant. Ma fille, ma lumière, l'amour de ma vie, mon soleil.

Nous finissons par nous lever du lit. Nous rejoignons le salon où je laisse entrer la lumière par la grande baie vitrée. Je nous prépare un chocolat chaud et je retrouve Louise devant le sapin assise au sol sur un coussin. Elle contemple les emballages colorés éparpillés. Elle déballe ses paquets et découvre ses cadeaux. Elle est très souriante, me remercie à chaque fois. Je suis si heureuse de la voir épanouie. Je n'ai de cesse que son bonheur. Elle me dit d'ouvrir mes cadeaux. Chose que je fais volontiers. Je commence par un gros paquet au ruban noir. J'y découvre un sac à main en cuir. Il faut dire que j'adore les sacs et que j'en ai une petite collection. Louise savait qu'elle me ferait plaisir. À côté se trouve un petit emballage rouge et or. Je dénoue le ruban rouge et y trouve un petit écrin. Il contient une belle bague en or représentant le symbole de l'infini.

— C'est notre lien Maman. Notre amour infini. Toi et moi.

— Merci ma belle, elle est magnifique et ça me touche particulièrement. Je l'adore !

Une fois tous les paquets ouverts et tous les cadeaux découverts, je m'affaire à ramasser les papiers et pochettes par terre. Ça fait rire ma fille.

— Maman maniaque en action !

— Au lieu de te moquer de moi, va plutôt te préparer pour aller chez tes grands-parents retrouver toute la famille.

— Combien seront présents cette année ?

— Nous serons dix-sept. Il y aura mes parents, Charlotte, Damien et Léo, mon oncle Richard et ma tante Annick, avec mon cousin Luc, sa femme Laure, leurs enfants Romane et Gaëlle, et ma cousine Mathilde, son mari Yanis avec leurs enfants Mathis et Marion. Le reste de la famille ne se joindra pas à nous cette année, car ils ont décidé d'aller fêter Noël dans un gîte à la montagne. Ils ont eu une opportunité qui ne se ratait pas par le travail de mon cousin Thomas. On a prévu avec sa sœur Maya de nous joindre en face Time pour trinquer tous ensemble même à distance. Ce sera chouette ! Nos mères ne sont pas au courant. Ce sera notre petite surprise made in Noël.

— Je suis certaine que Mamie sera contente.

— Elle versera sûrement sa petite larme.

— Je prends la salle de bain en premier !

— Doubleuse !

C'est dans un même entrain que nous nous préparons. J'opte pour une petite robe noire cintrée que j'accompagne de collants fantaisie, d'une étole douce aux motifs de fleurs blanches et dorées, et de bottines vernies. Je mets de grandes boucles d'oreilles en or. Je noue juste une petite mèche de mes cheveux et laisse le reste de ma chevelure tombant dans mon dos. Je me farde un peu plus que d'habitude, mets une touche de rouge sur mes lèvres assortie au vernis de mes ongles. J'inspecte mon reflet dans le grand miroir en pied. Me voilà fin prête. Et comme toujours j'attends ma fille… Elle ressort de sa chambre dans une robe moulante noire qui dessine parfaitement sa silhouette élancée et fine qu'elle tient sans doute de son père. Elle a enfilé de grosses chaussures à plateforme que je n'apprécie pas particulièrement, mais qui je dois l'admettre lui confère un sacré style. Elle s'est relevé les cheveux en un petit flou artistique que je ne saurai pas imiter, et dessiner des yeux de biche. Qu'elle est belle ! J'attrape mon sac offert par ma fille et nous nous dirigeons vers la sortie de l'immeuble.

Arrivées rapidement chez mes parents qui n'habitent pas très loin, nous y retrouvons ma sœur, Damien et Léo déjà arrivés et affairés à aider ma mère à finir le dressage de la table. Je me joins à eux et me laisse guider pour les seconder dans leur tâche. L'odeur qui s'échappe de la cuisine promet une grande dégustation. Comme toujours ma mère se sera surpassée. Le reste de la tribu arrive au compte-gouttes et nous voici tous réunis autour d'un beau sapin dans le salon et devant un bon verre. Je suis heureuse de retrouver chacun des membres de cette grande famille. Les rires emplissent la pièce. Nous sommes tous mêlés, peu importe les âges. Ados, adultes et séniors, tous partagent et discutent ensemble. Il règne un certain brouhaha joyeux. Ma mère lance ouverte les festivités et enjoint chacun à aller découvrir ses cadeaux. Dans cette effervescence et cette euphorie communicative, chacun explore ses paquets et ses présents. Il y a de grands « oh » suivis de grands « ah » émerveillés et ravis. Je fais le tour des convives avec mon téléphone pour prendre quelques photos de tous afin de conserver des souvenirs que je partagerai sur notre groupe privé Messenger dédié aux fêtes familiales et à nos échanges. Petits et grands, jeunes et moins jeunes, tous sont envahis par cette joie d'être ensemble et de se faire plaisir mutuellement. Je prends le temps de tous les observer un par un. Leurs yeux pleins d'étoiles, leurs grands sourires, les petites plaisanteries de certains pour masquer une larme d'émotion. J'en prends plein les yeux pour garder en mémoire ces instants magiques de famille. Je reconnais sans mal que j'ai une chance inouïe d'avoir une famille si aimante, si complice, si liée. Que serais-je devenue sans eux ? Qui serais-je sans eux ? Certainement pas celle que je suis aujourd'hui.

Tous les papiers ramassés par mes soins et aidée de Charlotte, ma mère nous demande de nous installer à table. Je prends place aux côtés de ma sœur, de ma cousine Mathilde et en face de la femme de mon cousin Laure. Nous sommes un petit club de quatre femmes à peu près du même âge qui prenons grand plaisir à nous retrouver pour bavarder et plaisanter. Nos échanges sont toujours ponctués de grands éclats de rire. Chacune raconte son réveillon de la veille. Charlotte se tourne enfin vers moi et avec un grand sourire malicieux, s'enquit de savoir comment s'est déroulé le mien avec ma fille et son père. Je sais pertinemment qu'elle attend autre chose de moi, mais qu'elle n'aura pas. Je raconte à mes acolytes de tablée le cadeau des plus surprenants d'Edouard à l'attention de sa fille et surtout de moi. Ni une ni deux, ma sœur me fait face et me saisit les épaules.

— Que lui as-tu répondu Audrey ? Tu as accepté son cadeau dans le plus bel engouement.

— Non, je me suis seulement engagée à y réfléchir. Mais ma décision est toute prise. Je n'irai pas. Je les laisserai entre père et fille sur les traces de leur aïeule.

— Mais tu es dingue ma sœur !

— Non, pas le moins du monde. Je n'y ai pas ma place.

— Bien au contraire. C'est le dernier souhait de Marie qui voulait vous rapprocher tous les trois dans un lieu paradisiaque qu'elle affectionnait tant. Tu ne peux pas refuser.

— Audrey, c'est une opportunité fabuleuse. Tu devrais y aller.

— Ce serait vraiment déplacé de ma part. Me faire offrir un voyage par le père de ma fille ?

— En quoi ce serait déplacé ? Tu as élevé quasiment seule votre fille, c'est un cadeau de remerciement.

— Non, je ne crois pas, Laure.

— Je suis d'accord avec Charlotte et je trouve que c'est une occasion en or.

— Pense à la symbolique souhaitée par Marie, ma sœur.

— Je suis touchée par ce geste à mon égard. Cependant je ne saisis pas vraiment ses raisons. Concernant Edouard et Louise, je conçois tout à fait le souhait de Marie dans un souci de transmission familiale, or vis-à-vis de moi c'est des plus étonnants.

— Il n'y a rien d'incompréhensible à vouloir rassembler une famille dans un but commun de succession.

— Vous êtes une famille recomposée.

— Ou plutôt décomposée !

— Ne dis pas de bêtise Audrey. Edouard veut ta présence pour cette tournée au nom de sa grand-mère et aux côtés de votre fille. Vas-y !

— Imagine-toi, une plage de sable blanc, des cocotiers, l'eau turquoise, un cocktail…

— Et le bel Edouard en maillot de bain tous pectoraux dehors sortant de l'eau…

— Le corps musclé ruisselant…

— Un soleil couchant sur l'océan…

— Vous êtes couillonnes les filles !

— Non juste réalistes. C'est peut-être le début d'une belle romance entre vous ?

— Vous délirez complètement ! Il n'a jamais été question d'une quelconque histoire entre nous deux. C'était déjà le cas il y a dix-huit ans et davantage aujourd'hui.

— Tu ne me feras pas croire que si Edouard était resté en France il y a dix-huit ans, votre aventure n'aurait pas tourné en belle histoire d'amour.

— Il n'y a jamais eu de sentiments entre nous. Juste une aventure, certes une belle aventure qui nous aura liés à vie, et nos rôles de parents, mais c'est bien tout et c'est déjà bien suffisant.

— Tu vas avoir 50 ans. Tu n'as pas envie de te caser maintenant ?

— Ah Mathilde, ne me parle surtout pas de cela ! Tu connais mon point de vue. Je suis mieux seule avec ma fille. Je ne suis pas comme vous, je ne suis pas faîte pour les relations longue durée.

— Promets-moi d'y réfléchir sérieusement.

— C'est déjà tout réfléchi.

— Écoute ce qu'on t'a dit, c'est pour assouvir la dernière volonté de Marie.

— N'essaie pas de me faire fondre en me prenant par les sentiments.

— Tu n'as quasiment pas voyagé. Ce serait l'opportunité de réaliser un rêve.

— Et en très bonne compagnie !

— Maman, tu as expliqué à Charlotte la proposition de Papa ?

— Justement Louise, ta mère nous en faisait part et nous lui donnions notre avis sur la question.

— Vous avez réussi à la convaincre ?

— Hélas, pas encore. Tu connais ta mère, elle est têtue comme une mule !

— Allez, ouste, comploteuses !

— Tu ne peux pas fuir Audrey !

Le reste de la journée en famille se déroule dans la joie et les rires. Tous les convives se retirent en soirée. Charlotte et moi aidons mes parents à débarrasser et à remettre de l'ordre dans la maison. Je félicite mes parents sur la fête et plus particulièrement pour le repas et l'ambiance très réussis. Comme à chaque Noël ma mère nous propose de rester pour le dîner en plus petit comité. Juste nous sept. Nous finirons les restes des plats goûteux. Mes parents choisissent ces instants d'intimité pour nous offrir leurs cadeaux à notre attention. Comme à leur habitude, ils nous ont gâtés et chacun repartira ce soir les yeux remplis d'étoiles et le cœur rempli d'amour.

Chapitre VII

Ce week-end prolongé en famille m'a fait un bien fou. Je me sens revigorée. Je retrouve le cabinet médical, mes collègues et les patients avec entrain.

L'équipe médicale n'est pas au complet. Aymeric prend le relais de Tristan. Il en est de même pour Ingrid prenant la suite des consultations dentaires. Magali succédant à Muriel. Jean Michel, mon cardiologue préféré est des nôtres, ainsi que mes collègues secrétaire et assistante Nathalie et Lucile. Anne et Stéphane sont quant à eux toujours en vacances en famille. À l'heure qu'il est, Stéphane doit être sur les pistes enneigées avec ses fils. Il me semble très loin le temps où je skiais encore. Depuis une chute mémorable qui m'avait valu un bras et une vertèbre cassés couplés à un traumatisme crânien, parce que bien évidemment j'avais équipé ma fille d'un casque, mais j'avais jugé inutile d'en porter un moi-même, je n'avais plus osé m'aventurer sur une piste de ski. Sans doute la peur de me faire mal à nouveau. J'avais tellement dégusté avec ce trauma qui m'a laissé des séquelles. J'ai par conséquent privé ma fille de ski avec moi. Nous nous sommes rendues plusieurs fois à la montagne avec Charlotte, Damien et Léo. Louise y a skié notamment avec Léo pendant que je randonnais au travers des sentiers enneigés en pleine forêt accompagnée parfois de Charlotte. À pied, je ne risquais pas grand-chose. Quoique le verglas a déjà eu raison de mon fessier endolori par une belle chute sous les rires de ma sœur. Je suis surtout devenue adepte des bains de soleil dans la neige ou confortablement installée en terrasse d'un beau chalet. Je suis, avouons-le, devenue une pétocharde !

L'ambiance au cabinet est toujours à la fête. Nous faisons perdurer l'esprit de Noël encore un peu. Pour célébrer la nouvelle année qui arrive à grands pas, nous décidons d'organiser un petit repas festif tous ensemble au retour des derniers médecins. Chacun convient d'apporter de quoi nous sustenter et décorer notre grande table en salle de pause. Il y a en effet une salle de détente dans laquelle trône une belle table et ses chaises, un coin cuisine avec frigo, micro-ondes et cafetière, et surtout un grand canapé ultra confortable et un fauteuil. Les médecins viennent s'y ressourcer et se reposer quelques instants au milieu de leur journée de consultations médicales. Je ne m'y attarde que pour prendre mon repas et me faire couler un café. Je sais que Jean Michel vient s'allonger sur le canapé après son café pour y faire une brève sieste. Il faut dire qu'il commence ses consultations très tôt et qu'il finit assez tard. Je me demande comment il supporte un tel rythme, et comment sa femme gère ses absences. Bien que ce dernier point ne me regarde pas.

Pour le 31 décembre Louise a prévu une soirée, ou plutôt une nuit entière avec des amis chez l'un d'entre eux. Je suis invitée chez Pauline et son mari Antoine avec mes comparses Laurence, Nadège et son homme Charles, plus communément appelé Charly. Nos enfants respectifs seront tous à d'autres festivités parfois ensemble. Pauline a invité également quelques collègues de travail et autres amis de son mari. Nous serons une grande tablée de 14 convives, dont quelques célibataires mâles, comme me l'a suggéré cette entremetteuse de Pauline. Je fais ainsi la connaissance de plusieurs personnes très agréables et de charmante compagnie. Je sympathise plus particulièrement avec deux des copines de boulot de Pauline et un collègue d'Antoine, Jules. Je passe une très bonne soirée, un peu trop arrosée pour certains qui seront raccompagnés par ceux qui n'ont pas dépassé la limite d'alcoolémie autorisée. Je fais partie des raisonnables. Le sujet du voyage offert par Marie est mis sur le tapis. Ni une ni deux, mes amies se donnent le mot et me sermonnent de refuser un tel cadeau, une telle opportunité. Pauline, qui est restée proche d'Edouard, était déjà au courant. Ce chameau lui a demandé de l'aider à me convaincre. Et Pauline s'y applique vigoureusement. Elle me répète les mêmes arguments que Charlotte et mes cousines à savoir le bien-fondé de ce séjour familial dans un esprit successoral et l'opportunité rêvée de voyager au bout du monde pour quelqu'un comme moi qui n'est jamais allée bien loin. Je m'engage à y réfléchir de nouveau et d'entrevoir d'autres positionnements. Bref nous passons à d'autres sujets de conversation qui nous valent de grands moments de rires et fous rire. Je passe une très bonne soirée de réveillon au cours de laquelle j'envoie bien entendu un message à ma fille pour lui souhaiter une bonne année et tout ce qui va avec comme des petits et grands bonheurs et la réussite de son bac. Bien sûr je n'aurai pas de réponse avant de nombreuses heures. Elle est occupée avec ses amis et sa mère passe au second plan. C'est de son âge. C'est bien normal. J'envoie un message à ma sœur et à mes parents. Et surprise, je reçois un texto d'Edouard me souhaitant une heureuse année et me demandant de réfléchir tranquillement au séjour à l'île Maurice. Il ne me mettrait pas un peu la pression ? Non il n'oserait pas, car il sait que si on insiste lourdement avec moi, je prends le contre-pied. Je n'aime pas me sentir acculée ni contrainte. Je suis depuis mon enfance un esprit libre. Et entêté, il faut bien se l'avouer. Je lui réponds un petit SMS pour lui faire part de mes vœux.

Tard dans la nuit, je regagne mon appartement vide. Louise ne rentre pas dormir. Je ne la verrai que l'après-midi. Avec sans doute une mine heureuse, mais épuisée. Je me couche rapidement, car je sais pertinemment que veiller aussi tard n'est plus de mon âge. Je sais que je vais le payer le lendemain et que le lundi matin sera très compliqué. À mon réveil, je traîne un peu, je suis un peu dans le coaltar. Enfin prête, je m'installe dans le canapé et profite de ce moment de calme pour envoyer mes vœux pour la nouvelle année à tous mes proches. C'est à cet instant que ma fille arrive. Elle a les traits fatigués, mais elle est toujours aussi belle. Le privilège de la jeunesse. Elle n'a que très peu dormi et pourtant elle semble plus en forme que moi. Je lui demande comment s'est passée sa soirée ou plus exactement sa nuit. Elle est enchantée. Elle a rencontré de nouvelles personnes avec qui elle s'est très bien entendue. Ma fille est sociable. Elle est tout d'abord dans la retenue puis se montre par la suite très avenante. Je lui dis d'appeler son père pour lui souhaiter une bonne année. Elle le fait avant de rejoindre l'antre de sa chambre pour se reposer. Je comprends que je ne la reverrai plus de la journée. Je prends le temps de lire un bouquin que Pauline m'a recommandé. Une romance feel good qui me donne le sourire. Canapé, tisane et roman, ce sera mon programme détente de la première journée de cette nouvelle année.

Le lundi suivant, ma fille reprend le chemin de l'école. Elle avait fait quelques sorties entre amis et d'autres avec son père pendant les vacances scolaires. Je n'ai pas revu Edouard depuis le 24 décembre. Je sais pertinemment qu'il va falloir que je lui donne ma réponse quant à ce fameux séjour à l'île Maurice et qui penche vers le refus. Mardi je retrouve l'équipe médicale au complet. Stéphane a le teint hâlé et ça fait ressortir ses yeux. Il a une mine resplendissante. Je dois admettre qu'il a beaucoup de charme. Les patientes l'ont également remarqué et certaines papillonnent des yeux en s'adressant à lui. Je suis certaine qu'il connaît son potentiel charmeur et son charisme sur la gent féminine. Il en joue un peu. Il est un séducteur. Je dois avouer que je suis contente de le retrouver. J'aime sa compagnie. Il est si plaisant. Entre deux consultations, il vient parler avec moi. Il s'enquit de mes fêtes de fin d'année. Il me raconte son séjour avec ses fils sur les hauteurs enneigées et leurs prouesses sportives. Il aime bien montrer ses atouts. Il me propose une autre virée à deux le samedi suivant pour aller voir un autre petit concert dans un bar à vin. L'idée me séduit et j'accepte volontiers au regard de notre dernière soirée à deux fort agréable le mois dernier. Je pourrai me permettre de sortir avec lui, car Louise sera chez son père pour le week-end. Nous avons instauré un tour de garde sans vouloir trop perturber les habitudes de Louise. Nous restons sur un modèle souple et selon les envies de notre fille. Edouard a envie de profiter d'elle, mais il a compris qu'elle avait son rythme et surtout ce même esprit libre que moi. Elle apprécie que les choses viennent d'elle et non qu'on les lui impose. Ni Edouard ni moi ne voulons en faire une enfant gâtée pourrie, une princesse à laquelle nous nous plions à toutes ses volontés. Cependant on n'impose pas des visites chez son père à une presque adulte de 17 ans et demi comme on les planifierait pour un jeune enfant. Mon ado à moi est un peu rebelle dans l'âme. Elle me fait penser à ce mustang, ce cheval sauvage dans le dessin animé Spirit que l'homme veut dompter et dominer. Louise et moi l'avons souvent regardé, toujours avec le même engouement et chantant toutes les chansons. Ma fille est cet étalon fougueux, juste et généreux que personne ne pourra soumettre et domestiquer dans la contrainte. Il faut gagner sa confiance et respecter ses besoins. Je crois que j'étais un peu comme elle plus jeune. Les chiens ne font pas des chats, me dirait ma mère. Louise est bien plus autonome que je ne l'étais au même âge. Et davantage responsable et mâture. Elle est très ouverte d'esprit. Ouverte sur le monde qui l'entoure et ses problématiques. Elle est plus réfléchie. J'étais plus insouciante qu'elle adolescente. Jusqu'à mes 19 ans…

Cette première semaine de l'année défile à toute vitesse et toujours dans une ambiance détendue. Samedi est là et ma seconde sortie avec Stéphane aussi. J'opte pour un look qui me mettra plus en valeur. Pantalon en cuir noir, chemisier blanc fluide décolleté, cheveux lâchés retombants sur mes épaules et bottines à talons hauts. J'enfile un gros gilet en laine douce par-dessus. Je mets un collier tombant à la naissance de mes seins, des boucles d'oreilles et une touche de rouge vif sur mes lèvres. Un peu de parfum dans mon cou et me voilà fin prête pour rejoindre mon cavalier de ce soir. Nous nous sommes donné rendez-vous chez moi, il avait suggéré de passer me prendre. Cela me convient parfaitement. Mais du coup notre virée fait un peu plus rancard. Je l'assume. Il m'envoie un SMS sur mon portable pour m'avertir qu'il est stationné devant chez moi. Je prends mon sac à main, inspecte une dernière fois mon reflet dans le miroir de l'entrée, verrouille la maison, et descends le rejoindre. Je le retrouve avec plaisir. Il est élégant, il est beau, il sent si bon. Comment ne pas succomber à son charme ? Je comprends ses patientes qui lui font les yeux doux. Moi-même… Ressaisis-toi, Audrey !

Stéphane gare sa voiture en périphérie du centre-ville. Nous continuons à pied dans un dédale de ruelles pavées éclairées par les vitrines et les lampadaires. Les talons hauts sur les pavés n'étaient pas une riche idée, mais je dois bien faire en sorte de paraître marcher avec aisance. Charlotte, si elle me voyait, rirait grandement pour ne pas dire qu'elle se moquerait ouvertement de moi et de mon choix vestimentaire. Nous arrivons devant un bar à vin dont je ne soupçonnais même pas l'existence. Stéphane connaît vraiment de bonnes adresses. Il m'ouvre la porte et me laisse entrer la première. Il me suit de très près et je peux sentir les effluves de son parfum quand il me frôle pour me guider vers notre table. Nous sommes un peu en retrait, sur le côté au fond de la salle. Nous serons moins gênés par le volume de la musique pour parler. Je le laisse commander deux verres de rouge. Il a l'air d'être meilleur connaisseur que moi. En effet, le choix est très bon. Il commande pour nous un plateau de charcuterie et des tapas, sans même m'avoir laissé le temps de réfléchir à ce que je voulais. Je constate qu'il aime prendre des initiatives. Cela ne me dérange pas plus que ça. Le groupe n'a toujours pas commencé à jouer et nous pouvons parler dans un petit brouhaha. Nous commençons par échanger de bonnes adresses du centre-ville pour un bon repas. Nous enchaînons sur les séries que nous visionnons en ce moment. Puis nous dévions naturellement vers des sujets plus personnels comme nos vies sentimentales et familiales. Il a été marié assez jeune avec une amie des bancs de la faculté. Sa femme et lui sont restés mariés plusieurs années où les enfants sont successivement nés. Sa femme, mère au foyer, les a élevés pendant que lui travaillait beaucoup et a enchaîné les astreintes. Il dit s'être éloigné un peu plus chaque jour de sa femme jusqu'à ne plus être du tout en accord et devenir des étrangers. Ils ont divorcé depuis plusieurs années. Stéphane ne s'est jamais réengagé dans une vie conjugale après ça. Il a retrouvé une deuxième jeunesse, une liberté tant appréciée. Il me questionne sur le père de Louise et sur ma volonté de ne pas infliger un homme ni à ma fille ni à moi. Nous avons l'air d'être sur la même longueur d'onde : profiter des plaisirs à deux sans contraintes ni obligations, et une aversion commune pour l'engagement dans une vie de couple. La discussion est naturelle. Je me sens à l'aise avec lui pour aborder ces thèmes plus intimes. Je ne sais pas pour quelle raison, je lui fais part du cadeau de Marie et de ce séjour à l'île Maurice.

— Tu devrais accepter ce cadeau Audrey. Tu ne le regretteras pas. Je suis déjà allé à Maurice une fois avec un groupe d'amis et une autre fois avec mes fils, et c'est une destination magnifique. La première fois, j'y suis allé à la suite d'un trail sur l'Île de La Réunion avec des potes. Nous avions fait escale au nord de Maurice. J'ai trouvé cet endroit tellement beau et les fonds marins tellement exceptionnels que j'y ai emmené mes fils l'année suivante. Nous avons fait de la plongée dans des eaux turquoise. Nous sommes allés dans le sud de l'île et nous avons même nagé avec les dauphins. C'était fabuleux. Une expérience inédite et mémorable. Je te recommande vraiment d'y aller.

— C'est délicat d'accepter un tel cadeau de la part de la grand-mère décédée du père de ma fille.

— Moi qui ai beaucoup voyagé et dans des pays tous splendides, je dois admettre que Maurice est une île de rêve. Elle vaut vraiment le détour. Tu serais folle de ne pas y aller.

— Tout le monde me dit la même chose, à savoir que je devrais accepter ce voyage sur les traces de l'arrière-grand-mère de Louise. Je reconnais que c'est tentant et que la symbolique de suivre les pas de l'aïeule de ma fille me plaît tout particulièrement. Mais…

— Alors accepte et vas-y ! Va t'éclater dans les eaux cristallines ! Saisis l'opportunité qui s'offre à toi. Mes fils avaient adoré ce voyage. L'expérience était grandiose. Va avec ta fille.

— Et son père…

— C'est vrai, j'oublie ce détail.

Tout en se rapprochant de moi, il susurre devant mes lèvres.

— Je ne devrais pas t'envoyer sur une île paradisiaque avec un autre homme que moi. Nous ne combattons pas à armes égales. Devrais-je me sentir en rivalité ?

— Non pas du tout. Même si j'aime assez cette idée que tu te battes pour moi.

— Je n'hésiterai pas. Parce que tu me plais Audrey. J'apprécie ta compagnie. On passe de bons moments ensemble. Et j'ai l'impression que nous avons les mêmes attentes et les mêmes désirs de vie.

— Oui j'apprécie aussi ces instants. Et toi aussi, tu me plais assez.

— Assez seulement ?

— Je ne sais pas encore.

Il s'approche un peu plus de moi et dépose un baiser sur mes lèvres en attendant mon consentement. Je lui rends son baiser en guise d'approbation. Il me sourit et m'enlace par la taille. Nous nous embrassons de manière plus intense. Il me prend la main sur la table et la caresse doucement de son pouce. Qu'il a les mains douces ! Ses mains sont grandes quand les miennes sont plus courtes et trapues. J'ai toujours trouvé que je n'avais pas des mains féminines, fines et longues. Si j'ai de longs doigts, j'ai des paumes carrées et larges qui ressemblent aux pattes d'ours de mon père. Des mains de bûcherons.

Le reste de la soirée se déroule on ne peut mieux. Nous rions, nous parlons, nous dansons. Le concert fini nous prenons un dernier verre, puis il est temps pour nous de rebrousser chemin jusqu'à sa voiture. Nous marchons bras dessus bras dessous dans les rues animées du centre puis de plus en plus désertes de la périphérie. Arrivés devant sa voiture, avant de m'ouvrir la portière, il me fait opérer un demi-tour sur moi-même, me fait face, me prend les mains dans les siennes et m'embrasse langoureusement. Ce baiser se fait plus pressant, plus prononcé. Ensuite il me ramène chez moi. Je ne l'invite pas à monter parce que je sais comment cela risque de finir et j'ai pour principe : pas le premier soir. Laisse-le languir un peu. Le désir n'en sera que plus intense.

— Vas-tu accepter ce voyage qui t'est offert ?

— Je crois bien que tes descriptions de l'île m'ont convaincu.

— Tu as raison, c'est une chance inouïe pour toi. Tu m'en diras des nouvelles et nous pourrons partager nos expériences et nos points de vue. Je pourrai te recommander quelques lieux incontournables à visiter.

— Nous pourrons partager autre chose ensemble. Mais pas ce soir.

— Comme tu voudras.

— C'est mieux ainsi pour ce soir.

— Dois-je m'inquiéter de te voir partir avec ton ex ?

— C'est juste le père de ma fille. Il ne s'est pas passé grand-chose il y a 18 ans lorsque nous étions jeunes, il ne se passera jamais rien entre nous. Et puis, nous ne serons pas seuls, il y aura Louise et crois-moi, elle prend toute la place entre nous !

— OK, cette réponse me convient.

— Bonne nuit, Stéphane.

— Avant que tu ne t'en ailles, je voudrais clarifier un point avec toi.

— Oui, quel est-il ?

— Au cabinet, je préfère que nous restions discrets sur ce qui se passe entre nous. D'une part pour ne pas nuire à l'ambiance de l'équipe et d'autre part parce que je préfère garder ce côté intime pour nous.

— OK, pas de problème.

— Bonne nuit, Audrey.

Un dernier baiser pour la route et je me dirige vers la porte de mon immeuble. Il attend que j'aie franchi le hall pour s'en aller. Je retrouve l'intérieur de mon appartement, pose mon sac et mon manteau, retire mes chaussures qui soit dit en passant me font un mal de chien quand je marche trop longtemps avec. Ces chaussures sont très belles, mais ne sont faites que pour passer d'une position assise à une autre position assise. Pas pour marcher. Je bois un verre d'eau pour délayer un peu tout ce vin ingurgité et prends quelques instants pour me remémorer la soirée et ses incontournables. C'est toute guillerette que je vais me coucher après avoir envoyé un petit message à ma fille pour lui souhaiter une bonne nuit, même si aux vues de l'heure tardive, elle ne le trouvera que demain. Je m'endors paisiblement.

Dimanche matin, j'ouvre un œil tout en restant encore quelques minutes au chaud dans mon lit. Je me saisis de mon téléphone posé sur ma table de chevet et y découvre un message de Stéphane qui me certifie avoir trouvé notre soirée et ses surprises très agréables. Je lui retourne le compliment. Je me réveille tard et je ne peux pas tarder davantage au lit, car je suis attendue chez Charlotte ce midi pour y déjeuner avec sa famille et mes parents. Un petit déjeuner rapide, une bonne douche bien chaude, un jean, des baskets, un pull et me voilà apprêtée pour un dimanche en famille en toute décontraction. Arrivée chez ma sœur, je constate que je suis la dernière. Mon beau-frère a déjà servi l'apéritif à mes parents. Léo nous fait l'honneur de sa présence malgré une mine épouvantable. Celui-ci est malade et par peur de nous contaminer, se tient à bonne distance jusqu'à ce qu'il décide de retourner jouer sur sa console de jeux vidéo. J'ai toujours aimé ces moments en famille malgré l'absence de ma fille. J'aurais aimé qu'elle soit présente, toutefois je dois apprendre à la partager davantage maintenant qu'Edouard est ici à plein temps. Le repas se passe dans la joie et la détente. Charlotte remet sur le tapis l'éventualité de partir avec Louise et Edouard en périple à l'autre bout du monde. Mon père finit par me convaincre du bien-fondé de ce voyage hautement important pour ma fille et son père. Il termine en me disant que ce voyage familial ne sera complet que si j'y prends part. Je les informe de ma conversation avec Stéphane au sujet de la beauté de ce site. Un peu plus tard dans la journée, par ce beau ciel bleu ensoleillé, Charlotte et moi décidons d'aller marcher autour de chez elle dans les champs de vignes. Les quatre autres préfèrent rester au chaud et faire une partie agitée de contrée.

C'est donc en compagnie de ma sœur que je prends l'air frais de l'hiver. Nous marchons d'un pas rapide. Un peu d'exercice nous fait du bien après ce repas copieux et il faut dire que le froid nous pousse à accélérer notre cadence. Charlotte saisit l'opportunité que nous soyons seules pour me questionner sur ma soirée de la veille et sur ce fameux Stéphane. Je lui raconte nos échanges au boulot, notre rencontre et notre intimité naissante. Mais ce qui l'intéresse le plus c'est de savoir si je vais accepter le cadeau de Marie et l'offre d'Edouard de l'accompagner dans cette aventure sur les traces de sa grand-mère en compagnie de notre fille. Ma sœur apprécie beaucoup Edouard et ne m'a jamais caché son désir de nous voir réunis en une « vraie » famille. Par conséquent je l'informe de ma décision de me joindre à eux dans leur voyage au pays du sable blanc, des cocotiers et de l'eau turquoise. Elle saute de joie à cette idée et me félicite pour cette décision que j'annoncerai ce soir à ma fille et son père quand il me la ramènera. Nous poursuivons notre balade revigorante.

18 heures. Comme convenu Edouard raccompagne chez moi Louise. Ils me racontent leur programme du Week-end. Ils sont allés visiter un élevage de chiens léonberg. Edouard projette d'y acheter un petit chiot. Chiot qui vient tout juste de naître et qui ne sera sevré que dans deux mois. Edouard a toujours rêvé d'avoir un grand chien, mais ses voyages à répétitions n'étaient pas compatibles avec l'acquisition d'un animal. Maintenant qu'il est sédentaire en France, il peut tout à fait s'en occuper. Il aime les gros chiens poilus à l'apparence de gros nounours. Le léonberg est la race faite pour lui : la force tranquille. Un géant paisible. Un chien docile et de famille. Louise est aux anges et me montre des photos des chiots et de leurs parents. Elle se targue de me répéter que le mâle adulte atteint 75 kilos. Je n'ose même pas imaginer ni un chien de ce gabarit qui tire en laisse ni la quantité de nourriture qu'il doit ingurgiter chaque jour. Edouard a réservé un chiot mâle. Louise est très heureuse, elle adore les animaux et surtout les chiens. Il y en a toujours eu chez mes parents, mais de taille moyenne. Elle aime le contact des chiens et s'en occuper. Elle tient ça de mon père. J'aime également les chiens. Lorsque mes parents partaient en vacances, c'est moi qui m'occupais de leur petit protégé. J'ai vu à quel point ils étaient tristes à chaque fois qu'un de leurs compagnons mourait. Il en était de même pour Charlotte et sa famille à chaque chien. Je n'ai pas eu envie de vivre ça ni de l'infliger à ma fille. Et puis je ne voulais pas m'engager avec un animal pour 15 ans. Ce sempiternel refus de l'engagement ! Par conséquent, je n'ai jamais souhaité en avoir un. J'ai un lapin, c'est bien suffisant.

— Moi aussi j'ai une nouvelle à vous annoncer.

— Quoi donc, Maman ?

— J'ai beaucoup réfléchi. Si votre proposition de vous accompagner à l'île Maurice sur les traces de Marie tient toujours, je souhaiterais me joindre à vous.

— C'est vrai, Maman ?

— Bien sûr que ma proposition est toujours valable. Avec grand plaisir. J'en serai très heureux.

— Moi aussi, Maman ! J'ai hâte de faire ce voyage avec vous deux en mémoire de Marie.

— Ce sera chouette, vous verrez les filles, on va faire de ce périple un séjour magnifique et mémorable.

— Bon le seul problème, mes comparses, c'est que je ne sais pas comment je vais supporter 11 heures de vol !

— On prendra l'avion de nuit et on dormira. Le temps passera plus vite.

— Mouais, si tu le dis. Faut-il encore ne pas trop stresser pour réussir à dormir !

— Tu verras, Maman, on s'y fait très bien.

— Je n'en suis pas certaine. Mais nous verrons bien au moment voulu.

— Je m'occupe de confirmer notre séjour pendant les vacances de février. Préviens ton boulot, Audrey, que tu seras absente deux semaines.

— Je n'ai pas assez de jours de congés et il faudra que je pose des congés sans solde. Il faudra se serrer la ceinture quelque temps ma fille !

— Justement non, j'ai un autre cadeau de la part de Marie à te remettre Audrey : elle m'a demandé de te donner une somme d'argent pour contribuer aux besoins de Louise et toi. Tiens.

— Pardon ? C'est une blague ? Je n'ai jamais vu un montant aussi important ! Je ne peux pas accepter Edouard.

— Marie l'a fait notifier et acter sur son testament. Cet argent est à toi. Prends-le. Ceci n'est qu'un acompte de ce que tu percevras au moment de la succession.

— C'est hallucinant. Pourquoi fait-elle ça pour moi ?

— Parce que tu es la mère de son arrière-petite-fille et qu'elle te portait dans son cœur.

— Comment accepter ? C'est trop.

— Tu ne vas quand même pas refuser un héritage ?

— Maman c'était la volonté de Marie. Accepte.

— Je suis si touchée, si émue. Je n'en reviens pas.

— Donc le problème de congés sans solde est solutionné, n'est-ce pas Audrey ?

— Je crois que oui. Reste plus qu'à avertir mes employeurs et collègues.

— Et en avant l'île Maurice, les filles !

— À nous les cocktails dans des noix de coco sur une plage de sable blanc Papa et Maman ! J'ai trop hâte d'y être !

Chapitre VIII

Ma décision prise, il me fallait maintenant l'annoncer à mes employeurs et mes collègues. Je redoute un peu leur réaction. Je connais déjà celle de Stéphane qui a participé à me convaincre du bien-fondé de ce voyage. J'espère que les autres médecins se montreront cléments et compréhensifs. La pauvre Lucile sera donc la seule secrétaire pendant deux semaines. Tout le travail va reposer sur elle. J'appréhende quelque peu. On dirait une enfant qui va demander la permission au directeur d'école et à la maîtresse. Je suis penaude. Je n'en mène pas large. Audrey, prends ton courage à deux mains !

Magali, Muriel et Jean Michel sont très enthousiastes pour moi. Stéphane feint la surprise. Ça me fait rire intérieurement. Anne, Aymeric et Tristan sont sans grande démonstration. J'ai l'impression qu'ils ne sont pas super ravis, mais qu'ils s'en accommoderont. Nathalie est heureuse pour moi et me demande de lui rapporter un coquillage fabuleux. Et comme je le redoutais, Lucille n'est pas enchantée du tout et râle qu'elle va devoir se farcir tout le travail pendant 15 jours pendant que je me dorerai la pilule sur une plage paradisiaque. Je lui suggère de ne traiter que le plus urgent et laisser de côté ce qui pourra attendre. Je m'engage à redoubler d'efforts à mon retour pour la seconder au mieux. Je lui affirme que j'en ferais autant pour elle si elle souhaitait s'absenter. Je l'avais entendu un jour parler à Nathalie et lui dire qu'elle voulait prendre de longues vacances l'été prochain. Je saute sur cette occasion pour lui signifier qu'elle pourrait se le permettre et que j'assurerai ses arrières. Un peu bougonne, elle finit par saisir qu'elle y trouvera ultérieurement un intérêt et consent à assumer le travail pendant mon absence. C'est donc acté : je peux partir au bout du monde ! Je suis soulagée. Cette étape est passée. Je fais confiance à Edouard pour nous dégoter un hôtel sympa et un beau programme. J'ai fait quelques recherches sur internet concernant notre destination et j'ai repéré des endroits que j'aimerais découvrir. Notre périple ne démarre que dans 6 semaines et me voilà déjà impatiente ! Je suis rappelée à l'ordre et contrainte de sortir de ma rêverie par le téléphone du cabinet qui sonne et une patiente qui souhaite prendre rendez-vous.

Ce soir Stéphane m'attend sur le parking au chaud dans sa voiture. Je le vois. Je salue mes collègues et fais mine de me diriger vers ma voiture. Lorsque tout le monde est parti, il sort et me rejoint. Je ne détermine pas encore si le fait de se cacher des autres m'enchante ou me déplaît. Je trouve juste cela étrange. J'ai passé l'âge de me dissimuler pour retrouver un homme. Bien que je comprenne la décision de Stéphane de garder notre début de relation secret. On vit des petits moments volés dans sa voiture ou dans son cabinet après la fermeture et lorsque nous ne sommes plus que nous deux. Je constate bien qu'il trouve cela excitant quand moi je trouve cela juste frustrant. Un soir, il me propose de partir en week-end avec lui dans son chalet de montagne. L'idée me séduit et j'accepte très volontiers. Notre relation furtive va franchir une étape supérieure. Nous convenons donc d'une escapade à deux le vendredi suivant lorsque Louise sera chez son père.

Je ne cache pas à ma fille la destination de mon week-end ni la personne qui m'accompagne. Je reste toutefois très évasive sur le fait que nous ne soyons que deux participants et sur la nature de ma relation avec Stéphane. Par conséquent, vendredi soir, chacune de notre côté nous préparons notre nécessaire et notre valise pour les trois jours à venir. J'essaie mon ancienne tenue de ski qui à ma grande surprise, malgré un bouton récalcitrant, me va encore. Je prends mes affaires de ski, des vêtements chauds et confortables et des dessous en dentelle noire ainsi qu'une nuisette légère et sexy. Sans oublier une tenue plus apprêtée si nous sortons un soir. J'emporte mon nécessaire de toilette et mon maquillage. Ma valise bouclée, je rejoins Louise dans sa chambre pour voir où elle en est. Edouard doit arriver d'une minute à l'autre pour venir la chercher. Quant à Stéphane, il passera me prendre chez moi dans une demi-heure.

Edouard arrive à l'heure prévue et Louise est presque prête. Ils me font part de leur programme pour ces jours à venir. Cinéma, restaurant et balade en ville. Ils ont également décidé entre autres choses de retourner voir les petits chiots léonberg pour voir grandir celui qu'ils ont choisi ensemble et pour que celui-ci se familiarise à eux. Je nargue ma fille en lui disant qu'elle va voir son petit frère. Ça la fait rire. Ils quittent l'appartement, je dois l'avouer, un peu poussés dehors par mes soins. Moi aussi je suis attendue et je ne voudrais pas être en retard. Ils comprennent que j'ai d'autres projets et s'en vont vers d'autres horizons. Il est temps pour moi de rejoindre Stéphane qui vient de m'avertir par SMS qu'il est garé devant mon immeuble. C'est avec un certain engouement que je le retrouve. Il m'embrasse chaleureusement et met ma valise dans le coffre de sa voiture. Pendant le trajet il m'indique quel sera le déroulé de notre séjour montagnard. Il a prévu du ski, une randonnée en raquettes, une bonne table dans un restaurant de choix, et encore du ski. Programme chargé si j'en crois son descriptif. Je l'informe que j'aimerai bien aussi prendre le temps de flâner en terrasse au soleil. Certes j'aime être active et occupée à découvrir mon entourage, mais j'aime tout autant prendre le temps à la rêverie. J'ai plutôt l'impression que lui veut être en pleine action tout le temps. À moi de lui donner le goût de ne rien faire que se délasser. Le trajet de nuit passe plus vite que je ne l'aurais cru. Je regrette seulement de ne pas voir les paysages enneigés que je découvrirai mieux demain au lever du jour. Nous arrivons devant un immense chalet en bois à deux étages. Stéphane déclenche à distance l'éclairage et tout s'illumine comme en plein jour. Je suis émerveillée par la beauté de cette demeure. Il y a au premier étage un grand balcon qui surplombe la propriété. Nous récupérons nos valises et Stéphane m'invite à entrer dans le hall. À ma question pour connaître le nombre de locataires habitant ici, il me rétorque que tout le chalet lui appartient. On pénètre dans le salon qui est plus vaste que trois fois la totalité de mon appart. Un magnifique canapé en cuir revêtu d'un plaid en peau trône dans la pièce. L'écran télé est tellement grand que j'imagine sans mal quel doit être le plaisir de regarder un film grandiose. Le salon est éclairé par plusieurs lampes aux quatre coins. Le côté salle à manger est monopolisé par une très grande table en bois aux pieds sculptés. Cet intérieur tout en bois et cuir confère à cette pièce un sacré cachet. La cuisine ouverte attenante est tout aussi belle dans les tons gris anthracite. Je suis frappée par le luxe de cette habitation. Je ne suis jamais entrée dans un endroit si luxueux et beau. Il est digne des films américains ou canadiens que je peux regarder. C'est vraiment splendide. Je me sens un peu gênée ici comme pas à ma place. Mais je dois dire que tant de beauté me ravit et que je m'y ferai bien vite !

Stéphane me fait visiter l'ensemble de la demeure. Il n'y a pas moins de 8 chambres toutes aussi belles et grandes. Il y a celles de ses quatre fils, trois chambres d'amis et la sienne qu'il me montre en dernier. Un lit king size trône au milieu et un grand miroir prend la moitié du mur. Une décoration soignée et sobre et une belle salle de douche attenante. Il me dit que je peux poser mes affaires dans la chambre qui me convient. Je décide de ne rien acter pour le moment et le cours de la soirée me poussera naturellement vers une chambre d'ami ou la sienne. Chaque chose en son temps. Nous verrons bien cela au moment opportun.

Chaque chambre possède sa salle de bain privative. On se croirait dans une revue immobilière ou une maison de star. Tout est très soigné. Un peu tape à l'œil, à mon goût, mais charmant. Il semblerait qu'il ait voulu rivaliser de beauté avec tous les habitants de la station de ski. Il s'agit là de sa maison secondaire, je n'ose pas imaginer le standing de son habitation principale ! Financièrement on ne joue pas du tout dans la même catégorie. Bien que je n'aie jamais eu de complexe d'infériorité, il convient tout de même d'admettre que lorsque je vais le recevoir dans mon modeste appartement, il va se sentir à l'étroit. Je crois que Stéphane doit avoir la folie des grandeurs et être adepte du clinquant. Ce qui n'est pas mon cas. Il est attaché aux apparences, moi non. Nous venons de deux mondes différents, c'est certain, mais pas incompatibles.

Nous regagnons le salon où il me propose un verre de vin en attendant que la livraison de notre repas arrive. Stéphane a tout prévu et ne perd pas une minute. Il meuble le temps. Je m'installe sur le canapé d'abord de manière un peu réservée puis le vin et la playlist musicale m'aident à me détendre. Je ne suis pas habituée à ce niveau de vie. Il faut que je me déride. Audrey, ressaisis-toi, on dirait une coincée ! Le repas arrive porté par un livreur en quad. Stéphane a opté pour des plats typiques de la région que je savoure avec bonheur pour mes papilles. Il a bon goût. J'ai toujours été très indépendante et j'ai toujours fait mes propres choix. Néanmoins j'avoue que se laisser porter par un homme qui planifie tout peut se révéler agréable et plaisant. Ne faut-il quand même pas que cela empiète sur mes libertés. Stéphane semble un peu directif. Ou serait-ce plutôt l'envie de bien faire et que tout soit parfait pour notre petite escapade à deux ? Une première dans notre relation. Peut-être s'est-il mis la pression ? Nous échangeons autour de ce repas délicieux et de cette bonne bouteille qui l'accompagne. Il me charme, fait quelques allusions coquines sur la tournure éventuelle de notre soirée et de notre nuit. Effectivement, je suis séduite. Il est très fort à ce jeu-là !

J'ôte mes bottes et m'installe plus confortablement dans le canapé, face à lui, les jambes repliées, un autre verre de vin à la main. Il se rapproche de mes lèvres sans les toucher. Il glisse sa main sous mes cheveux relevés, effleure ma nuque, fait couler son pouce sur ma bouche. Il soutient mon regard de ses yeux puissants, assombris de désir. Nos corps n'ont jamais été si proches. La tension sexuelle est palpable. Je n'y tiens plus, je l'embrasse avec la conviction que je sais quelle chambre j'ai choisi pour cette nuit. Il me retourne mon baiser fiévreusement. Je saisis son visage en coupe, enfouis mes doigts dans ses cheveux, caresse son torse. Il déboutonne mon chemisier et embrasse mes seins. Je lui enlève son polo et me serre contre lui. Le contact de sa peau imberbe sur la mienne me procure une sensation de chaleur. Il fait glisser mon chemisier sur mes épaules maintenant dénudées et laissant apparaître mes dentelles. Il me prend la main et m'entraîne à sa suite dans sa chambre. S'en suit un pur moment de plaisir entre nous, intense et brûlant. Presque pressé. Un peu trop court à mon goût. Ça me laisse un peu sur ma faim. Mais Stéphane, lui, semble tout à fait satisfait. Il se laisse tomber sur le dos, bras écartés. Je voudrais venir me blottir contre lui, mais il s'est déjà levé du lit, m'embrasse sur le front et se dirige dans sa salle de bain. J'entends l'eau couler. Il boit un verre d'eau ? Non, il prend une douche. Il n'a pas perdu de temps. Et je reste plantée là à me demander ce qu'il se passe. Je suis prise de court. On ne me l'avait jamais faite celle-là ! Rassasié sexuellement, il passe aussitôt à autre chose. Ça me donne une sensation désagréable. L'impression d'être juste un objet sexuel, un sex-toy qu'il viendrait d'utiliser pour satisfaire son propre plaisir. Ou une prostituée. Un coup d'un soir. Ou plutôt un petit coup vite fait. Audrey, tu te fais des idées. Ne te braque pas, ne sois pas si vexée. C'est juste peut-être son rituel à lui. Quoi se laver après m'avoir touchée ? Oh Audrey arrête ton cinéma et ta susceptibilité ! Le voilà qui revient, tout propre, nu, pas même une serviette nouée autour de la taille. Il prend la pose. Je contemple son anatomie. Je pense que c'était son intention. Me sentant un peu bête, j'avais tiré le drap sur moi. Il revient vers moi, s'allonge sur le lit près de moi et m'embrasse à nouveau. Je dois vraiment me faire des idées, il se montre galant et charmant. Il m'invite à aller prendre moi aussi une douche pour me délasser. Chose que je fais. Je ressors de la salle de bain une serviette enroulée autour de moi. Il m'attend dans le lit, assis contre le dossier, la couverture sur les jambes et vêtu d'un pyjama bleu marine à rayures. Un verre d'eau est posé sur la table de nuit du côté opposé à lui. Il m'a apporté ma valise que j'ouvre et dont je sors une jolie nuisette bleu marine en satin et dentelle. Je souris parce que nous sommes assortis. Comme un vieux couple. Du con et Du con comme on se plaît à dire avec ma sœur en référence aux personnages de Tintin, Dupond et Dupont. Je ne sais pas si je trouve cela drôle ou effrayant. Je prends place à côté de lui et viens me lover contre lui. Il m'enlace un court moment puis me souhaite bonne nuit et se tourne sur le flanc droit dos à moi. Je reste interloquée, mais lui souhaite également une bonne nuit et m'allonge sur le dos. Il éteint la lumière et nous plonge dans l'obscurité de sa chambre et dans une étrange froideur. Ça me procure à nouveau une sensation douce-amère. Je reste ainsi longtemps et je n'arrive pas à trouver le sommeil. Le calme règne dans la pièce jusqu'à ce que le silence soit interrompu par de gros ronflements de Stéphane. Une vraie tronçonneuse. Ou plus exactement une locomotive qui souffle fort. Je suis partagée entre l'envie de rire et la désolation. Quel tue-l'amour ! Ça contraste avec l'apparence qu'il donne. Je finis par m'endormir tournée moi aussi sur le côté. Néanmoins mon sommeil est perturbé, je ne sais pour quelle raison précise et le réveil le lendemain est un peu difficile. Lorsque je m'éveille, il fait grand jour dans la chambre et je suis seule. Stéphane a ouvert les volets et rideaux sans doute pour que je contemple la vue dégagée sur les montagnes enneigées. Un coup d'œil sur mon téléphone m'annonce qu'il n'est que 7 h 30. Moi qui aime bien faire des grasses matinées le samedi, je suis un peu déboussolée. Je me lève et découvre un paysage à couper le souffle. Je passe dans la salle de bain pour faire une brève toilette et me rafraîchir. J'enfile un déshabillé élégant et je descends rejoindre Stéphane, alléchée par l'odeur du café. Il est déjà tout prêt, rasé de près et la mèche de cheveux sur le côté à la Clark Kent. Il est en tenue de ski.

— Bonjour.

— Bonjour.

— Tu m'attendais ?

— Oui, je suis un lève-tôt et comme tu ne te réveillais pas, j'ai ouvert les volets pour que tu émerges enfin.

— Tu aurais dû me réveiller.

— Je te sers un café, prends ce que tu veux. Il y a des céréales et du pain frais.

— Merci.

— Prépare-toi vite et nous irons skier. Il vaut mieux en profiter ce matin dès l'ouverture des pistes. Nous mangerons à 13 heures sur les hauteurs. Cet après-midi nous irons faire une randonnée sur un sentier que j'affectionne qui surplombe la vallée.

— OK. Je vois que tu as dressé tout un programme très précis.

— Tu en as pour combien de temps ?

— Oh, je fais au plus vite. Je serai prête pour l'ouverture des remontées mécaniques.

— Il faut d'abord qu'on aille te louer des skis.

— J'ai compris, je me dépêche.

Un café et une tranche de pain beurrée plus tard, je regagne la chambre où je prends une douche rapide et où je revêts ma tenue adéquate. Stéphane m'attend. Nous sortons et prenons le chemin du centre de la station. Il nous faut marcher un moment. Mes skis loués, nos forfaits déjà acquis par Stéphane, nous nous dirigeons vers le télésiège. Je chausse mes skis et une sensation de raideur me gagne. Je me sens rigide et un peu crispée. Il faut dire que ça fait longtemps que je n'ai plus chaussé cet attirail. Je ne me rappelais plus la lourdeur de ces chaussures. Stéphane s'élance avec aisance et une certaine grâce qui me font défaut pour le moment. Il faut que je me réhabitue et que mon corps se déride et s'assouplisse. C'est pour cela que je ne pratiquais plus ce sport. Depuis mon accident, je garde une appréhension qui me procure une rigidité. Stéphane s'avance et il faut que je m'active pour le rattraper. Nous montons sur le télésiège qui va nous emmener au sommet où Stéphane me promet de belles pistes et une belle vue sur le lac gelé. La montée dure longtemps et j'en profite pour admirer le décor et en prendre plein les yeux. Arrivés en haut, je constate qu'en effet le panorama est grandiose. Tout ce blanc donne à l'espace une grande quiétude. Je n'ai pas le temps de profiter pleinement de ce moment de grâce que Stéphane me fait signe de le suivre. Nous empruntons un sentier qui déboule sur une piste bleue. Ça va me donner l'opportunité de me remettre en jambes. Je n'ai pas tout perdu et je skie de manière assez appliquée. Mon partenaire m'informe que cette piste nous permet d'en rejoindre une autre. Il file à toute allure et s'arrête de temps à autre pour regarder où j'en suis et m'attendre un peu. Vraiment tout juste une seconde. Aussitôt arrivée à ses abords, il s'élance de plus belle jusqu'à ce que nous arrivions à un croisement où il prend le chemin de droite. Une piste rouge. Il a cette aisance que je n'arrive pas à gagner. J'aurais préféré continuer sur la voie de gauche qui indique la continuité de la piste bleue. Stéphane est très sportif et un skieur de haut niveau. Je vois bien que je le ralentis. Arrivée au sommet de cette fameuse piste rouge, je constate la raideur de la pente. Je m'arrête et j'avoue que j'ai une grande hésitation. Je dois admettre que je n'en mène pas large et même que j'ai la trouille. Stéphane s'arrête au milieu de la pente et me fait signe de descendre. Ah si seulement je pouvais rebrousser chemin et prendre une autre direction… Je sens très fortement que je vais me casser la figure. Je m'aventure lentement en formant de grandes boucles pour ne pas prendre trop de vitesse. Oups j'ai bien failli tomber ! La pente est trop raide et je ne me sens pas à l'aise. Ça y est, j'ai carrément peur. J'arrive enfin au niveau de Stéphane qui rit en me disant qu'il se demandait quand j'allais bien arriver et que j'avais l'air ultra crispée. Il se moque de moi. Pas rassurée, je me vexe quelque peu.

— On dirait que tu as un manche à balai coincé dans les fesses ! À ce rythme-là, nous arriverons en bas à la fermeture des pistes !

— Tu sais quoi Stéphane ? Je vois bien que je n'ai pas ton niveau et que je te ralentis. Passe devant et donnons-nous rendez-vous pour manger. Ça te laissera le temps de t'amuser et skier à ton rythme et moi de prendre mon temps pour arriver entière.

— Ok, comme tu voudras, je n'insiste pas. On se rejoint au restaurant d'altitude qui se trouve à quelques kilomètres d'ici. Tu continues sur cette piste et il sera bien indiqué. Il est visible, car il est très grand. À cette allure-là, tu ne pourras pas le rater !

Pas même un signe, pas même un mot sympa et il file à toute vitesse. Je trouve son attitude pas très appropriée pour une première sortie ici à deux. Bon j'aurais tout le temps de marronner quand je serai arrivée en un seul morceau à ce fichu restaurant. Je glisse quelques centaines de mètres. Je prends de la vitesse malgré moi et ce qui devait arriver, arriva, je chute. Une belle gamelle ! J'ai perdu un bâton de ski et mes jambes sont écartées avec les deux skis croisés. Je dois redoubler d'efforts pour débloquer mes jambes. Je reste assise par terre. Le froid gagne mes fesses endolories par cette mémorable et ridicule chute. Je n'avais pas prêté attention à ces deux skieurs d'une vingtaine d'années qui me rejoignent, me rendant mon bâton et s'inquiétant de mon état et de ma capacité à redescendre seule. Je me montre rassurante et finis par me relever. C'est pour éviter cela que je ne pratique plus le ski. Pour éviter de tomber et de me faire mal. Je suis presque contente que Stéphane ne soit pas avec moi en ces instants et ne m'ait pas vu tomber lourdement. Il se serait davantage moqué de moi et je me connais, je l'aurai très mal pris et je me serai énervée contre lui. Une dispute évitée. Mes deux sauveteurs m'indiquent que le restaurant n'est plus très loin. Tant mieux. Je dois pourtant poursuivre sur cette fichue piste très abrupte. Je prends mon temps et descends à mon rythme sans pression. Lorsque je vois enfin ce chalet restaurant au milieu des sapins, je suis soulagée que mon calvaire prenne fin. Je suis en avance. Stéphane n'arrivera que dans une heure. Je déchausse mes skis et m'approche de la terrasse. Un serveur m'installe à une table pour deux personnes en plein soleil. Mes lunettes sur le nez, je me commande à boire et savoure ce répit. Quel bonheur simple d'être attablée dans ce décor ! Je prends quelques clichés avec mon téléphone et me délasse. Ces chaussures pèsent une tonne et je rêve de les enlever. Je regarde au loin les skieurs sur ma piste maudite. Je suis obligée de constater que les autres s'en sortent bien mieux que moi. Mise à part cette femme dont je ne peux pas déterminer l'âge exact, mais qui semble bien plus jeune que moi, peut-être une petite trentaine. Elle hésite devant la pente raide, mais s'élance enfin timidement. Elle est accompagnée d'un homme qui a l'air de se montrer prévenant. Elle chute et glisse allongée sur le dos pendant plusieurs mètres. J'ai mal pour elle. Elle ne bouge plus comme interdite. Son compagnon la rejoint rapidement, déchausse ses skis et vient à ses côtés. Il l'aide à décrocher un ski. L'autre est parti dans sa chute et il le lui ramasse. Elle s'assoit. Il lui tend la main pour l'aider à se relever et l'embrasse. Il est attentionné. Elle doit se sentir épaulée. Un autre skieur déboule à vive allure et les frôle faisant jaillir une giclée de neige sur eux. Quel con ! Encore un qui se sent supérieur aux autres et qui fait sa petite démonstration devant un public. Pauvre type ! Il se dirige vers le restaurant et s'arrête net au dernier moment projetant de la neige autour de lui. Oups c'est Stéphane. Le con c'était lui. Je ne suis pas si étonnée que ça. Il me salue de loin et me rejoint. Il me donne un baiser et s'affale sur la chaise en face de moi. Il saisit mon verre sans rien me dire et prend deux ou trois grandes gorgées et termine quasiment mon verre. Quel mal poli ! Il ne me demande même pas comment je vais et se met à se moquer ouvertement et injustement de cette pauvre fille qui est tombée. Il rit fort et répète qu'elle aurait pu se pousser du milieu et qu'elle l'avait gêné dans sa course folle. Décidément je ne le connaissais pas sous cet angle et son comportement me déplaît. Je prends la défense de cette skieuse malheureuse.

— Quand une personne tombe, tu crois peut-être qu'elle choisit l'endroit et fait exprès pour emmerder les autres ! Au lieu de te moquer, tu aurais dû prendre de ses nouvelles ou du moins t'écarter d'elle. Son compagnon l'a secouru. Elle a dû se faire très mal.

— Si elle ne savait pas skier, il ne fallait pas venir ici.

— Peut-être que son partenaire ne lui a pas laissé le choix avant de s'aventurer sur cette piste !

— Oh, tu es bien sur la défensive Audrey.

— Je n'aime pas que l'on se moque du malheur des autres.

— Je m'en rappellerai. Passons plutôt commande, je meurs de faim. Tu es là depuis longtemps ? Comment s'est déroulée ta descente ?

— Très bien. Commandons.

J'observe un moment de bouderie avant de me ressaisir et de poursuivre la discussion sur un ton plus léger et enjoué. Stéphane se montre charmant, comme je le connais. L'ambiance redevient détendue et fluide entre nous. Nous passons finalement un agréable repas dans ce décor magnifique. Le moment de reprendre notre descente arrive. Je chausse mes skis. Stéphane a dû comprendre le message et nous fait emprunter une piste plus facile jusqu'à l'arrivée dans la station. Je me sens plus à l'aise maintenant et prends de l'assurance jusqu'à filer moi aussi à vive allure. Ainsi Stéphane n'a pas à m'attendre, car nous progressons au même rythme. Moi ayant accéléré et lui ayant ralenti sa course de vitesse. Je dois admettre que j'ai pris un certain plaisir. Arrivés aux pieds des pistes, nous quittons notre matériel dans le casier à ski de son chalet et chaussons nos chaussures de randonnée. Je me sens plus légère.

— Tu ne perds pas une minute ! Tu connais le répit ? Sais-tu profiter de l'instant ou cours-tu à tout bout de champ ?

— Oui, je veux profiter à fond de chaque moment. Je n'ai pas de temps à perdre pour la flânerie. Je vais vite.

— Tu fais tout vite ?

— Oui, c'est ma marque de fabrique ! C'est mon tempérament.

— Tu sais, prendre le temps pour soi n'est pas une perte de temps. Au contraire, cela permet de se ressourcer pour avancer.

— Je n'en ai pas besoin. Viens, suis-moi, je vais te faire découvrir un beau panorama.

— Allons-y !

Nous empruntons un sentier qui s'enfonce dans la forêt de sapins. Nous croisons quelques personnes que nous saluons poliment. Stéphane me prend la main. Nous marchons côte à côte à la même cadence. J'aime marcher et je dois dire que je le fais d'un bon pas. Je suis davantage assurée sur mes pieds dans un sentier que sur des skis. La randonnée dure plus d'une heure et demie en montée lorsque nous atteignons le sommet. Là siège un promontoire. Effectivement la vue sur toute la vallée et la montagne d'en face est à couper le souffle. Le panorama est immense, à 360 degrés tout autour de nous. C'est majestueux. Stéphane sort une paire de jumelles de son sac à dos et me dit que si nous avons de la chance, nous pourrons apercevoir des rapaces qui tournoient ou des chamois à flanc de montagne. Nous ne verrons pas de quadrupèdes, mais nous pouvons observer un oiseau de grande envergure, semble-t-il. La nature est magnifique et je ne me lasserai jamais de ces paysages vertigineux. C'est certain, la montagne enneigée a un pouvoir revigorant. Nous observons une pause et nous désaltérons, avant de reprendre notre chemin vers la station et la civilisation. La descente est plus facile et nous marchons vite. Nous rentrons au chalet de Stéphane main dans la main. Je préfère ces instants de complicité que la course effrénée de ce matin emplie de tension. Je suis contente de retrouver la chaleur d'un foyer. Stéphane allume un feu de cheminée et je pars me détendre sous la douche. Je lui propose de m'y rejoindre, mais il n'en fera rien. Dommage…

Une fois réchauffée et propre, je le rejoins dans le salon où il est lui aussi en tenue plus appropriée. Ne me dites pas qu'il est allé prendre sa douche dans une autre salle de bain plutôt qu'être venu avec moi sous la mienne ? Vraisemblablement oui. Ne t'offusque pas Audrey ! C'est sans doute pour aller plus vite. C'est un adepte du va vite. Je m'installe sur le canapé contre lui. Il m'enlace. Je suis si bien ainsi. Nous restons quelques minutes l'un contre l'autre sans parler. J'avoue que je suis un peu fatiguée de cette journée sportive et qu'un repas ici tranquille me conviendrait parfaitement. Lui, est en pleine forme au bout de 15 minutes et se redresse. Il a davantage d'endurance que moi et il est toujours dans le speed. Il m'invite au restaurant pour notre dîner. J'en conviens un peu à regret. Je me prépare un peu plus que si nous étions restés au chalet. Mets du rouge à mes lèvres. Dénoue mes cheveux. Nous sortons dans le froid glacial de la nuit. Nous marchons vite pour ne pas trop nous geler. Jusqu'à ce grand restaurant. Notre table est un peu isolée. J'aime autant ce côté intimiste. Au menu, tout me fait envie et j'ai dû mal à faire mon choix. Stéphane quant à lui sait très rapidement ce qu'il veut manger. Ce sera une côte de bœuf avec des frites. Pour un repas romantique en vue d'une nuit torride, je vais éviter les plats trop lourds comme une tartiflette ou une raclette. J'opte plutôt pour un gratin d'oreilles d'ânes. Je me régale. Ce plat est très savoureux. Pour le dessert nous prenons un fondant au chocolat et sa crème anglaise que nous partageons. Un mets, deux cuillères. Et nous mangeons les yeux dans les yeux. Le repas s'avère être un pur moment de délice. Autant sur le plan gustatif que sur le charme qui opère entre nous deux.

Notre dîner terminé, nous reprenons le chemin du retour main dans la main, mais avec une bonne paire de gants fourrés ! Au chalet, Stéphane se montre très entreprenant et impatient. Il brûle de désir et ne peut pas attendre une minute. Notre second rapport sexuel se veut très pressé. Autant que le premier, voire davantage. Je n'ai pas le temps de me sentir désirée, envoûtante, de sentir une apothéose de plaisir, que Monsieur a déjà fini son affaire. Repu après ce petit intermède, il s'allonge sur le dos, savoure cette détente deux minutes et file sous la douche. Décidément c'est une fâcheuse habitude chez lui ! Adepte du vite fait ! Je reste encore sur ma faim. Tant pis. Je crois bien qu'il ne faut pas que je m'attende à des préliminaires ni à des ébats langoureux. Il est névrosé du temps à remplir coûte que coûte. Alors que moi, j'aime prendre le temps de faire monter le désir et j'aime les plaisirs durables. Un petit coup vite fait, comme on rirait avec mes amies. Je ne suis pas certaine de m'habituer à ce genre de rapports ultras rapides. Je prends l'initiative de le rejoindre sous la douche. Je le surprends et je constate qu'il n'est pas prêt à remettre ça. Tant pis pour moi. Il me laisse la place et s'enfuit dans sa chambre. Lorsque j'ai terminé, je le retrouve dans son lit, son fameux pyjama rayé revêtu. La même scène qu'hier. Et oui, tristement exactement la même scène : un baiser sur le front, la lumière éteinte et il se tourne sur le côté opposé à moi. Ce n'est pas possible, ce mec a un souci ! Fatiguée de ma journée sportive et de mes péripéties, je m'endors assez rapidement. Je suis réveillée en pleine nuit par les incessants ronflements de Stéphane. Je finis par mettre l'oreiller sur ma tête et me rendors comme je le peux.

Le lendemain, je suis sortie de mon repos par du bruit dans la cuisine et un rayon de soleil dans le visage. Un coup d'œil à mon téléphone m'apprend qu'il est 7 h 30. Je me lève, un peu courbaturée, et rejoins mon homme. Il est déjà tout prêt. Il me sert un café fumant et me tend un pain au chocolat et un croissant tout chauds qu'il est allé acheter avant mon lever. Quelle gentille attention !

— Tu te prépares vite et on va skier ?

— Non Stéphane, ce matin je n'ai pas envie de skier et je préfère me la couler douce au chalet, puis me balader dans la station. Va skier et je te rejoindrai pour manger en terrasse aux pieds des pistes. Nous passerons l'après-midi ensemble. Je crois que tu avais prévu une sortie en raquettes ?

— Tu es sûre que ça ne te dérange pas de rester seule à ne rien faire ?

— Non, j'en ai besoin.

— OK. Je ne comprendrai jamais ce principe d'aimer rien faire. Alors on se retrouve au restaurant « La Tanière » à 13 heures. Je passerai un coup de fil pour réserver une table.

— Parfait. Profite bien des pistes noires !

— À tout à l'heure. Fais comme chez toi.

— Merci.

Un rapide baiser et le voilà parti vers les sommets. Je décide de profiter de ce moment seule pour aller me recoucher dans le confort de ce grand lit vide et désormais silencieux. À quel bonheur ! Je me prélasse un moment avant de me rendormir.

10 heures. Quoi j'ai dormi aussi longtemps ? J'en avais sans doute besoin. Le dimanche matin n'est-il pas fait pour prendre son temps ? Chez moi, c'en est même un rituel avec ma fille. Nous sommes toutes deux adeptes des dimanches grasses matinées et pyjama tout le matin. Avant de se prélasser dans un bon bain brûlant. C'est notre moment quiétude pour nous ressourcer et nous remettre en forme pour la semaine à venir.

Je bois un second café, attablée face à la grande baie vitrée qui donne sur la montagne. Je ne me lasse pas de cette vue. Il fait grand soleil. Nous avons de la chance. Notre séjour n'en est que plus agréable. Je regagne la chambre, prépare mes vêtements et file sous la douche pour une durée plus longue que de raison. Une heure plus tard, je suis toute pomponnée et prête à m'aventurer dehors pour me balader dans la station avant de rejoindre Stéphane. Je flâne. Je prends le temps d'observer des enfants qui ont l'air de bien s'amuser sur une piste de luge. Cela me rappelle nos parties de rigolade avec ma fille quand elle était plus jeune et que nous nous amusions tout autant en course de luges. Je passe d'un commerce à un autre et fais quelques emplettes à rapporter à Louise. Nous sommes deux gourmandes et nous aimons ramener des spécialités des régions que nous visitons. Mon chemin m'amène devant une patinoire extérieure où des personnes s'élancent avec plus ou moins d'aisance. Cela me fait penser à ces films américains qui se jouent à New York en hiver. Ça a un charme fou. Je décide de rejoindre le restaurant où j'ai rendez-vous avec Stéphane. Il a bien réservé une table à son nom et j'y prends place face au front de neige. Je me commande un apéritif. Le serveur m'apporte quelques olives. Mon regard passe d'un skieur à un autre sans trop m'y attarder. Lorsque je reconnais Stéphane au loin. Skier à l'air d'être aussi simple que marcher pour lui. Il doit avoir des années et des décennies d'expérience. Il me rejoint à table. Il me demande ce que je bois. Et face à ma réponse, cette fois-ci il ne termine pas mon verre. Ma boisson ne doit pas être à son goût. Ou alors a-t-il compris devant ma mine froncée hier que cette attitude m'avait déplu. Toujours est-il, je peux déguster mon verre tranquillement. Il m'apprend qu'il a dévalé plusieurs pistes noires bosselées. J'en serai bien incapable. Nous prenons un repas consistant pour nous donner des forces pour notre randonnée en raquette que j'imagine difficile connaissant un peu mieux Stéphane et son envie de prouesses sportives. Dommage qu'il n'attache pas la même importance au sport en chambre ! Oh Audrey, c'est vache ! J'ai un sourire qui me monte aux lèvres et Stéphane s'en apercevant me demande ce qui me fait sourire. Je ne peux tout de même pas lui avouer le fond de ma pensée et je détourne son attention sur le serveur qui nous tend l'addition. Je dégaine ma carte bleue et règle notre repas. Un petit café plus tard et nous voilà chaussés de raquettes et nous dirigeant sur un sentier qui borde les pistes de ski. La pente est très raide et je m'essouffle un peu. Je dois dire qu'évoluer avec ce matériel aux pieds n'est pas aussi aisé à mon goût que marcher avec mes bonnes chaussures de randonnée. Comme toujours, Stéphane est très à l'aise et trace sa route sans trop m'attendre. Il me devance d'une bonne trentaine de mètres dorénavant. Il me distance de plus en plus. Je l'appelle. Il ne m'entend pas. Je réitère plus fort. Rien. Encore plus fort, je m'égosille presque. Il daigne enfin se retourner. Je lui demande de m'attendre et de marquer une pause. Il y consent.

— Je ne m'étais pas rendu compte que tu étais autant à la traîne. Quand je suis en plein effort, je ne fais pas attention à ce qui m'entoure et je trace ma route selon mon rythme.

— Oui j'ai bien remarqué que tu ne prêtais pas attention à moi.

— Il faut dire que tu es longue.

— Je te remercie de me faire remarquer que je n'ai pas la même condition physique que toi et pas les jambes aussi longues que les tiennes. Tu es un habitué des sports en montagne. Ce n'est pas mon cas. Peux-tu ralentir le pas s'il te plaît avant que je ne fasse une crise cardiaque à essayer de te rattraper ?

— Tu exagères. Oui je vais ralentir. Je ne voudrais pas être obligé de te redescendre sur mon dos !

— Oh ne t'inquiète pas, je n'ai besoin de personne. Je me débrouille toujours seule !

— Sentirai-je une pointe d'énervement ?

— Tu crois ?

— Je vais m'accorder à ta cadence. Nous sommes presque arrivés au sommet du sentier. Le chemin va se stabiliser puis redescendre. Nous marquerons une halte en haut. Tu pourras te désaltérer et reprendre ton souffle.

— Je te remercie de tant de considération.

Effectivement nous faisons une pause bien méritée une fois que nous avons atteint le pic de cette piste. Je m'assois sur un rocher et accepte très volontiers la gourde d'eau qu'il me tend. J'en bois quelques gorgées puis la lui rends. Une fois encore, le paysage est grandiose. Nous surplombons la station qui me semble très loin. Mais quelle distance avons-nous parcourue ? J'aurais dû lancer mon application podomètre sur mon smartphone. Je suis certaine qu'il nous a fait faire un marathon ! Je comprends mieux pourquoi j'ai trouvé cette randonnée difficile et la raison de mes douleurs dans les jambes.

C'est sûr, je vais être courbaturée. Un petit ibuprofène ce soir, et ça ira mieux demain. La halte ne me semble pas durer plus d'un quart d'heure quand Stéphane m'annonce que nous reprenons notre route. En effet le chemin est assez plat sur quelques mètres puis descend dans une pente raide. Mes genoux me font mal, mais je n'en dis rien. Si je me plains encore une fois, il est capable de m'abandonner là ! Soudain il marque un arrêt et me fait signe de ne pas faire de bruit et de ralentir. Il me montre du doigt un beau renard devant nous qui nous regarde sans bouger une patte levée prêt à s'enfuir. Je m'immobilise et profite de ce spectacle. Je n'ose même pas sortir mon téléphone de ma poche pour immortaliser cette rencontre charmante et imprévue. Quel bel animal ! Il reprend sa route à toute vitesse et s'enfonce sous les sapins. Le renard a détendu l'ambiance un peu électrique entre Stéphane et moi. Je suis ravie de la tournure de notre randonnée. Nous parvenons enfin à la station et notre point de départ. Nous avons fait une boucle qui nous a ramenés au pied du télésiège. Des motoneiges se préparent à démarrer un périple dès que la nuit sera tombée et que les pistes seront désertées par les skieurs, promeneurs et enfants en luge. J'adorerais faire moi aussi un tour si je n'avais pas aussi mal aux mollets. Je suis fatiguée et je n'ai envie que d'une douche brûlante pour me soulager. Je dis à Stéphane que j'ai besoin d'un temps de repos et que je préférerais dîner en tête à tête au chalet. Il en convient. Nous nous arrêtons à la pizzéria pour commander deux belles pizzas gourmandes cuites au feu de bois. Stéphane, galant, reviendra les chercher plus tard seul. Je resterai au chaud, affalée sur son canapé en chaussettes pilou pilou. Mes pieds ont besoin d'une pause et de douceur !

Après une bonne douche réconfortante et une tenue confortable enfilée, je me dirige dans le salon où un feu de cheminée réchauffe et illumine la pièce. Stéphane me tend un verre de vin rouge que je prends très volontiers. Je m'assois sur le canapé ou plus exactement j'allonge mes jambes et mes pieds qui sont douloureux. Je fais remarquer à mon hôte qu'il ne m'a pas ménagée et que mes jambes me font souffrir. Il s'installe sur le canapé à mes pieds et saisit ma jambe endolorie. Il procède à un massage si bénéfique et salvateur que je me laisse porter par la détente et savoure l'instant. Il peut se révéler aussi dur que doux. Il est tout en contraste. Pour ne pas dire en contradiction. Bref, Audrey, profite de ce répit. Pendant qu'il va chercher les pizzas, je sors une tarte aux myrtilles que j'avais achetée ce matin. Ce sera notre touche de douceur sucrée.

Nous mangeons dans le calme au son d'un air de musique et dégustons ce vin. Le repas à peine terminé, Stéphane se rue sur moi pour un rapprochement intime qui ne durera pas très longtemps comme à son habitude. Sauf que ce soir, j'en suis ravie et je m'en contente fortement. Je n'ai qu'une seule envie : dormir. C'est sans compter sur les ronflements intempestifs de mon voisin de lit. Je suis tellement fatiguée que je m'endors malgré le bruit. Je me tourne de l'autre côté et nous sommes dos à dos. C'est bien triste pour un début de relation où normalement la complicité, la passion et la tendresse sont de mise.

Le lendemain matin, pas de lumière en pleine face, pas de bruit. Un regard sur mon téléphone m'apprend qu'il est neuf heures. Je me lève et vais dans la cuisine. Personne. J'y trouve posé sur la table un petit mot laissé par mon hôte : « Je t'ai laissé dormir, car tu avais l'air d'en avoir besoin. Je pars skier et je te rejoindrai vers midi et demi pour déjeuner ensemble ». Je suis ravie de cette attention à mon égard. Il n'est donc pas aveugle et égocentré. Il a remarqué que nos rythmes n'étaient pas les mêmes. Je lui envoie un message disant que je l'attendrai au chalet où je nous concocterai un repas. J'ouvre le frigo et les placards pour dénicher de quoi préparer un déjeuner. Vides. Il n'y a quasiment rien mis à part du café et des biscuits. J'opte pour aller à l'épicerie nous dénicher le nécessaire pour régaler nos papilles avant de reprendre la route vers chez nous et que notre escapade se termine.

Nous avons passé notre premier week-end ensemble. Nos premières expériences sexuelles tous les deux. Nos premiers moments de complicité, mais aussi nos premières tensions. Je décide de ne garder en mémoire que les bons moments même si je n'efface pas pour autant ce qui m'a déplu. J'aime voir le verre à moitié plein et non à moitié vide, mais je ne suis pas non plus un Bisounours.

Le trajet du retour se passe dans le calme. Stéphane a souvent la main posée sur ma cuisse. Je le remercie pour cette invitation au chalet. Il me dit que nous pourrions y retourner prochainement. Je ne suis pas certaine d'en avoir envie tout de suite. Je reste évasive dans ma réponse. Nous verrons bien. Arrivés en bas de chez moi, après avoir sorti ma valise de son coffre, il s'adosse à la portière et me prend les mains. Il me serre ensuite dans ses bras. Après un baiser, nous nous disons au revoir. Nous nous retrouverons demain dans une autre ambiance et avec une certaine distance devant nos collègues au cabinet médical. Nous savons que cette escapade est terminée. Jusqu'à la prochaine…

Maintenant je repasse en mode maman et j'ai hâte de retrouver ma fille ! Un bon gros câlin plus tard, Louise me demande comment était mon séjour à la montagne et me raconte son week-end avec son père. Je suis si heureuse de serrer ma fille contre moi.

Chapitre IX

Mardi matin. Je reprends mes fonctions au boulot. Certains racontent un bout de leur week-end. Je me montre très discrète. Stéphane arrive et dépose un baiser sur ma joue pour me saluer et laisse courir sa main sur ma hanche devant le regard inquisiteur de Muriel. Je fais mine de ne pas comprendre son insistance. Plus tard je profite de la sortie d'une patiente de son cabinet pour m'engouffrer secrètement, enfin c'est ce que je crois, et aller embrasser mon partenaire. Une longue étreinte s'ensuit et un baiser très charnel. En fin de journée je vais en salle de pause, je me prépare un petit café. Quelqu'un entre derrière moi et referme la porte. Je crois que c'est Stéphane qui m'y a rejoint pour un nouvel échange aussi sensuel que furtif. Je me retourne avec un sourire peut-être un peu désinvolte. Or c'est Muriel qui pénètre dans la pièce et se tient face à moi.

— Je connais cette attitude douteuse !

— De quoi parles-tu, Muriel ?

— De vos échanges discrets de regard. De ce baiser distant et tendre à la fois. De son air faussement détaché. De ton air coupable.

— Je ne vois pas à quoi tu fais référence.

— Oh ne me la fais pas à moi Audrey ! Je ne suis pas née de la dernière pluie. J'ai déjà observé cela avec d'autres filles du cabinet. Il se passe quelque chose entre vous. Vous avez couché ensemble !

— Tu te trompes, Muriel.

— Je ne me trompe pas. Tu ne peux pas me berner.

— Quoi qu'il y ait entre nous ou pas, cela est du domaine privé.

— Tu as raison. Je veux juste te mettre en garde sur les intentions de Stéphane. C'est un séducteur, un don Juan qui aime faire la cour et plaire. Il ne reste jamais très longtemps avec la même femme. Il les enchaîne à toute vitesse. Déçues sont celles qui attendaient autre chose.

— C'est très bien me concernant, je ne m'attarde jamais dans une relation.

— Ne le prends pas mal Audrey, je voulais juste t'avertir pour que tu ne t'attaches pas.

— Je te remercie de ton attention, mais sache que je suis grande.

— D'autres sont passées avant toi et ne sont pas restées au cabinet à cause de lui.

— Je te le redis, Muriel, je suis une grande fille et je n'ai pas besoin de tes recommandations.

— Je ne voulais pas te vexer.

— Il n'en est rien. Je suis simplement surprise de ta réaction et de cet échange.

— J'apprécie ton travail, tous ici l'apprécions et je ne voudrais pas qu'une désillusion vienne gâcher notre collaboration.

— Ne t'inquiète pas pour ça Muriel. Je sais très bien faire la part des choses entre vie privée et vie professionnelle.

— J'apprécie Stéphane comme confrère, mais je sais reconnaître un queutard quand j'en vois un !

— Si tu n'as plus rien à ajouter Muriel, je retourne à mes tâches administratives.

— Audrey…

Je ne lui laisse pas le temps de finir sa phrase ou du moins de la commencer, et je tourne les talons la laissant seule dans la pièce. Quel toupet ! Mince, j'en ai oublié mon café ! Tant pis, de toute manière cet intermède m'a coupé l'envie. Je suis contrariée. Cependant je dois poursuivre mon travail comme si de rien n'était. Muriel est très perspicace ou alors nous nous sommes montrés Stéphane et moi vraiment pas discrets et carrément maladroits. Certainement l'attitude ambiguë de Stéphane ce matin pour me saluer. Le soir, il m'attend sur le parking. Je lui fais part de la découverte de Muriel en omettant de lui dire le fond de sa pensée. Il prend cela pour de la jalousie de sa consœur à notre égard, rajoutant qu'elle doit s'ennuyer dans sa vie conjugale et regretter qu'il ne se soit jamais intéressé à elle. Outre le fait que je n'aime pas qu'il médise sur Muriel et que je le trouve un peu présomptueux et imbu de sa personne, je n'ai pas apprécié l'attitude et les dires de ma patronne. Je recommande à mon acolyte que nous soyons plus concentrés au boulot pour ne pas éveiller d'autres soupçons et ne pas encourager d'autres reproches. Nous en convenons. Nos échanges resteront professionnels la journée et nous nous verrons ailleurs pour plus d'intimité. Par conséquent nous gardons nos distances au cabinet. À vrai dire cette distance professionnelle nous a aussi éloignés l'un de l'autre dans nos échanges. Malgré quelques sorties ensemble et une soirée chez lui, nous nous sommes un peu perdus de vue. Ou du moins Stéphane s'est détaché de moi, il se tient à l'écart. Muriel aurait-elle raison ?

Un samedi soir où Louise est chez une amie, Pauline me propose d'aller boire un verre avec quelques amis. Elle a bien entendu oublier de préciser qu'Edouard serait présent. Je dois dire que cela ne me dérange pas du tout, bien au contraire sa compagnie est toujours très appréciable. Aussi je rejoins mes amis en ville dans un pub irlandais tapi au fond d'une cave en pierres apparentes. L'ambiance est très festive. J'y retrouve Pauline et Antoine, ainsi que Nadège et Charly. Edouard arrive un peu plus tard. Deux couples formés et nous deux, deux individus indépendants. Je vois là une tentative désespérée de Pauline pour insuffler un rapprochement entre Edouard et moi. Quelle traîtresse !

La soirée se veut arrosée, détendue et rieuse. Je suis dos au reste de la salle. Je ne vois donc pas qui entre et qui sort derrière moi. Quand soudain je vois la mine déconfite de Pauline face à moi. Je mets ça sur le taux d'alcoolémie qu'elle doit avoir à cette heure-ci. Elle me prend les mains par-dessus la table, s'approche de moi et me demande étrangement de lui remontrer une photo de Stéphane que j'ai prise lors de notre séjour en montagne. Je ne comprends pas pourquoi cette soudaine envie de voir le visage de mon partenaire, mais je m'y applique. Elle fait une grimace et fronce les sourcils.

— Audrey, ma chérie, mise à part si j'ai une hallucination, je crois bien que ton mec est là derrière toi.

— C'est vrai, chouette, je vais te le présenter !

— Je n'en suis pas certaine…

— Pourquoi dis-tu ça ?

— Retourne-toi. Table du fond, à gauche.

Je m'exécute et là je constate amèrement que Stéphane est bien présent, assis aux côtés d'une très charmante femme, la petite quarantaine, lui tenant les mains, leurs doigts entrelacés, et se rapprochant de ses lèvres. Non ? Il ne va quand même pas oser ? Si si, il l'embrasse à pleine bouche. Je n'en reviens pas. Pauline comprend la scène et je ne lui laisse pas le temps d'en dire davantage que je me lève, fonce droit sur Stéphane qui ne me voit pas arriver. Je lui tape sur l'épaule. Il se retourne, me fait face, il a l'air surpris, mais pas coupable. Je reconnais la femme comme étant une de ses patientes.

— Tu te fous de moi, Stéphane ? Bonsoir Madame, excusez-moi, mais vous êtes en train d'embrasser mon partenaire.

— Partenaire ?

— Oui c'est comme ça que je te qualifie étant donné la relation que nous entretenons depuis quelques semaines.

— Je ne t'ai pas menti, j'ai toujours été clair avec toi : je ne veux pas d'engagement.

— Moi non plus, mais quand j'entretiens une relation suivie avec un homme, j'attends de lui qu'il ne court pas plusieurs lièvres à la fois !

— Tu es bien conventionnelle, Audrey !

— Non je suis juste réglo !

— Non tu es exclusive. Ce qui n'est pas mon cas.

— Pardon, mais je rêve ?

— Je n'y suis pour rien si tu t'es fait des idées, Audrey.

— Muriel avait raison à ton propos, Stéphane !

Je saisis son verre de bière et lui jette le contenu au visage. Il se lève, vocifère que je suis cinglée et que cela ne va pas se passer comme ça. Je ne fais plus vraiment attention à ce qu'il me dit ensuite et tourne les talons lorsque je suis freinée dans mon élan, car il m'attrape le poignet qu'il serre très fortement. Il profère des menaces quant à la perte de mon emploi. Je lui intime de me lâcher, mais il n'en fait rien. Soudain je vois un bras qui passe au-dessus du mien et vient se poser sur celui de Stéphane.

— Lâche-la immédiatement.

— De quoi je me mêle, mec ?

Je reconnais la voix d'Edouard.

— Mêle-toi de tes affaires !

— Mon amie t'a demandé de la lâcher et si tu ne veux pas d'ennuis, tu vas le faire tout de suite.

Stéphane relâche l'emprise sur mon avant bras. Il a serré si fort que j'en ai eu des fourmillements dans la main. La femme assise se lève, met son manteau, jette, elle aussi, le contenu de son verre au visage de ce goujat, me remercie de lui avoir épargné une déconvenue, et s'en va. Stéphane interloqué la rappelle. Elle lui crie de ne plus jamais l'appeler et qu'elle change de dentiste.

— Tu es contente, Audrey ?

— Oui je suis ravie d'avoir découvert ta vraie nature Stéphane. Ça m'aura évité une perte de temps précieuse.

J'opère un demi-tour, passe derrière Edouard qui reste planté là comme une barrière de protection entre Stéphane et moi. Antoine nous avait rejoints, alerté par la scène et par Pauline. Stéphane prend sa veste et sort du pub en marronnant je ne sais quoi. Quel connard ! Je me rassois à la table de mes amis et remercie Edouard d'être intervenu même si j'aurais pu me débrouiller seule. Charly commande une nouvelle tournée pour me remettre de mes émotions. Force est de constater que Muriel avait bel et bien raison. Le reste de la soirée se déroule dans la bonne humeur même si j'avoue qu'elle m'a laissé un goût amer et revanchard. Plus tard dans la nuit, Edouard propose de me raccompagner chez moi. Je vois bien qu'il s'inquiète un peu et ne veut pas me laisser seule si jamais l'autre tordu, comme il le nomme, m'attendait quelque part pour se venger. J'en conviens et c'est bras dessus bras dessous que nous empruntons le chemin du retour, mon chevalier servant et moi.

Deux jours plus tard, c'est avec une certaine interrogation que je me rends au cabinet médical. En arrivant, je fais d'abord une halte dans le bureau de Muriel pour m'excuser d'avoir mal pris ses conseils qui se sont révélés avisés et lui expliquer ma mémorable soirée arrosée. Elle me certifie, et je la crois maintenant, que ses propos étaient dans mon intérêt et non pour me nuire. Après avoir dit quelques jurons sur son confrère dentiste, nous sommes rejointes par Magali, Ingrid et Anne qui viennent nous saluer et nous proposer un café en salle de pause. Toutes les cinq nous savourons un petit café quand Stéphane entre dans la pièce et me dévisage agressivement. Il me fusille littéralement du regard. Il s'adresse à ses consœurs en leur stipulant qu'il est impensable de me garder comme salariée après mon comportement inapproprié à son égard. Muriel prend la parole.

— Mes chères collègues et compatriotes féminines, je vous informe que Maître Queutard a encore frappé et qu'une nouvelle fois il va vouloir que nous nous séparions d'une très bonne recrue parce qu'il n'a pas su la garder dans son pantalon !

— Je t'interdis de me parler comme cela !

— Oh, mais je ne m'adressais pas à toi, mais à mes consœurs médecins. Tu ne pouvais pas t'empêcher de fricoter avec tes patientes, il fallait aussi que tu séduises toutes nos collègues qui n'ont pas vu clair dans ton jeu dès le départ. Nous autres, nous te connaissons Stéphane et nous désapprouvons ton comportement depuis des années. C'en est trop. Je propose que nous nous réunissions tous et que nous décidions si nous voulons encore collaborer avec toi au risque que tu nuises davantage à la crédibilité de notre cabinet pluridisciplinaire.

— Stéphane, Muriel a raison, ton comportement est inacceptable tant sur le plan professionnel et déontologique, que personnel. Tu as du mépris pour les femmes et je n'ai plus envie ni de côtoyer ça ni de le tolérer. Nous procéderons à un échange avec les autres médecins, propriétaires de ce lieu, et à un vote pour savoir si nous souhaitons rompre ou poursuivre notre collaboration.

— Tu n'y penses pas, Magali ?

— Oh si, Stéphane. Nous y pensons toutes depuis longtemps.

— Anne, pas toi ? Dis quelque chose pour ma défense ?

— Non Stéphane, tu es indéfendable.

— Ingrid ?

— Je ne dis généralement pas grand-chose, mais je ne tolère plus ton attitude sexiste, pas professionnelle et contre-productive. Nathalie va annuler tes rendez-vous de la journée. Rentre chez toi. Nous allons nous réunir et prendre une décision.

— J'ai tout de même le droit de me défendre ? Je n'y suis pour rien si toutes ces nymphomanes jettent leur dévolu sur moi et s'imaginent monts et merveilles !

— Tu es imbuvable, Stéphane ! Carrément abjecte !

— Je rajouterai même, tu es un pauvre con !

— Je ne te permets pas de m'insulter, Audrey !

— Je n'ai pas besoin de ta permission pour te dire ce que je pense de toi. Tu es un égocentrique sans respect pour les autres.

— Pars d'ici, Stéphane ! Nous te recontacterons ce soir.

C'est dans une grande rage qu'il donne un coup de poing dans la porte et s'en va. Je m'excuse auprès des collègues qui me rassurent en me confirmant que je ne suis pas responsable de ce désagrément. Elles m'informent que c'est la goutte d'eau qui a fait déborder le vase. Elles n'en pouvaient plus depuis bien trop longtemps de son comportement déplacé, inapproprié et peu professionnel. Elles avaient envie de se débarrasser de lui. Elles m'apprennent que Jean Michel est du même avis qu'elles. Il ne faudra convaincre que Aymeric et Tristan qui sont arrivés plus récemment et n'ont peut-être pas encore cerné le personnage de Stéphane.

Ainsi plus tard dans la matinée s'est tenu un conseil entre les sept médecins. Le verdict a été unanime : aucun d'entre eux ne souhaite prolonger sa collaboration avec Stéphane. C'est par visio-conférence qu'ils lui annoncent leur décision à laquelle il réagit vivement et de manière menaçante. Il devra mettre en ordre ses affaires courantes et les autres lui rachètent ses parts dans le cabinet. D'abord en colère, il se radoucit à l'annonce du tarif largement majoré qu'ils lui proposent. Le professionnalisme et le climat apaisé n'ont pas de prix ! Face à tout cet argent, Stéphane accepte.

Les jours qui suivent, il ne se montre pas beaucoup. L'ambiance s'en trouve que meilleure. Je me sens tout de même un peu fautive de cette fin de contribution professionnelle, cependant comme me le disent les autres médecins : il fallait un changement de cap. Je n'ai pas trop de temps pour cogiter à ma déconvenue relationnelle, car mon séjour à l'île Maurice avec ma fille et Edouard arrive à grands pas. Je préfère me recentrer sur l'essentiel : ma fille et notre voyage. Et laisser derrière moi cette mésaventure.

Chapitre X

Louise est euphorique et s'impatiente. Elle a déjà prévu le nécessaire qu'elle emporterait avec elle. Nous nous retrouvons souvent tous les trois le soir pour échanger sur ce que chacun a envie de visiter et de faire. Nos goûts s'accordent assez bien. Le décompte a commencé ! Louise et moi cochons les cases des jours passés sur notre calendrier comme des enfants le feraient avant Noël.

Enfin le grand jour est arrivé ! Nous embarquons à bord de l'avion pour Paris à 16 h 30. Antoine nous a emmenés à l'aéroport. Je vérifie une dernière fois que j'ai bien pris nos passeports et nos billets. Edouard et Louise ont l'habitude de voyager en avion. Pour moi c'est une grande première. Je ne suis pas sûre d'aimer ça ! Je me laisse guider par leur expérience et les suis. Rapidement nous prenons place à bord de l'avion. Un petit avion qui ne me paraît pas fiable. C'est un coucou ! Les hublots sont en plastique ? Vous êtes sûrs que ce machin peut voler ? Sans s'écraser ? Oh ciel, je ne suis pas rassurée et pas convaincue. À l'annonce du départ imminent et de la nécessité de boucler sa ceinture, je ne me fais pas prier. C'est plutôt moi qui prie. Le décollage n'est pas le plus horrible pour moi. Rien n'est pire que l'atterrissage. Quoique les turbulences du vol suivant ont été mémorables… À l'arrivée les passagers applaudissent. Je demande à Edouard pourquoi ils agissent tous ainsi. Il m'explique que c'est pour remercier et féliciter le pilote de nous avoir fait atterrir sans encombre. Quoi, c'est une plaisanterie ? On le félicite de ne pas nous avoir tués ? N'est-ce pas son job ?

Ce vol a duré à peine plus d'une heure et demie et je me demande comment je vais supporter les onze prochaines heures à bord du long courrier. L'aéroport de Paris est si grand que je pourrais m'y perdre aisément si je n'avais pas de guide. Louise et Edouard sont si à l'aise et détendus. Nous patientons une heure avant d'embarquer à nouveau sur le deuxième vol. Cet avion est immense. Comment un appareil aussi volumineux et lourd peut arriver à voler dans les airs ? C'est un mystère pour moi que je ne souhaite pas résoudre pour le moment. Nous avons trois sièges côte à côte contre la sortie de secours. Tant mieux, s'il se crashe, je serai la première dehors avec ma fille ! Edouard y voit plutôt l'aspect pratique, car il a de la place devant lui pour étendre ses longues jambes. Louise se cale contre le hublot. Je prends place à sa gauche et Edouard ferme le rang. Devant nous un écran de télévision sur lequel apparaît une carte du monde avec le point qui nous localise en France et en pointillé toute la traversée au-dessus de l'Afrique et de l'océan que nous devons parcourir pour atteindre notre destination. Dans onze longues heures ! Le personnel de bord est très charmant et attentionné avec les passagers. Il fait preuve de bienveillance. Louise s'installe avec un livre et des écouteurs sur les oreilles. Mais comment peut-elle être si calme ? Le moment du décollage arrive. Cet énorme avion s'élance sur la piste, lève le nez et monte haut dans le ciel. Je sens mon cœur qui accélère et qui cogne fort dans ma poitrine. Je me cramponne aux accoudoirs de mon siège. Autant lors du précédent trajet, j'ai été davantage surprise, autant là je suis littéralement terrorisée. Mes oreilles bourdonnent, mes acouphènes se réveillent à moi. Je suis prise d'une très désagréable sensation d'avoir la cervelle prise dans un étau. Edouard me tend un chewing-gum pour déboucher mes oreilles et soulager mes tympans. Mon calvaire va durer une éternité ! J'essaie de me détendre autant que possible. C'est-à-dire pas énormément. Mon voisin tente de me divertir en me faisant la conversation et en me montrant sa découverte : un magazine sur Maurice et ses magnifiques photos des lieux incontournables. Puis finalement nous optons pour regarder l'écran sur lequel des spots défilent vantant les mérites de tel ou tel endroit. Nous visionnons les bandes-annonces des films proposés. Je me décrispe. Mais c'est sans compter sur ce mal au crâne persistant. Plus tard l'hôtesse arrive à nos abords avec des plateaux-repas. Je dois dire que c'est plutôt bon. Tout est en petite quantité. En même temps je dois avouer que je n'ai pas beaucoup d'appétit. Louise nous fait l'honneur d'ôter ses écouteurs et de participer à nos échanges tout en partageant ce dîner.

Nos tablettes débarrassées, nous nous accordons tous les trois pour regarder un film ensemble. Il fait dorénavant nuit depuis un moment. Je ne saurais pas dire si je me sens plus apaisée qu'en plein jour. La nuit confère souvent un climat plus serein, une quiétude. Ou alors c'est tout l'inverse et la nuit terrifie ! Un avion qui s'écrase en pleine nuit, ça ne se voit pas. On ne retrouve que plus difficilement les survivants. Et quand on les trouve, c'est déjà trop tard, ils sont tous morts de froid ou se sont dévorés les uns et les autres ! Bon sang Audrey, arrête de regarder des films catastrophes. Quelle trouillarde tu fais ! L'hôtesse a dû constater ma mine effrayée et me propose une tisane pour me relaxer. J'accepte très volontiers et demande celle de Louise qui je sais ne la boira pas. Plutôt deux doses pour moi qu'une !

Deux heures plus tard, le film terminé, deux verveines avalées, deux passages aux toilettes (d'ailleurs on en parle de l'exiguïté des WC dans les avions ?), l'heure étant tardive, nous convenons comme la plupart des passagers à nous préparer à dormir. Louise s'installe le plus confortablement possible. Edouard ferme déjà les yeux. Et moi… Et moi j'essaie de me détendre et de trouver une position propice au sommeil dans cet appareil. Je ne cesse pas de rouvrir mes yeux pour vérifier l'heure sur mon téléphone pensant qu'un bon laps de temps s'est écoulé. Et surprise, il n'est passé qu'une demi-heure. La nuit va être terriblement longue !

Je m'étais enfin assoupie lorsque je suis réveillée par une annonce vocale du pilote qui nous informe que nous traversons une zone de turbulences et que nous devons attacher nos ceintures. Ce n'est pas fait pour me rassurer. Louise dort toujours paisiblement. Edouard sangle sa ceinture sans qu'elle ne s'en rende compte. Il se rassoit à côté de moi et me dit que ce n'est rien que quelques secousses. Des secousses ? Il plaisante ! Nous sommes ballottés de toute part. Des trous d'air font parfois chuter l'avion et mon cœur par la même occasion. Je suis terrifiée. Crispée, voire carrément tétanisée. Je ne dis plus un mot. Je regarde droit devant moi et jette un coup d'œil à ma fille qui dort toujours comme si la situation était normale. Edouard constate mon état d'anxiété et pour me rassurer me prend la main dans la sienne. Nos regards se croisent et le sien, calme, se veut rassurant. J'entends quelqu'un vomir à droite puis un autre plus près de moi. D'autres s'angoissent et questionnent les hôtesses de l'air. Ça m'impressionne. Je ne suis pas à mon aise. Loin de là ! Ma tête bourdonne davantage et je me concentre sur ma respiration pour ne pas céder à la panique. Je pose ma main sur la cuisse de Louise. Et je me surprends à penser que s'il devait nous arriver quelque chose, au moins nous sommes ensemble. Drôle de pensée pour se rassurer ! Elle est imperturbable et roupille profondément. Tant mieux pour elle. Au bout d'un long moment, qui m'a paru interminable, les secousses stoppent et notre vol redevient calme et sans encombre. Je m'en souviendrai de ma première fois en avion ! Mon cœur ralentit sa course et je me sens plus détendue. Le vol se poursuit et je somnole encore un peu, ma main toujours dans celle d'Edouard que je n'ai jamais lâchée.

Le jour se lève enfin. Ce qui veut dire que nous approchons de notre destination. Nous devons atterrir au matin. Le ciel est d'un bleu éclatant. L'hôtesse nous apporte un petit déjeuner. Je réveille doucement ma fille. Elle ouvre un œil, ronchonne un peu, puis alléchée par la bonne odeur de chocolat chaud, ouvre les deux yeux pour de bon. Elle a bien dormi et semble en pleine forme inconsciente de ce qui s'est joué cette nuit. Je lui raconte nos mésaventures devant sa mine réjouie et son rire se moquant un peu de moi. Le pilote nous informe que nous atterrirons dans une demi-heure. J'en suis soulagée. Mon calvaire va enfin prendre fin. Reste plus qu'à supporter l'atterrissage.

Enfin posés, tous les passagers applaudissent. Cette fois-ci j'en fais autant avec beaucoup d'ardeur, contente et surtout reconnaissante d'être arrivée en un seul morceau ! L'aéroport est petit et très lumineux. La météo annonce des températures très agréables. Un bout d'été dans l'océan Indien en plein hiver français. Un homme nous attend dehors devant son véhicule pour nous conduire à l'hôtel qui se trouve nous dit-il à une bonne distance de là. Pendant le trajet nous découvrons les paysages, les villes que nous traversons dans une circulation ralentie. Notre chauffeur nous décrit ce que nous voyons et nomme les villes et lieux typiques. Il est si avenant, si chaleureux. Les décors sont verdoyants. Nous empruntons une route plus étroite où nous croisons peu de véhicules. Nous passons de petits villages en petits hameaux. Des enfants jouent sur le bord de la route. Ils sont beaux avec leur peau mate et leurs cheveux noir corbeau. Nous longeons une plage magnifique où le sable blanc illumine ce décor de carte postale. Notre chauffeur nous indique que nous sommes arrivés à destination. Devant nous, un très beau bâtiment au toit de chaume bordé de palmiers. Après avoir remercié chaleureusement notre guide, et nos valises récupérées, nous pénétrons dans le hall de l'hôtel. Le mobilier en bois tropical confère au lieu un charme sans équivoque et une ambiance paisible. Notre hôte est très accueillant et charmant. Une fois les formalités accomplies et des explications données sur les lieux, un bagagiste prend nos valises sur un chariot et nous conduit à nos chambres. Nous traversons les jardins exotiques luxuriants sur un petit chemin pavé et arrivons devant une porte en bois. Il s'agit d'une suite avec un salon, deux chambres et deux salles de bain. L'une possède deux lits simples et l'autre un grand lit double. Nous optons naturellement Louise et moi pour la chambre double et laissons le grand lit à Edouard. Nous posons nos bagages. Louise se jette sur son matelas pour en tester le confort. Je fais le tour de la suite : tout est si beau, si soigné, si raffiné. La sobriété des lieux et le goût certain lui donnent un sacré charme. Les salles de bain sont identiques carrelées avec du travertin et possédant de grandes douches. Dans le salon, un canapé et deux fauteuils. Sur la table basse trône une corbeille de fruits tous aussi colorés et appétissants les uns que les autres. Je me dirige vers la grande baie vitrée et découvre émerveillée un jardin aux mille couleurs grâce à des plantes en fleurs. Sur le muret un lézard se dore la pilule. J'aperçois en contre bas l'océan. Je m'avance et arrive au bord d'une plage privée de sable blanc et aux eaux cristallines. Des parasols en paille et des transats attendent les vacanciers. Un ponton longe l'eau et se termine par une cahute en bois et chaume. Une vraie carte postale ! Il faudra que j'immortalise tous ces décors. Je suis rejointe par mes deux comparses. Edouard me tend une bouteille de jus de fruits trouvée dans le minibar de la suite. Nous trinquons tous les trois devant ce cadre fabuleux et paradisiaque.

Nous décidons de nous doucher, nous changer dans des tenues plus appropriées au climat, avant d'aller faire le tour de l'hôtel pour découvrir les lieux et s'y repérer avant d'y prendre un vrai repas. Cette toilette a été revigorante. J'enfile une robe légère fleurie avant de rejoindre Edouard sur la terrasse assis dans une chaise longue. Je prends place sur la deuxième. Je suis fatiguée de ma nuit chaotique, mais si heureuse d'être là avec l'amour de ma vie, ma fille, et Edouard. Un séjour de rêve s'annonce pour nous ! Louise enfin prête vient à notre encontre. C'est ensemble que nous sortons et traversons le jardin tropical bordé de palmiers, bananiers, cocotiers, bougainvilliers de plusieurs teintes et autres plantes dont j'ignore le nom. La pelouse dense est digne d'un terrain de foot des plus grands stades. Le sentier en pierre nous mène le long de la plage où Louise et moi ne résistons pas à fouler le sable de nos pieds nus et les mettre dans l'eau dont la température promet de longues baignades. Un ponton flotte au loin. Des nageurs y sont parvenus avec des masques de snorkeling. Les eaux doivent regorger de poissons colorés. L'eau à mi-mollet, immobiles, des poissons rayés noirs et blancs tournent non loin de nous. De belles découvertes sont en perspectives. Nous regagnons le sentier dallé et arrivons aux abords d'une immense piscine à la forme peu commune tout en arrondis et bordées de transats et parasols. Des personnes y profitent de la quiétude du lieu. Nous poursuivons notre découverte par un bar tout en bois où certains savourent des cocktails sophistiqués. Nous rejoignons le hall et ses boutiques sur la droite et une grande salle de restaurant sur la gauche. À l'accueil nous récupérons des brochures des visites guidées, des locations de voiture et des sites à voir. Louise nous rappelle immédiatement qu'elle voudrait aller voir la réserve animalière entre autres de tortues géantes et centenaires pour certaines. Edouard veut aller aux terres des sept couleurs et moi à cette plantation de thé à perte de vue dominée par une maison coloniale qui abrite un musée. L'hôtesse nous présente quelques excursions organisées avec visites guidées lors de parcours typiques de l'Île. Je suggère aux deux autres que ce peut être plaisant de se faire balader comme des touristes au travers de lieux incontournables et avec d'autres aventuriers que nous pourrions rencontrés et appréciés. Edouard en convient même s'il préfère louer une voiture et aller où bon lui semble sans l'entrave d'autres voyageurs. Nous allierons les deux formes de visites. Nous optons pour nous inscrire à une sortie organisée et son périple dans deux jours. Louise a repéré très rapidement la petite boutique qui vend de magnifiques paréos. Le moment est maintenant venu d'aller nous restaurer dignement.

Dans la salle de restaurant trône un grand buffet aux parfums et aux couleurs envoûtants. Tout à l'air délicieux et j'ai envie de tout goûter ! Attention Audrey, si tu ne te montres pas raisonnable, tu vas prendre dix kilos pendant ton séjour ici et tu ne rentreras plus dans tes fringues ! Au diable la balance !

Enfin rassasiés comme il se doit, pour notre premier après-midi au paradis, nous choisissons de prendre un bain de soleil sur la plage où un jeune serveur vient nous apporter d'abord un café bien noir et bien serré puis des boissons rafraîchissantes. Pendant que je me prélasse, Edouard et Louise équipés de leurs masques de snorkeling s'enfoncent vers le large et ce fameux ponton flottant. Ils s'ébattent dans l'eau. Je me repose un peu en laissant divaguer mon esprit et mon regard sur ce qu'il se passe sur cette petite plage. Une embarcation sonore retient mon attention. Un équipage sur une chaloupe en bois joue de la musique. Je reconnais le son de la guitare et des maracas.

Les matelots chantent ensemble. Ils accostent sur la plage et se dirigent de vacancier en vacancier. Ils m'abordent en me décrivant la balade en mer qu'ils proposent au rythme de leurs chants et à la découverte des fonds marins et d'une plage isolée. Cette idée de sortie m'enchante et j'en ferai part à mes acolytes. Afin de me rafraîchir, je m'engage dans l'eau et les rejoins à la nage jusqu'au ponton. En quelques brassées, j'arrive à leur niveau.

— Maman, il faut que tu voies ça ! Prends mon masque et regarde sous l'eau. Suis Papa.

Je m'exécute et m'élance d'abord en surface puis plus en profondeur. Je suis abasourdie par tant de beauté. Les poissons qui ne sont pas effrayés évoluent tout autour de nous. Il y en a des bleus turquoise, des verts, ces petits noirs et blancs rayés, de toute taille. C'est époustouflant de les voir nager tranquillement comme s'il n'y avait aucun danger pour eux. Le calme sous-marin et la vue des poissons m'apaisent. Je remonte à la surface pour échanger avec ma fille et lui rendre son équipement. Le jour décline vite. J'abandonne Louise et Edouard qui veulent aller tester la piscine et je rentre à la suite pour prendre une longue douche délassante. Enroulée dans ma serviette, je m'allonge sur le canapé pour me reposer un petit moment avant d'aller me préparer pour notre soirée. Je m'assoupis sans le vouloir. Je suis réveillée par le chahut de ces deux compères. Ils filent chacun sous une douche. Pendant ce temps je consulte les brochures que nous avons récoltées et le descriptif des services proposés par l'hôtel. Je repère immédiatement les massages de l'institut de soin et beauté. Je me laisserais bien tentée par l'un d'eux durant ce séjour.

Mes yeux se relèvent de mon flyer et tombent sur Edouard, les cheveux mouillés, vêtu d'un pantalon en lin blanc et torse nu. Je dois dire que le spectacle est plaisant. Edouard est un bel homme au charme certain et humble. Nos regards se croisent et je me sens rougir d'être prise en flagrant délit en train de me rincer l'œil. Je me relève dans une attitude qui se veut la plus décontractée possible et regagne ma chambre où je ferme la porte. J'y retrouve Louise qui peaufine sa tenue. Elle a enfilé une robe moulante noire avec ses chaussures montantes en cuir noir. Malgré ses gros godillots que je n'aurais pas choisis, je la trouve très belle, toute en finesse. J'attrape dans la penderie une robe longue bleu marine avec de fines fleurs colorées dans les tons rouges et or. Le bustier est assez décolleté et le reste de la robe est très évasé. Je ne la porte quasiment jamais parce que je ne me sens pas très à l'aise avec cette vue plongeante sur ma poitrine. Mais je dois dire qu'elle fait son effet.

Louise comme à son habitude a laissé plus ou moins de façon ordonnée ses fringues qu'elle a essayées étendues sur le lit. Je lui intime de me ranger ce Bazard. Pas question de partager une chambre dans cette pagaille. Je suis autant maniaque que ma fille est bordélique. Je ne sais pas de qui elle tient ce côté-là, mais certainement pas de moi !

Nous sortons l'une après l'autre de la chambre. Edouard est de dos. Il se retourne, nous scrute, nous dévisage et nous complimente.

— Waouh les filles, vous êtes resplendissantes. Tous les hommes vont m'envier d'être en aussi bonne compagnie !

— Merci Papa.

— Merci Edouard. Tu n'es pas mal non plus.

— Allons au restaurant mes belles.

— Je prends une petite veste si jamais la fraîcheur tombait.

— Maman qui a toujours froid. Je passe devant, vous êtes trop longs.

— Mmmm Audrey, ses seins !

— Arrête de mater mon décolleté et avance !

— Ça me rappelle des souvenirs…

— Je vais faire comme si je n'avais rien entendu, voyeur !

— Tu ne peux pas me mettre quelque chose de splendide sous les yeux et me reprocher de le regarder.

Toutes les personnes sont très apprêtées et élégantes. Apparemment le dress code est « tenue correcte exigée ». Nous prenons place à une table, guidés par une charmante serveuse aux cheveux noirs comme l'ébène. Je goûte différentes saveurs. Edouard et Louise dévorent comme des ogres. Par chance ils ont tous deux ce même métabolisme qui fait qu'ils peuvent engloutir tout ce qu'ils veulent sans prendre un gramme. Ce qui n'est malheureusement pas mon cas. À peine je regarde un gâteau, que j'ai pris 500 grammes. Ce n'est pas juste ! Pour le dessert je me sers des fruits colorés. De l'ananas, de la noix de coco et d'autres dont le nom m'est inconnu. Je découvre de nouveaux goûts et mes papilles en sont ravies. Le repas terminé, nous nous baladons au bord de la piscine et nous installons sur un salon du bar. Des musiciens y jouent et y chantent dans une ambiance festive puis plus feutrée. Je me laisse bercée par cette atmosphère propice à la détente et à la rêverie. Nous sommes vraiment au Paradis !

Fatigués de notre long voyage et de cette journée bien remplie, c'est avec la même envie de se ressourcer lors d'un bon repos, que nous nous souhaitons une bonne nuit.

Le lendemain, reposée, je m'éveille doucement dans mon lit douillet. La lumière du soleil passe au travers des rideaux pourtant épais. Je m'étire et me lève. Je vais dans le salon où j'ouvre en grand la baie vitrée. Je fais quelques pas pieds nus sur la terrasse puis dans le jardin. L'herbe est encore humide de la rosée. Le soleil brille. L'océan scintille. Des oiseaux chantent dans les branches. Ce jardin est chatoyant. Je n'ai pas rêvé. Tout est bien réel. Pour patienter le temps que Louise et Edouard ne se réveillent, je file sous la douche. À la sortie ma fille me fait face pour me saluer d'un petit bonjour discret et ensommeillé. J'enfile un short et un t-shirt et me dirige dans le salon où Edouard se tient debout dans l'embrasure de la baie vitrée propre et seulement vêtu d'un caleçon.

— Bonjour !

— Bonjour. Bien reposée ?

— Oui parfaitement. Prête pour profiter pleinement de cette magnifique journée qui s'annonce.

— J'ai besoin d'un café pour commencer. Louise est réveillée ?

— Et d'un short ! Oui, elle est en train d'émerger à son rythme. Ça peut prendre plus de temps que prévu.

— Nous avons fait une marmotte !

— C'est l'adolescence. Elle a besoin de davantage de sommeil.

— Vous parlez de moi ?

— Tiens, te voilà déjà ?

— Vous ne croyez tout de même pas que je vais rester au lit quand tant de beauté m'attend.

— On ne pensait pas te voir aussi rapidement.

— Vous m'avez sous-estimée. Bon, vous venez, on va déjeuner !

— Je prends mon téléphone pour prendre quelques clichés.

— Allez les parents, vous traînez !

— Mais à qui est cette enfant insolente ?

Nous prenons immédiatement le chemin vers le restaurant. Je suis tout autant qu'hier charmée par ce lieu magique et paisible. Un lézard d'une taille peu habituelle pour moi file sous nos pas et grimpe à un cocotier. A-t-il conscience de la beauté du lieu dans lequel il évolue ? Une meute de chiens court sur la plage. Ils sont petits et à poil ras. D'où viennent-ils ? À qui sont-ils ? Je n'aurais pas de réponse à cette question. Peu importe. Ils ont l'air heureux. Jusqu'à ce qu'ils soient chassés par un membre du personnel du complexe hôtelier. Ils s'enfuient à toutes jambes.

Autour d'un petit déjeuner fabuleusement garni et savoureux, j'évoque l'idée de partir en mer avec ce drôle d'équipage vu hier sur la plage. Edouard et Louise en sont enchantés. C'est dans cette optique que plus tard, vêtus de nos tenues de plage, nous abordons celui qui semble être le capitaine, ou du moins l'instigateur de cette virée en mer. Il se prénomme Joseph. Il nous présente ses coéquipiers, tous aussi avenants que lui, et le programme : balade en mer, plongeon au milieu des poissons, pique-nique sur une plage déserte, et retour ici tout cela au rythme entraînant de leurs chants. Joseph nous indique que trois autres personnes seront du voyage. Il s'agit d'un couple Thomas et Camille d'une quarantaine d'années et de leur fille Cléa âgée de 16 ans. Les présentations faites, nous embarquons tous dans la chaloupe. Au fil des vagues, les langues se délient et la conversation est engagée. Nous sympathisons tous bercés par la mélodie jouée par la guitare, les maracas, et le tam-tam. Quelle chouette virée ! Toujours derrière la barrière de corail, nous plongeons chacun notre tour pour guetter le moindre animal. J'aimerais tant apercevoir une tortue. C'était sans compter qu'un acolyte de Joseph lance de la nourriture dans l'eau pour attirer les poissons. Des bancs entiers arrivent autour de nous et nous pouvons les observer sans qu'ils ne soient effrayés. Tant il y en a, qu'un matelot parvient en puisant l'eau dans ses mains à capturer quelques petites créatures, qu'il relâche par la suite. Toute la journée se déroule dans une ambiance très conviviale. Arrivés tous ensemble sur une plage déserte de sable blanc et dominée par une petite chapelle, les deux adolescentes s'écartent un peu des adultes et discutent sans interruption. Elles ont l'air de bien s'entendre et de s'être bien trouvées. Cette sortie a été fabuleuse. Je ne regrette pas ce choix. Bien entendu je prends plusieurs clichés avec mon smartphone notamment de ma fille, discrètement car elle n'aime pas poser, mais aussi de son père qui est très photogénique. Sans trop qu'il s'en aperçoive, je le saisis à la volée. Je fige l'instant dans ma mémoire et dans mon portable. Lorsqu'il s'en rend compte, il me dit que moi aussi je dois être sur les photos. Je l'évite, me relève, le contourne quand il essaie de m'attraper. Je l'esquive et cours sur la plage. Il y parvient et nous tombons dans le sable chaud dans les bras l'un de l'autre. Nous rions. Plus grand que moi donc avec des bras plus longs, il arrive à s'emparer de mon téléphone et capture des moments d'échanges complices entre nous. Louise nous regarde amusée tout en poursuivant sa conversation sérieusement avec Cléa. Mais qui sont les adultes, et qui est l'enfant ? À cet instant précis, le doute persiste.

Vers 13 heures, l'équipage de notre petite embarcation, qui nous avait laissé un peu d'intimité, nous rejoint avec un repas autour des mets de l'océan Indien : poissons typiques grillés et crustacés. Des fruits viendront clôturer ce repas en douceur et en saveur. Il n'y a pas de doute, on est bien au Paradis !

Cette sortie se termine par notre retour sur la plage de l'hôtel où une bonne douche nous attend. Louise nous devance et part avec Cléa explorer les abords de ce lieu. J'émets quelques recommandations :

qu'elle ait son portable, ne s'éloigne pas trop et surtout reste dans l'enceinte de notre hôtel. Je m'installe dans la chaise longue sur la terrasse avec un bouquin entre les mains. Je lis sans me rendre compte du temps qui passe quand Edouard me suggère d'aller me préparer pour aller déguster un cocktail au bar en guise d'apéritif avant de dîner. Cette idée me séduit. Par conséquent je me rends dans ma chambre pour me faire belle. J'opte pour une robe longue jaune aux motifs dorés et des chaussures à talons compensés. J'essaie de dompter mes cheveux qui n'en font qu'à leur tête avec ce taux d'humidité ambiante. Pas convaincue par ce résultat capillaire, je rejoins Edouard qui m'attend patiemment dans le fauteuil de la suite. Il a endossé une chemise bleu ciel et un pantalon blanc. Il est vraiment dans le thème, bord de l'océan. Il lève les yeux vers moi et me sourit.

— Tu es ravissante.

— Merci.

— Prends mon bras, je t'emmène.

— Je te suis.

Installés confortablement dans de gros fauteuils en rotin, et servis de magnifiques cocktails, nous parlons. Edouard m'explique ses projets avec la maison de Marie dont il a hérité. Il me fait part de ses orientations professionnelles, de ces opportunités qui s'offrent à lui avec un tel parcours que le sien. Puisque nous sommes dans les confidences, et pour mettre un peu de légèreté à nos échanges, je lui raconte mon séjour à la montagne avec Stéphane. Nous rions. Edouard se moque.

— Comment as-tu pu être attirée par ce genre de mec imbu de lui-même ?

— Au départ il était charmant et charmeur.

— Tu n'as pas compris qu'avec ce genre d'individu, il n'y a que leur petite personne qui les intéresse.

— Il a pourtant eu l'air de s'intéresser à moi.

— Oui au début, puis lorsqu'il a eu ce qu'il voulait, il a tourné les talons vers une autre proie.

— Ce n'est pas un prédateur, mais un séducteur. Il a besoin de courtiser et de plaire.

— Peu importe, c'est un con.

— Je crois que ce qui lui plaît par-dessus tout c'est le chalenge de séduire. Une fois parvenu à ses fins, ça ne l'amuse plus. Il passe à une autre.

— C'est un connard.

— Non, je pense plutôt que c'est un pauvre homme. Je le plains.

— Un pauvre mec ! Et je ne le plains pas le moins du monde. Je déteste ce type d'hommes. Un macho qui profite des femmes.

— Tu sais, je ne me suis pas fait prier. Je suis tout autant responsable que lui de cette mésaventure. Je me suis trompée. Ce n'est pas bien grave. J'ai quand même passé du bon temps. Je t'assure que je ne l'envie pas. Je trouve sa condition plutôt fade et triste. Il enchaîne les relations sans s'en satisfaire. À tout faire en quatrième vitesse, et en ne se posant jamais, je dirai qu'il survole la vie sans l'apprécier.

— Je ne vais pas me lamenter pour lui !

— Il aura finalement perdu son job dans ce cabinet à cause de ses attitudes répétées avec des patientes et des collègues. Il est le grand perdant.

— Mais veux-tu bien cesser de le plaindre ?

— Tu sais que je n'aime pas blâmer les gens même quand ils ont commis des erreurs de parcours. On en fait tous.

— Il n'a pas mesuré la chance qu'il avait d'attirer ton attention et d'être avec toi. Ce mec est un gros naze. Assez parlé de lui, il n'en vaut pas la peine. Viens danser avec moi ! Cette musique me donne envie de bouger. Et ta robe aussi ! Viens !

Edouard s'engage sur la piste de danse où évoluent déjà des couples. Il m'attrape par la main et m'entraîne à sa suite. Je ne peux pas lui refuser ce moment de détente qui me procure un grand plaisir à moi aussi. Nous dansons au rythme de la musique. Il me fait tournoyer, me rapproche de lui, plaque sa main sur le bas de mon dos et me serre tout contre lui. Je sens son corps contre le mien. Je suis appuyée contre son torse musclé où je dépose une main à plat. Le tissu de sa chemise est fin et je peux sentir les pulsations de son cœur. Nos regards se font face. Il esquisse un sourire et sa fossette apparaît. Ça lui donne un sacré charme. Ses yeux rieurs deviennent plus intenses. Nous ne nous quittons pas du regard. Il est si proche de moi que je sens son souffle sur mon visage. Ses lèvres sont si près des miennes. Dangereusement près. Il suffirait d'un rien pour qu'elles ne se rencontrent. Nous restons un laps de temps ainsi, majestueux, quand notre échange que je ne sais pas encore comment qualifier, est interrompu par les applaudissements de la petite foule amassée sur la piste et Louise qui nous y a rejoints. Je m'écarte de lui. Je retire immédiatement ma main, gênée et troublée par ce rappel à la réalité.

— Ah vous êtes là ! Passons aux choses sérieuses mes chers parents, allons manger, je meurs de faim !

Le charme rompu et ramenés sur terre, Edouard et moi sortons de la piste de danse, nos mains rencontrant des difficultés à se séparer. Nous échangeons un dernier regard et nous suivons notre fille en direction du restaurant. Les heures suivantes se déroulent de manière habituelle, détendue et joyeuse. Cette parenthèse si particulière ne reviendra pas sur le tapis, non pas oubliée, mais mise de côté pour l'instant.

Le lendemain nous avons rendez-vous tous les trois avec d'autres voyageurs pour partir en excursion guidée au travers de la région. Au programme : visite d'un marché ouvert, ensuite d'un grand jardin botanique dans une ville voisine, de sa maison coloniale qui abrite une exposition autour de la culture mauricienne, repas dans un restaurant au cachet certain et visite du parc animalier que voulait voir Louise. Nous retrouvons dans le hall de l'hôtel tout d'abord deux jeunes femmes qui seront nos guides pour la journée et un chauffeur. Une autre famille arrive, composée d'un couple d'une cinquantaine d'années, Arnaud et Sarah et de deux jeunes qui se révéleront être des jumeaux de 18 ans, Alex et Emma. Nous sommes rejoints par un autre couple sans enfant, Bruno et Pascal la quarantaine. Les présentations faites, nous pénétrons dans le minibus qui va nous trimballer aujourd'hui.

L'ambiance pendant le trajet est conviviale et elle le restera toute la journée. Les trois jeunes gens, après avoir observé une phase plus distante, se rapprochent et échangent sans plus aucune timidité. Arnaud et Sarah sont en voyage familial avec leurs enfants, une jolie famille qui semble unie, tandis que Bruno et Pascal sont en seconde lune de miel pour le renouvellement de leurs vœux de mariage. Ils sont drôles et si attachants. Leur amour ravit les yeux. Ils ont l'air si complices et si amoureux. Ils forment un très beau couple.

Plus tard au marché, je suis surprise par la foule très dense. Il y a de très nombreux étals dont les odeurs d'épices et les couleurs chatoyantes donnent le ton. Les marchands nous accostent pour nous vanter les mérites de leurs produits. Les allées sont étroites et bondées. Je saisis la main de Louise pour ne pas la perdre dans la nuée de gens. Elle râle dix secondes puis se ravise, car elle, comme moi, n'est pas à l'aise dans la cohue. Je me sens vite oppressée, étouffée, toute petite au milieu de ces personnes toutes plus grandes et plus alertes que moi en cet instant. Louise et Edouard s'arrêtent de stand en stand. Je les regarde aussi, mais j'avoue que l'envie de m'enfuir hors de cette agitation domine. Je déteste la foule depuis mon plus jeune âge. Je scrute les passages par lesquels je pourrais m'échapper. Mon cœur s'emballe. J'ai la tête qui tourne. J'ai des sueurs froides. Mes mains sont moites. J'ai du mal à respirer. Je vois ma fille qui s'éloigne de moi, happée par ses nouveaux amis. Je me retrouve seule. Prisonnière de la densité de population, prise de vertige. Au lieu de me calmer, je m'angoisse à l'idée de faire un malaise ici sans que personne ne s'en rende compte et finir piétinée par les gens. Ralentie dans mes mouvements, je gêne le passage et autour de moi on me bouscule. Je chancelle, je titube. J'ai la fâcheuse sensation d'être un roseau dans le vent qui plie de droite à gauche. En moins élégant et poétique. Je ressemblerais plutôt à un bonhomme culbuto qui se balance ! Je me sens noyée dans cette marée humaine. Je me sens défaillir. J'ai les jambes qui flanchent. Je suis rattrapée de justesse par le bras avec poigne. J'aperçois Edouard qui me fait face et me parle. Le son est loin, comme étouffé. Je ne comprends pas vraiment ce qu'il me dit. À ma mine sans réponse, il me dit de m'accrocher. Je ne suis pas sûre de saisir véritablement ses propos. Il m'attrape et me soulève dans ses bras. Machinalement je place mes mains autour de son cou et me laisse emporter. Il me porte dans une ruelle à l'écart de la foule. Il me dépose assise sur les marches d'une habitation. Il me prend le pouls, me questionne sur mon état, me donne du soda bien sucré. Je reprends doucement mes esprits, le remercie d'être venu à mon secours. Au bout de quelques minutes qui me semblent éternelles, je me redresse et m'adosse au mur. Une bande de jeunes arrive en chahutant et en se bousculant les uns et les autres. Ils ne font pas attention à nous. Edouard se plaque contre moi et place ses mains au mur au niveau de mes épaules me faisant une barrière de protection avec ses bras de part et d'autre de moi et tout son corps. Le tumultueux wagon de jeunes gens passe en le bousculant mais il reste stoïque, ses yeux dans les miens. Son attitude se veut très rassurante. Je sens la chaleur de son corps et son parfum. Cet instant est comme hors du temps et de la réalité. Figé. Je ne prête plus attention à ce qui se passe autour de moi. Je suis absorbée par son énergie, par son aura. Et le vert de son regard. Je le remercie une nouvelle fois et je dépose un baiser sur le coin de ses lèvres ne sachant plus si je dois me laisser pousser par mon envie de l'embrasser langoureusement ou par ma raison qui me dicte de mettre de la distance entre nous. J'ai été perturbée par cette ambivalence, ce qui aura valu ce baiser mitigé et chaste. Mon malaise derrière moi, nous reprenons notre chemin en direction du point de rendez-vous que nous nous étions fixés si jamais nous étions séparés. Edouard ouvre la voie et je le suis, ma main dans la sienne. Nous y retrouvons notre fille et le reste du groupe.

— Vous étiez bien longs, vous vous étiez perdus ou vous avez flâné ?

— On a pris un temps de repli avec ta mère.

— Tu es toute pâle Maman. Ça va ?

— Oui ma belle, juste un petit étourdissement.

— Tu es sûre que tu vas bien Maman ?

— Oui oui, ne t'inquiète pas. Tout va bien.

— Il s'est passé quelque chose et tu ne veux pas me le dire, Maman.

— Rien qui doive t'alerter, ma belle.

— Rejoignons le mini bus pour une autre visite plus calme.

— Papa, dis-moi ce qu'il y a.

— J'étais avec ta mère, à l'écart de l'agitation. Maintenant tout va bien.

— Je sais bien que vous me cachez un truc ! Je finirai bien par avoir des réponses.

— Tu connais mon aversion pour la foule ? J'en ai été victime une fois de plus. Edouard m'a été d'une grande aide. Ce n'est rien de plus.

C'est ainsi que nous reprenons notre route en direction de notre prochaine étape. Effectivement la visite du jardin botanique et de son exposition a été plus calme et davantage appréciable. Au centre, trône un immense bassin où flottent de gigantesques nénuphars. Des arbres centenaires sont dressés de toute part formant une grande allée menant jusqu'à une demeure de style colonial abritant un restaurant très chic où nous déjeunons tous ensemble. Le repas se déroule dans la joie et la bonne humeur. Nous faisons plus ample connaissance avec nos acolytes de la journée. Plus tard nous rejoignons le parc animalier où nous sommes admiratifs devant ses tortues géantes et pour certaines centenaires. Elles ont cet air si paisible et pacifique. Elles se déplacent majestueusement avec cette lenteur qui les caractérise et malgré leur lourd poids. Louise est enchantée et discute avec les soigneurs pour en apprendre davantage sur ces animaux. Elle accompagne un soigneur et nourrit les tortues. Elle a toujours été proche de la nature et aimante des animaux qui peuplent notre Terre. Tout comme moi. Nous adorons visiter les parcs animaliers et réserves où nous sommes toujours ébahies par la beauté de la nature et respectueuses de ses êtres.

Sur le trajet du retour en fin de journée, je prends place à côté d'Edouard. Louise s'est installée à côté d'Emma et Alex. Ils se font écouter leurs musiques favorites respectives et élargissent ainsi leur champ d'horizon. Je me sens gagnée par un coup de fatigue irrépressible. Je n'arrête pas de bâiller. Mon voisin s'en aperçoit et me fait signe de venir me caler contre son épaule. D'abord hésitante, je me laisse tenter et me place contre lui. Il m'entoure de son bras. Ainsi installée, je me laisse aller et m'endors pendant tout le trajet. Ce repos a été très récupérateur. Cette épaule forte et apaisante. À notre arrivée à l'hôtel, je suis un peu groggy par le sommeil, mais sereine.

Les jours qui suivent sont sous le signe de la détente au rythme de nos baignades, de l'exploration sous-marine, et de la découverte de cette île fabuleuse à la beauté inégalée. Un jour nous mettons à profit notre temps pour nous rendre dans un lieu que Marie affectionnait tant pour nous recueillir et répandre ses cendres. Elle avait laissé pour consigne de disperser les poussières d'elle et de sa vie au-dessus de l'eau au pied d'une petite chapelle. Nous nous asseyons un moment sur le banc, nos mains liées. Une émotion nous gagne tous les trois et davantage Edouard. Il rompt cet hommage, car il ne veut pas que nous soyons tristes. La dernière volonté de Marie a été respectée.

Par ailleurs d'autres visites ont été mémorables. Toutes en très bonne compagnie avec ceux qui sont devenus des amis. Celle du site des terres aux sept couleurs qui est un lieu naturel exceptionnel et protégé. Celle de la cascade de Chamarel immense. Celle d'un temple hindou au bord d'un bassin géant et peuplé de singes en liberté. Le guide nous a mis en garde de ne pas donner de nourriture aux animaux, gardiens de ce lieu de culte. Mais c'est sans compter la malice des singes qui nous ont encerclés. Me reculant de plus en plus, je me suis éloignée du reste du groupe. Les singes me touchent, essaient d'ouvrir mon sac pour y fouiller en quête de nourriture. J'aime les animaux, toutefois depuis mon plus jeune âge j'ai toujours eu peur des singes. Ces créatures m'effraient peut-être par leur ressemblance avec l'homme ou leur ruse. Louise me voit en galère avec ces macaques et rit de la situation. Elle se moque carrément de moi. J'ai besoin d'aide. Je ne parviens pas à me frayer un chemin pour me libérer. J'appelle Edouard qui une fois de plus sans se faire prier vient à mon secours, écartant les singes et nous traçant une voie de repli.

— Merci, Edouard.

— Il n'y a pas de quoi, Audrey.

— Ça deviendrait une habitude d'avoir besoin de ton aide !

— Autant que tu le voudras.

— Je te remercie de m'avoir sorti des griffes de nos cousins.

— Avec plaisir. Tu pourras toujours compter sur moi. Je serai toujours là pour Louise et toi.

— Heu, il est toujours question des singes ou d'autre chose ?

— Pour les singes, pour la foule et pour tout le reste. Je veux être présent pour vous, pour toi Audrey.

— Tu l'es déjà.

— Je veux être davantage.

Il se rapproche de moi, si proche, tellement proche.

— La question est : qu'est-ce que toi tu veux, Audrey ?

Ses yeux plongés dans les miens. Est-ce une illusion, une idée que je me fais ou la réalité ? Serait-il en train de sous-entendre autre chose qui m'échappe pour le moment ? Qu'attend-il de moi ? Mon trouble est rompu par notre fille qui nous appelle pour venir voir l'intérieur du temple. Elle me sauve la mise ! Je pénètre à mon tour dans le temple une fois déchaussée. Je suis subjuguée par la splendeur du lieu, ses ornements, ses statues de divinité hindoues, les offrandes, les fleurs déposées. Je suis immédiatement gagnée par une grande quiétude qu'inspire cet endroit empli de sagesse. Je ne suis pas croyante en un quelconque Dieu. Mais je crois en la magie que confère un lieu et à l'état d'esprit qu'il peut induire sur les hommes et les femmes. Ce temple est propice au recueillement et à la réflexion. Je m'assois un moment par terre en tailleur sur un grand tapis coloré. Même les singes respectent ce lieu et n'y entrent pas malgré la porte grande ouverte. Je prends quelques minutes pour me ressourcer, me sentir régénérée. Il y a une énergie qui se dégage et qui m'enveloppe. Je pourrais rester ici des heures. Mais mes compagnons de voyage vont m'attendre. C'est à regret que je ressors du temple. Je suis rejointe par Sarah. Les autres ont avancé plus vite que nous.

— Je vous ai observé et c'est beau de voir cette complicité qu'il y a entre vous deux.

— Ma fille et moi sommes proches.

— Non, je faisais référence à toi et Edouard. On voit tout l'amour qu'il éprouve pour toi dans ses yeux. Amoureux comme au premier jour. Vous formez un très beau couple.

— Ah non, tu fais erreur, Edouard et moi ne sommes pas ensemble. Il est juste le père de ma fille et un ami.

— Il y a plus que de l'amitié entre vous, ça crève les yeux ! Et je ne me trompe jamais sur ces choses-là. Il t'aime, c'est une évidence !

— Détrompe-toi, il ne se passe rien entre nous.

— Pour l'instant…

Mais qu'est-ce que Sarah a bien pu observer dans nos comportements qui la laisse supposer qu'Edouard aurait des sentiments pour moi ? Et si c'était moi qui me trompais ? Qu'ai-je pas vu ? Je le regarde. Sarah l'a rejointe et lui chuchote quelques mots qui ne me parviennent pas. Son regard se pose sur moi. Il me fixe immobile et esquisse un sourire du coin des lèvres.

Chapitre XI

Notre séjour est vraiment idyllique ! Cette île est dépaysante, ressourçante, magique. Les paysages, l'hôtel, les gens, leurs cultures variées qui se côtoient. Je comprends Marie qui aimait y venir et y revenir régulièrement. Je pourrais vivre ici sans problème. Il me manquerait cependant ma famille. Maurice est un cadre enchanteur où il fait bon vivre. Certains touristes disent que c'est trop petit et qu'ils tourneraient en rond. Oh ce ne serait pas mon cas ! Je ne m'en lasserais pas et je ne m'ennuierais pas. Il y a tant de découvertes et tant de rencontres à faire ici. Apprendre à prendre le temps, à vivre autrement, recentré sur l'essentiel. J'espère pouvoir y revenir dans ma vie et y séjourner plus longtemps.

Louise s'est fait de nouveaux amis et passe pas mal de temps avec eux. Il y a Alex, Emma et aussi Cléa. Ce qui fait que Edouard et moi sommes très souvent tous les deux. Nous sommes devenus plus proches. Je retrouve cette sensation qui m'avait séduite quand je l'ai rencontré il y a plus de 18 ans. Cette complicité et cette aisance entre nous comme lorsque nous étions jeunes et que nous avions eu une aventure ensemble. Il y a une grande fluidité dans nos échanges et dans notre relation. J'aime passer du temps avec lui. J'aime sa compagnie. J'aime son état d'esprit, sa bienveillance et son humour. J'aime ses yeux verts rieurs, sa silhouette élancée et sportive. Et je me surprends à le reluquer dès qu'il a le dos tourné ! Je sais qu'il en fait autant !

Un jour nous sommes allés en excursion avec nos nouveaux amis et nos enfants respectifs après avoir loué des voitures. Nous avons fait escale dans une immense plantation de thé. Notre petit groupe prend plaisir à découvrir ensemble les beautés de cette île paradisiaque. Nous pénétrons sur ce grand terrain où des arbustes à perte de vue sont plantés et alignés. Nos hôtes nous font visiter leur plantation et nous délivrent des explications. Edouard est d'humeur chahuteuse aujourd'hui. Le propriétaire des lieux a chargé notre guide Kali d'organiser une petite chasse au trésor dans ses terres avec des énigmes sur le thème du thé. Chacun prend son binôme. Louise opte pour un trio et se met avec les jumeaux Alex et Emma. Naturellement les couples se forment et je fais équipe avec mon partenaire Edouard. Chaque groupe de chercheurs part en suivant ses recommandations. Edouard est taquin. Nous trouvons quelques bonnes réponses et nous butons sur une d'entre elles. Il a l'idée de négocier cette réponse avec un autre binôme. Je n'aime pas tricher, mais l'euphorie d'Edouard me gagne et je me prends au jeu. Il faut d'abord se cacher d'un autre couple. Pour cela il m'entraîne par la main dans une remise où sont garées des machines agricoles. Nous nous cachons dans l'entrebâillement de la grande porte en bois. Il s'apprête à parler lorsque je place mon doigt sur ses lèvres et me serre contre lui pour ne pas être aperçus par les autres qui passent non loin de nous. Je guette. Personne ne nous a vus. Je lève les yeux vers lui qui n'a pas bougé d'un millimètre. Ses yeux me fixent intensément. Nous sommes si proches l'un de l'autre. Nos corps se touchent. Je respire doucement son odeur. M'enivre de son parfum. Nous ne prononçons pas un mot. Il repousse mon doigt délicatement de sa main qu'il place autour de ma nuque et son pouce vient caresser mon visage. Il me plaque délicatement contre la porte. Une chaleur m'envahit. Je sens en moi des papillonnements agréables. Nos lèvres se rapprochent et se rejoignent en un baiser doux. Puis un second, puis encore un autre. Nous ne pouvons plus nous défaire l'un de l'autre. Et notre étreinte se veut de plus en plus charnelle. Mes mains parcourent son torse et son fessier. Il relève de sa main ma robe et s'empare de ma cuisse. Il soulève ma jambe nous plaquant fermement l'un contre l'intimité de l'autre. Nous sommes coupés de la réalité, le temps s'est arrêté, comme suspendu. Je voudrais que ce moment dure encore. Cette sensualité qui émane de lui me prend aux tripes. J'en voudrais davantage. Quand tout à coup nous sommes stoppés par un bruit derrière la porte qui se rapproche. Quelqu'un arrive bruyamment. Nous nous arrêtons, mais demeurons serrés et essoufflés. Je reconnais les voix de Bruno et Pascal. Ils entrent et nous surprennent. Edouard sourit quand nos acolytes comprennent qu'ils nous ont interrompus et non pas en pleine quête d'indices pour la chasse au trésor. Bruno sourit en retour et moi je sens le rouge monter à mes joues comme une adolescente prise en flagrant délit. Face aux excuses de Bruno de nous avoir démasqués et face à l'incompréhension de Pascal, Edouard se met à rire de la situation cocasse. Bruno et moi sommes gagnés par ce fou rire devant la mine ahurie de Pascal auquel Bruno répète qu'il lui expliquera tout plus tard. Il tire son mari hors de la grange et nous laisse seuls. Un dernier baiser léger comme une aile de papillon.

— Nous devrions rejoindre les autres avant qu'ils ne nous cherchent.

— J'aurais bien voulu prolonger ce moment avec toi. Tu me fais tourner la tête tant tu es désirable.

— Louise va se poser des questions.

— Louise est grande, ce n'est plus une petite fille.

— Justement.

— Attends Audrey, reste encore une minute avec moi.

— Ce ne serait pas raisonnable.

— Je me fous de ce qui serait ou non raisonnable et aux yeux de qui ? J'en veux plus Audrey.

— Ce n'est ni le moment ni l'endroit.

— Je ne parle pas de ça. Enfin si, ça aussi bien sûr. Mais je te parle de nous. De ce lien qui nous unit depuis toujours.

— Nous sommes liés par notre fille.

— Non pas seulement Audrey. En tout cas pas de mon côté.

— Tu me prends de court Edouard. Viens, allons retrouver les autres.

— OK, mais nous reprendrons cette discussion plus tard au calme.

— Si tu le veux.

Une main dans mes cheveux pour les remettre en place, ma robe ajustée et je sors la première suivie de près par Edouard. Je prends l'air le plus innocent possible quand je rejoins ma fille. Bruno et Pascal sont là aussi et ce dernier m'adresse un clin d'œil pas très discret.

Notre visite de cette plantation de thé se termine par une dégustation dans un petit salon de différents breuvages aux saveurs délicates ou plus prononcées. Puis nous reprenons la route en direction de l'hôtel.

De retour dans le grand hall, Edouard s'attarde quelques instants avec Bruno. Je n'y prête pas plus attention que ça et je me dirige vers notre suite. Une bonne douche me remettra les idées en place. À ma sortie de la salle de bain, Louise m'attend assise sur son lit.

— Qu'est-ce qu'il y a, ma Belle ?

— Maman, est-ce que tu serais d'accord pour que je ne reste pas avec vous deux ce soir et que je sorte de mon côté ?

— Comment ça ? Seule ?

— Non, Bruno et Pascal proposent de m'emmener avec Emma et Alex en ville pour aller manger local et voir un feu d'artifice. Il y aura beaucoup de monde et ton dernier bain de foule ne t'a pas très bien réussi. S'il te plaît Maman, dis-moi oui ?

— Je n'aime pas te savoir seule dans un pays inconnu.

— Je ne serai pas seule, je serai accompagnée d'adultes responsables. Et à titre indicatif, Papa est d'accord.

— Tu t'es déjà adressée à ton père…

— Ne sois pas fâchée Maman.

— Je ne le suis absolument pas.

— Bon c'est d'accord, tu peux y aller, mais garde ton téléphone à portée de main et au moindre souci, tu m'appelles.

— Maman, j'ai presque 18 ans. Et je serai bien entourée.

— OK, permission de minuit.

— 1 heure du matin ?

— Non, n'abuse pas, Louise. Minuit, ma Cendrillon.

— Merci Maman ! Je suis trop contente ! Comme ça, vous serez tranquilles Papa et toi…

— Qu'est-ce que tu as dit, je ne t'ai pas entendu, Louise ?

— Rien du tout ! J'envoie un message aux autres pour les prévenir que je me joins à eux et je file me préparer.

— J'ai bientôt terminé dans la salle de bain. Je te laisse la place.

Edouard nous rejoint enfin dans la suite. Nous n'avons pas pu reparler de ce qu'il s'était passé cet après-midi dans la grange. Et je crois que cela m'arrange bien. Je décide de ne plus réfléchir et de laisser les évènements venir comme ils l'entendent. Arrête de cogiter Audrey ! Et laisse-toi porter par le vent. Je fais taire cette petite voix dans ma tête et m'occupe à autre chose. J'opte ce soir pour une robe rouge vif mi-longue et boutonnée. J'attends sur le canapé du salon mon cavalier de la soirée. Edouard arrive tout de blanc vêtu et la chemise légèrement ouverte. Je sens dans mon ventre quelques papillons que j'essaie d'ignorer.

— Tu es très élégant.

— Merci. Tu es radieuse.

— Papa, Maman, vous êtes trop beaux tous les deux !

— Je me suis entendu avec Bruno et Pascal sur le déroulé de votre virée en ville. Ils vous ramèneront ici à minuit tapante. Je t'attendrai dans le hall de l'hôtel.

— D'accord Papa. Passez une bonne soirée !

— File ma Belle !

Louise s'échappe à toutes jambes, trop pressée de retrouver ses amis et de s'éloigner un peu de ses parents qu'elle a sur le dos depuis bien trop longtemps pour une ado.

— Tu es prête Audrey ?

— Oui.

— Notre table nous attend.

Je sors la première suivie de près par mon acolyte. Nous marchons dans l'obscurité tombante et au moment de tourner vers la droite pour aller au restaurant, il me prend la main et m'emmène sur un sentier à gauche menant en direction de la plage.

— Où m'emmènes-tu ?

— Dans un endroit un peu particulier.

Nous nous engageons sur le ponton au-dessus de l'océan où un maître d'hôtel nous accueille. Il nous guide jusqu'au bout dans une cahute tout en bois éclairée par des guirlandes lumineuses, où la lune se reflète sur l'eau et où est dressée une très belle table sur laquelle trône un seau à champagne. Tous ces éléments réunis confèrent à ce lieu un côté romantique que je ne peux pas ignorer. Je suis sous le charme de la féérie de ce petit restaurant. Et de mon partenaire pour cette soirée. Le serveur nous verse du champagne dans nos coupes à cet effet. Des pétales de bougainvillées fuchsias sont éparpillés sur la nappe. Nous sommes bercés par le bruit des vagues douces qui ondulent. Les mets sont délicieux et nos échanges le sont tout autant. Entre le plat et le dessert, Edouard choisit ce moment pour engager une discussion sur un thème plus personnel, plus intime.

— Audrey, j'ai toujours admiré ta façon de voir la vie, ta force et ta capacité à voir le bon dans chacun d'entre nous. Cette volonté de vivre et de profiter des petits bonheurs simples. J'aime la personne que tu es et ta liberté. Tu te fous de ce que pensent les autres et tu avances dans le sens que tu as défini. Tu es déterminée. J'aime celle que tu es et je me sens bien avec toi. Tu éveilles en moi ce qu'il y a de meilleur. Tu n'éveilles d'ailleurs pas que ça ! Tu es belle, désirable, tu me troubles. Je peine à me contenir. Je voudrais te serrer dans mes bras, te respirer, te toucher, t'embrasser. Je suis ivre de toi. On s'entend si bien, on est sur la même longueur d'onde, on se comprend sans parler.

— On forme une belle équipe depuis 18 ans.

— Je ne pouvais pas espérer meilleure mère pour notre fille. Mais ce n'est pas de cela dont je te parle. Je ne fais pas référence à notre parentalité, je parle de toi, de moi, de nous. Enfin, de ce qui pourrait être nous. J'ai envie de tenter l'expérience avec toi d'être au-delà que de simples parents.

— Je ne peux pas te donner ce que tu veux Edouard. Tu le sais pertinemment, j'évolue seule.

— Justement, tu n'en as pas marre d'être seule avec des mecs de passage en CDD ? Moi oui.

— Ah parce que tu te sens seul, tu imagines une histoire entre nous ?

— Non, ce n'est pas ce que je voulais dire. Nous avons évolué chacun de notre côté pendant toutes ces années. J'ai cherché ailleurs ce que j'ai cru trouver à un moment donné. Mais je me trompais. Ce n'était pas avec elles que je voulais être, mais avec…

— Chut, ne gâche pas ce moment délicieux avec une malheureuse phrase que tu regretteras demain.

— Ce que je regrette, c'est de ne pas mettre lancé plus tôt, beaucoup plus tôt. De ne pas t'avoir dit…

— Profitons juste de l'instant présent ici sans se soucier du reste. Une parenthèse enchantée qui nous fait du bien et dont on a envie tous les deux. Invite-moi à danser sur cette douce mélodie.

— Audrey, je voudrais qu'on poursuive cette discussion.

— Chut, viens.

Je place mon doigt sur ses lèvres et me lève en lui prenant la main. Je me love dans ses bras et nous dansons lentement serrés l'un contre l'autre. Je relève les yeux vers lui et nos regards se croisent. Je vois cette lueur dans ses yeux verts. Je crois que la lune se reflète aussi dans l'immensité de son regard. Je caresse ses lèvres du bout de mon doigt qu'il embrasse. Cette petite danse en public se veut plus sensuelle que de raison. Je l'embrasse tendrement. Il me rend mon baiser dans une étreinte. Il me serre fort contre lui. Il fait glisser sa main sur le bas de mon dos puis sur mes fesses. Je sens sa puissance et son envie.

— Viens.

Il me prend la main, remercie nos hôtes, les salue et m'entraîne à sa suite. Lorsque nous arrivons sur la plage dans un endroit pas éclairé, il se retourne vers moi et m'embrasse fougueusement avec ce désir grandissant que je ressens également. Nous n'y tenons plus. L'envie est bien trop forte. L'attirance trop évidente. Je brûle intérieurement pour lui. Cette fois-ci, c'est moi qui l'entraîne jusqu'à notre suite. Pendant que je déverrouille la porte d'entrée, il m'embrasse dans le cou de manière très explicite sur le déroulé des évènements. Nous pénétrons essoufflés dans la chambre, sa chambre. Il s'assoit sur son lit et me tire à lui. Je lui fais face placée entre ses jambes. Je l'embrasse sensuellement et grimpe sur lui. Je le plaque sur le dos et déboutonne le haut de ma robe laissant entrevoir mes dentelles. Il prend le relais, ses yeux rivés aux miens puis qui glissent sur mes seins. Je peux voir le désir obscurcir son regard. Je défais sa chemise, son pantalon et caresse cet homme si désirable. Il est si tendre, si doux, si sexy, si sensuel. Il est dans l'échange et le partage. Il n'est pas centré sur sa personne, mais sur le plaisir qu'il donne. Il prend le temps de faire monter le désir. Je me laisse complètement aller à lui. Je ne réfléchis plus, je ne suis plus en mesure de penser. Nous faisons l'amour longuement avec passion et tendresse mêlées. Une véritable osmose entre nous comme si nos corps se reconnaissaient, se reconnectaient et ne faisaient plus qu'un. Je savoure ces moments intenses jusqu'à cette apothéose qui me gagne. Qui nous gagne ensemble, synchronisés, en lien. Quel délice ! Il conclut cet ébat par un baiser chaud sur mes lèvres gonflées de plaisir. Il se repositionne à côté de moi sur le flanc et me fait face. Je me tourne délicatement vers lui. Il retire doucement une mèche de mes cheveux qui s'était placée devant mon visage. Il caresse mon épaule et tout le long de mon bras. Il poursuit sur ma hanche. Il est doux, il est tendre. Je me sens comblée et repue de cet échange charnel. Apaisée, je me sens vraiment bien. Nous restons sans parler un moment. Juste à nous regarder et nous effleurer du bout des doigts. Je me cale sur le ventre et il caresse mon dos et mes fesses rebondies. Je me sens si bien que je m'assoupis quelques instants, bercée par le va-et-vient de sa main et par sa chaleur qui m'envahit. Je m'endors dans l'odeur de sa peau.

Je sens un baiser, puis deux, puis trois sur mon épaule, sur ma nuque. J'ouvre un œil. Je le vois avec un sourire aux coins des lèvres faisant apparaître sa fossette. Ses grands yeux verts.

— Il faut que tu te réveilles et que tu regagnes ta chambre si tu ne veux pas à avoir d'explications à donner à Louise.

— Hum. Quelle heure est-il ?

— Il est minuit et demi.

— Louise ?

— Elle va arriver sous peu. J'ai contacté Bruno et me suis arrangé avec lui pour gagner un peu de temps et profiter de ces instants avec toi.

— Qu'as-tu dit à Bruno comme excuse ?

— Je n'ai pas eu à lui en donner. Il sait. Il avait compris qu'il se tramait quelque chose entre nous. C'est pour cela qu'il a suggéré cette sortie à Louise.

— Bruno était de mèche ?

— Oui, je l'avoue.

— Tu avais déjà tout prévu.

— Non, mais je l'espérais sincèrement.

— J'ai passé une soirée délicieuse en tous points.

— Moi aussi. J'aurais tellement aimé profiter encore toute cette nuit de ta chaleur. Mais je suppose qu'il n'est pas envisageable pour toi de prolonger ce plaisir et de rester ici avec moi.

— Non. Louise ne doit rien savoir. Elle s'imaginerait des choses.

— Comme une suite entre nous ? Une vraie relation ? C'est pourtant ce que j'espère aussi secrètement.

— Tu sais que ce n'est pas possible. Ne gâche pas ce qu'il vient de se passer entre nous. Ne gardons que le bon.

— Oh crois-moi, je ne retiens que ça. Allez la belle au bois dormant, il est temps de regagner votre chambre en toute discrétion. Il faut que j'aille chercher Louise à l'accueil.

Après un dernier baiser, je me lève, traverse sa chambre, nue, jette un dernier regard à cet homme si plaisant et sexy et file telle une gamine qui voudrait éviter ses parents. Je me dirige dans ma salle de bain où j'inspecte mon reflet satisfait. Je fais une brève toilette, enfile des vêtements de nuit et m'allonge dans mon lit, heureuse de la tournure de cette soirée, de ce voyage. Edouard m'informe qu'il part chercher notre fille. Je patiente un moment, mais je suis vite gagnée par une quiétude. Je porte sur moi encore son odeur. Je me remémore le souvenir de son aura. C'est ainsi que je m'endors paisiblement. Je ne les entends que de loin rentrer et aller se coucher. Je plonge dans un profond sommeil.

Le lendemain matin, à mon réveil, je me sens dans un état de plénitude. Je sors de ma torpeur et me lève de mon lit. Je quitte la chambre sur la pointe des pieds. Je rejoins le salon où la baie vitrée est grande ouverte. J'y découvre Edouard torse nu, pieds nus, installé dans une chaise longue à contempler la vue sur le jardin et l'océan en toile de fond. Je m'avance vers lui sans un bruit. À sa hauteur, je dépose un baiser sur sa joue juste aux coins de ses lèvres. Il lève les yeux vers moi et me salue.

— Bonjour belle au bois dormant.

— Bonjour.

— Tu as bien dormi ?

— À merveille. Et toi ?

— J'ai eu du mal à trouver le sommeil. Je n'avais qu'une envie, que tu me rejoignes dans mon lit. Je n'arrêtais pas de penser à ton corps que je voulais retrouver. Tu m'as manqué cette nuit. J'ai beaucoup réfléchi et…

— Ne dis rien. Ce qu'il se passe à Maurice, reste à Maurice. Une parenthèse enchantée. La réalité nous retrouvera bien assez tôt. Profitons encore de ces plaisirs que cette île nous offre.

— Il n'y a pas que l'île qui me procure du plaisir. Cette nuit était délicieuse. Ça m'a rappelé notre complicité de notre jeunesse et de ces quelques fois ces dernières années où nous avons ensemble débordé du cadre que tu avais fixé. Je me suis senti tellement connecté à toi.

— Ça ne s'explique pas, mais moi aussi je me suis sentie en osmose avec toi.

— J'ai bien une explication à te donner, mais je ne suis pas sûr que tu aies envie de l'entendre.

— Garde ta théorie pour toi. La mienne est que nous sommes sur la même longueur d'onde.

— La mienne va plus loin que ça.

— Louise était contente de sa virée entre amis ?

— Oui, elle était très enthousiaste. Elle te racontera.

— Je file sous la douche.

— Tu ne veux pas m'accompagner dans la mienne ?

— J'aurai bien aimé, cependant Louise est juste là et risque de nous surprendre.

— Cela ne t'a pas toujours dérangé.

— C'est vrai. Lorsque Louise était petite, on pouvait lui raconter un bobard si elle nous avait surpris. À presque 18 ans, si elle nous voyait sortir de ta salle de bain tous les deux, elle ne mettrait pas longtemps à nous démasquer. Je ne prendrai pas ce risque.

— Nous ne faisons rien de mal. Et je pense que tu te trompes sur sa réaction.

— Elle serait perturbée.

— Ça m'étonnerait beaucoup qu'elle émerge avant plus d'une heure. Ça nous laisse un peu de temps devant nous. Ne te fais pas prier, viens avec moi.

— Ne me fais pas ces yeux auxquels il est inhumain de résister.

— J'y vais. Rejoins-moi si tu le veux.

Il se lève, passe contre moi, m'effleure les fesses et dépose un baiser chaud dans mon cou. Je peux sentir son souffle sur ma peau. C'est si sensuel. Ça éveille en moi des frissons qui me parcourent le corps. Comment ne pas céder à cette tentation ?

— Je n'ai pas beaucoup de temps.

— Ce n'est pas ce que j'envisageais, mais je m'en contenterai. Viens ma cachottière !

C'est ainsi que nous nous engageons dans sa salle de bain, lui de manière naturelle et décontractée, et moi en catimini, discrètement après avoir verrouillé la porte de sa chambre. J'ai tout juste le temps de pénétrer dans la pièce qu'il est déjà nu et motivé pour nos retrouvailles charnelles. Il se tourne vers moi et ôte ma nuisette qu'il jette par terre. Il m'enserre et m'embrasse fougueusement. S'ensuit un pur moment de plaisir partagé sous l'eau chaude que j'aurais aimé faire durer plus longtemps. Toutefois, le bonheur que cela me procure, nous procure, est si intense que je me sens en harmonie avec lui et pleinement satisfaite. C'est avec regret que je le laisse se rhabiller seul et m'enfuis juste vêtue d'une serviette. Je l'embrasse une dernière fois, repousse ses mains baladeuses avant qu'elles ne réveillent en moi encore ce désir irrésistible. Je pénètre à pas de loup dans ma chambre encore plongée dans le noir. J'attrape des sous-vêtements et une petite robe courte, légère et fleurie. Je sens un sourire figé à mes lèvres tant je me sens bien. Inexplicablement si épanouie. Edouard éveille en moi un sentiment que je n'avais pas ressenti depuis une éternité. Je me pensais incapable de ressentir à nouveau cette vague de plénitude. Et si Edouard était celui que mon âme attendait depuis longtemps ? Non Audrey, ôte-toi cette idée saugrenue de l'esprit ! Et si seulement…

— Maman, tu es déjà prête ? Tu veux bien ouvrir les rideaux s'il te plaît ?

Je sursaute à en faire tomber ce que je tenais dans mes mains. Je me sens prise en flagrant délit comme un enfant se ferait surprendre en train de voler un bonbon chez le marchand du coin.

— Oh je t'ai fait peur !

— Je pensais que tu dormais.

— Je viens de me réveiller.

— À l'instant ?

— Oui. Papa est levé ?

— Oui.

— Il est déjà prêt lui aussi ?

— Je crois que oui. Tu es contente de ta soirée en ville ?

— C'était génial ! Mais on est rentré tard. Le réveil est compliqué ce matin.

— Ma petite vieille, tu ne tiens plus le coup !

— Laissez-moi dormir encore un peu. Allez déjeuner ensemble si vous le voulez, je vous rejoindrai un peu plus tard. Je comate encore quelques minutes.

— Je t'avoue que je meure de faim ce matin. On y va. Rejoins-nous au restaurant. Mais ne tarde pas trop tout de même.

Je l'embrasse sur le front, caresse ses cheveux et la laisse sommeiller. Je vais dans le salon où Edouard m'attend. Il a entendu notre conversation et me propose donc de nous rendre au buffet à deux. Nous sortons dans le jardin, longeons le sentier du bord de plage à travers ces plantes exotiques. Nos mains s'effleurent. Ses doigts caressent les miens. Nous les entrelaçons et marchons d'un même pas, en cadence, main dans la main. Le temps est suspendu pendant ce court moment de grâce.

Notre séjour se termine dans deux jours. Nous profitons ensemble de moments parfois longs et parfois très furtifs. Tous les petits plaisirs sont bons à prendre et à savourer. Nous sommes en symbiose. Je sais qu'à notre retour en France, tout reprendra sa place et nous reprendrons nos routes chacun de notre côté. Ces deux semaines ici dans ce décor, loin de tout, loin de la réalité et de nos quotidiens auront été bénéfiques et revitalisantes. Un répit dans nos vies parfois mouvementées, parfois routinières, parfois trop pleines, et parfois trop vides.

Le jour du retour est demain. J'attends que Louise s'endorme et je sors de mon lit discrètement. Je traverse la suite et pénètre dans la chambre d'Edouard sur la pointe des pieds. Il fait noir. Il dort. Je me glisse sous les draps tout contre lui et l'embrasse tendrement. Je viens me blottir contre son torse. Je respire sa peau. Dépose de petits baisers sur ses pectoraux et sur ses lèvres. Il émerge doucement et m'enserre dans ses bras. Puis il répond à mes appels avec ardeur en se retournant d'un coup et en grimpant sur mon corps qui lui est bien éveillé. Nous faisons l'amour comme si c'était la dernière fois. Pressés par l'intensité du désir et avec tendresse comme pour se quitter. Au petit matin, je retourne dans ma chambre et vais finir la nuit dans mon lit, repue de plaisir, apaisée, mais avec un sentiment de tristesse. Ce doit sans doute être le fait de laisser cette île paradisiaque derrière nous et de terminer nos vacances.

Le jour du départ est arrivé plus vite que je ne l'aurais voulu. Cependant tout a une fin. Il faut regagner l'aéroport. Nous ne sommes pas les seuls à partir aujourd'hui et à prendre cet avion. Bruno et Pascal embarquent également. Nous disons chaleureusement au revoir à Arnaud, Sarah, Alex et Emma qui prolongent leur séjour ici. Louise et Emma ont les larmes aux yeux et se serrent fort l'une dans les bras de l'autre. Je dois admettre que j'ai moi-même une certaine émotion ce matin que j'ai du mal à contenir. Nous nous promettons tous de nous donner des nouvelles, d'échanger nos photos de groupe et pourquoi pas de nous rendre visite dans nos villes respectives. Je ne sais pas si nous le ferons. Peut-être communiquerons-nous par téléphone quelque temps avant de tomber dans l'oubli. Ainsi va la vie.

Nous repartons de Maurice avec les yeux remplis d'images époustouflantes, de souvenirs en mémoire et de belles rencontres. Nous embarquons avec des bagages bien plus gros qu'à l'aller et le cœur plus rempli. J'ai emporté avec moi une petite bouteille remplie du sable blanc de la plage et de ses petits coquillages et coraux échoués. Je garderai un petit présent de cette île pour me souvenir à tout jamais de ce qu'elle m'a offert. Le bonheur de vacances tous les trois, un esprit de famille unie et des moments volés avec Edouard. Le vol du retour se fait de jour et dans de meilleures conditions. Pas de turbulences. Louise consulte son téléphone, ses messages et ses clichés tout en écoutant de la musique. Elle a encore les yeux rougis. Ce voyage lui aura donné de merveilleux souvenirs. Nous nous confions nos impressions respectives et elle nous fait part à son père et moi qu'elle est heureuse d'avoir fait ce séjour sur les traces de Marie avec nous deux, son père et sa mère. Je la sens chargée d'émotions. La voir ainsi les yeux embués déclenche en moi une vague de bien-être et de chaleur humaine. Je mets à profit ce répit dans l'avion pour me reposer de ma nuit mouvementée et sportive ! Je m'endors contre l'épaule d'Edouard sous le regard bienveillant de cet homme et de ma fille. Les deux personnes centrales dans ma vie.

Le trajet me semble plus court au retour qu'à l'aller. Certainement parce qu'il s'est déroulé dans le calme et sans secousse. Arrivés à l'aéroport de Paris, nous faisons nos adieux à Bruno et Pascal qui prennent une autre direction que la nôtre. Nous nous serrons fort. Nous embrassons bruyamment. Bruno a une attention particulière pour Louise à qui il offre en souvenir un magnifique collier serti de corail. Il sert dans une longue étreinte Edouard à qui il chuchote quelque chose à l'oreille. C'est inaudible pour moi et je respecte leur confidence. Je ne demanderai pas à Edouard ce qu'ils se sont murmuré. Bruno se tourne vers moi.

— Audrey, ma chère, pour l'amour du ciel, laisse-toi aller au bonheur qui vient et te caresse. Tu l'as devant toi, sous tes yeux depuis longtemps. Il est pur et intense. Saisis-le. Ne le laisse pas t'échapper. N'aie pas peur de t'offrir pleinement à lui. Va au gré du vent, sans te mettre de barrière.

Ses paroles glissent sur moi telle une douce mélodie. Toutefois elles ne s'attardent pas et mon esprit les chasse aussi vite. Il ne veut pas éveiller de réflexion, de sentiments.

Nos deux petits groupes se séparent et s'éloignent dans ce grand hall. Nous attendons tous les trois notre heure d'embarquement pour ce dernier vol qui nous ramène chez nous, dans le monde réel, nos routines. J'ai une sensation étrange mêlée de tristesse et de nostalgie. L'île Maurice me manque déjà. Son charme et celui qu'elle a opéré sur nos âmes aussi. Je suis partagée entre mélancolie et satisfaction de retrouver famille et amis. Notre dernier trajet en avion est teinté pour ma part de chagrin. Pour marquer la fin de ce périple, je prends dans chacune de mes mains, celle de Louise et celle d'Edouard.

Aussitôt débarqués, nous récupérons nos lourds bagages et prenons la direction de la sortie. Je suis saisie par le froid glacial de cette nuit d'hiver. Finies robes légères, maillots de bain et crèmes solaires. Bienvenus doudounes, écharpes et gants. Edouard engage un taxi pour nous ramener chez nous. Louise et moi sommes déposées en premier. Edouard demande au chauffeur de marquer une pause le temps que nous nous disions au revoir. Il serre sa fille dans ses bras et l'embrasse sur le front. Il se tourne vers moi et sans rien dire m'enlace chaleureusement et pourtant avec une pointe de brume. Je réponds à son câlin avec la même morosité. Nous savons tous les deux pertinemment que notre parenthèse enchantée est bel et bien terminée à cet instant précis. Je constate que ses yeux se sont assombris. Et les miens retiennent une larme que je cache très rapidement. Il remonte en voiture pendant que Louise et moi pénétrons dans le hall de notre petit immeuble. Un dernier signe de la main et nous nous séparons. Les vacances sont finies.

Chapitre XII

Les jours suivants notre retour ont été particuliers. Louise a repris le chemin du lycée et moi du cabinet médical. Nous n'avons pas vu Edouard. J'ai été heureuse de raconter mon séjour à mes collègues. Stéphane ne travaille plus au cabinet et l'équipe s'en réjouit. Comme à son habitude l'ambiance de travail est détendue et joyeuse. Pourtant je n'arrive pas à masquer ce sentiment morose que je me traîne depuis plusieurs jours. Je me sens vide. Je suis envahie par un grand spleen. Je ne suis cependant pas une personne qui se laisse aller à ce genre d'émotions. Je suis une battante. Une éternelle optimiste. Mais là je me sens perdue, éteinte, lasse. Il me manque quelque chose. Mon âme est comme fissurée, incomplète, esseulée. Mon quotidien me semble fade.

Pour ne pas me laisser gagner par cette déprime, ce soir, c'est décidé, au lieu de rester seule à me morfondre chez moi pendant que Louise est chez une amie, pour me changer les idées, je sors avec Pauline dont la joie de vivre est communicative et contagieuse. Nous nous retrouvons en ville dans un restaurant au cœur d'une librairie. J'adore ce concept. Il s'agit d'une vieille bâtisse toute en pierres apparentes au fond d'une grande cour pavée, et aux nombreuses petites salles toutes voûtées. Des milliers de livres sont répartis sur des étagères et des tables trônent au milieu. Il règne dans ce lieu un côté intimiste que j'apprécie surtout ce soir. Cet endroit est propice aux découvertes littéraires, aux échanges et aux confidences. Je raconte mon séjour idyllique à mon amie en lui avouant mes retrouvailles secrètes avec Edouard et notre intimité partagée. Pauline n'a pas l'air surprise. Elle arbore un sourire satisfait que je ne comprends pas immédiatement. Je dois même admettre qu'il me faudra un certain temps pour que j'en saisisse toute la signification. Je lui explique le bien que m'a procuré ce séjour, le bien-être débordant, la sérénité retrouvée, le bonheur intense qui me manque aujourd'hui. Je lui détaille mon état d'esprit depuis une quinzaine de jours. Mon sentiment de me traîner. Ce vague à l'âme persistant et déroutant. Je ne me l'explique pas et surtout je ne me reconnais pas. Depuis la mort de Cédric, je n'ai plus jamais ressenti un tel état de dépression. Je déprime sans raison. C'est bien ma veine ! Je me lamente sur mon petit sort puis je m'énerve contre moi-même et me blâme. Quand tout à coup Pauline éclate de rire. D'un rire si bruyant qu'elle perturbe les autres hôtes de ce lieu qui se retournent aussitôt vers nous avec des regards désapprobateurs. Je reste perplexe et ne comprends pas du tout son attitude.

— Bon sang Audrey, tu n'as vraiment rien compris. Tu es aveugle ma pauvre chérie. Tu ne veux tellement pas laisser entrer de sentiments dans ta vie que tu ne les reconnais même pas quand ils se présentent à toi avec force.

— Ne te moque pas de moi. Je constate amèrement que je déprime. Si je l'ai très bien compris. Et j'en ai honte. Déprimer après un voyage inoubliable, c'est quand même un comble !

— Tu n'es pas dans cet état pour rien. Tu es ainsi parce que tu es triste et tu es en manque.

— Oui je suis clairement en manque de Maurice.

— Oh non, ce n'est pas que Maurice qui te manque ! Tu n'as pas une petite idée ?

— Les vacances me manquent terriblement. Ce train de vie, la dolce vita.

— Tu es vraiment couillonne.

— Je te remercie pour ta franchise, bien qu'elle ne me soit d'aucun secours.

— En fait tu es dans le déni. Tu te fermes tellement aux sentiments amoureux depuis Cédric que tu ne te rends même pas compte de ce qu'il se joue au fond de toi. Audrey, quand vas-tu arrêter de te priver de l'affection d'un homme et te voiler la face ? Tu es si centrée sur la douleur de la perte que tu ne te laisses aucune chance d'éprouver des sentiments depuis presque 30 ans. Tu es ma meilleure amie et je t'aime. Or laisse-moi te dire que tu es la reine des idiotes !

— Décidément on ne peut pas te reprocher de langue de bois !

— Ouvre les yeux, Audrey. Analyse les sentiments que tu ressens. Il faut vraiment que je te souffle tout ? Tu vibres pour lui. Tu revis à son contact. Tu te réveilles. Des sentiments endormis depuis des décennies. Ils te transportent à nouveau. C'est Edouard qui te pousse à aimer à nouveau. Ne vois-tu pas ses yeux quand il te regarde ? Ne vois-tu pas comme tu t'illumines avec lui ? Cesse de t'enfermer dans ta bulle sans amour et laisse-toi aimer. Aime à nouveau !

Ce soir je ne parviens pas à trouver le sommeil. Je suis étendue dans mon lit et je me tourne de gauche à droite sans trouver une posture qui m'aidera à m'endormir. Je n'arrête pas de réfléchir, de cogiter à ce que m'a dit Pauline. Ses paroles résonnent en moi et tournent dans ma tête. Si seulement je réfléchissais davantage avec mes tripes qu'avec mes neurones. Si je me laissais porter par mon cœur et non par ma raison. J'ai souvent été guidée par ma peur de souffrir à nouveau. C'est pour cela que je ne me suis jamais réengagée avec un homme depuis Cédric. Je pense aussi que je n'ai pas vraiment fait le deuil de son amour. Je crois que j'ai voulu lui rester fidèle en n'aimant jamais un autre homme. Je lui suis restée loyale. On ne peut pas me le reprocher. Mais peut-être suis-je passée à côté de ma vie sentimentale ? À côté du grand bonheur de l'amour. Arrête ces conneries Audrey ! N'es-tu pas heureuse ? Si je le suis. Je ne manque de rien. Si je manque de lui… Audrey, reste fidèle à toi-même et à ta ligne de conduite depuis 30 ans et tout ira toujours bien ! Tu en es bien sûre ? Je ne sais plus, je doute et je n'aime pas cette sensation que j'ai longtemps combattue. Je me lève enfin, me dirige dans la salle de bain où j'attrape dans la pharmacie trois petits comprimés magiques à base de plantes médicinales qui m'aideront à me détendre et à m'endormir sans plus penser à toutes ses sornettes.

8 heures. Je me réveille seule dans mon appartement. La nuit n'a pas été de tout repos. J'ai mal dormi. J'ai fait des rêves perturbants dont je ne me souviens pas précisément, mais qui m'ont laissé une sensation désagréable. J'en ai mal à la tête. Une migraine se trame due au manque de sommeil et à mon cerveau qui fume sous ses réflexions. Je n'ai pas faim. Je me prépare juste un café. Je traîne un moment en pyjama dans mon salon avant de plonger dans un bon bain chaud réconfortant. L'eau brûlante m'aidera sans doute à me détendre. Je prends le temps de laver mes cheveux et les peigner. Je m'enfonce sous l'eau, coupée du bruit et de toute sensation. Je me sens couler au fond de la baignoire comme une masse lourde, un poids mort. Lorsque je remonte à la surface à bout de souffle, j'entends la sonnette de la porte et tambouriner. Je reconnais cette voix qui m'appelle. Je la reconnaîtrais parmi des milliers. Que se passe-t-il pour qu'il débarque chez moi à cette heure-ci ? Louise ! Il a dû arriver quelque chose à ma fille. Je sors vite de mon bain, enfile un peignoir et fonce à la porte, ruisselante d'eau et trempant le sol sur mon passage. J'ôte le verrou et ouvre la porte à toute allure. Il est là, essoufflé, beau, lumineux, solaire.

— Edouard, que se passe-t-il ? Où est Louise ?

— Louise ? Elle est chez son amie Carla.

— Elle va bien ?

— Oui je suppose.

— Mais pourquoi diable tambourines-tu comme un fou à ma porte ?

— Il fallait que je te voie, que je te parle.

— Ça ne pouvait pas attendre ?

— Non, j'ai bien trop attendu.

— OK. Entre, laisse-moi une minute pour m'habiller et je t'écouterai.

— Attends, je n'ai plus de temps à perdre. Écoute-moi maintenant.

— Bon d'accord. Tu veux un café ?

— Non je ne veux rien. Enfin si, mais pas ça.

— Je m'en fais un. Vas-y, parle.

— Audrey, Pauline m'a appelé ce matin. Elle m'a fait part de ton état, de tes ressentis qui sont semblables aux miens.

— Ah ben bonjour la confidentialité !

— Elle a bien fait. Elle est au courant de mon point de vue depuis si longtemps et elle a gardé le secret. Elle a compris que c'était le moment. Notre moment. Celui de tout t'avouer. Ce que je dissimule depuis 18 ans. Ce que je ressens pour toi. Ce séjour à Disneyland a débuté ce processus en moi. Celui de me mettre face à la réalité et à mes responsabilités. Je ne pouvais plus faire semblant. Je ne pouvais plus fuir. J'ai fui si longtemps la froideur de mon père et la perte de ma mère. Je suis parti au bout du monde m'isoler d'eux. Du père qui ne m'aimerait sans doute jamais et du vide laissé par ma mère. Je n'ai pensé qu'à me préserver et je me suis tenu loin de ma fille et de toi. J'ai été lâche, égocentrique et terriblement con. C'est lorsque Louise nous a ouvert son cœur que cela m'a fait l'effet d'un uppercut en pleine face. J'ai été d'abord sonné puis j'ai agi. J'ai fait ce que j'aurais dû faire il y a 18 ans. Rester là, auprès de vous.

— Louise t'a maintenant auprès d'elle.

— Je ne te parle pas uniquement de Louise. Et si tu le veux bien, mettons de côté notre parentalité et agissons en tant qu'homme et femme à part entière. Je suis venu te parler de nous. À l'île Maurice, nous étions si proches, si complices, si tendres et passionnés. J'ai aimé chaque instant passé avec toi. J'ai eu un aperçu tellement plaisant de ce que pourrait être notre relation. Une vie à deux. J'ai passé la cinquantaine et je ne veux plus fuir ni faire semblant. J'ai gâché trop de temps. Audrey, je dois t'avouer qu'il y a dix-huit ans, tu m'as fait chavirer. Tu m'as ébranlé. Je n'avais jamais ressenti cela pour personne auparavant. Tu étais si fraîche, si vivante. Rayonnante. Ton aura a irradié mon corps. Mais j'ai été stupide et je n'ai pas voulu venir troubler ta vie avec mes sentiments. J'aurais voulu que tu viennes en Afrique avec moi. Mais je ne pouvais pas t'imposer cette vie loin des tiens. Je n'avais pas le droit de t'entraîner dans ma fuite. Alors je suis parti, seul, terriblement seul. J'essayais d'étouffer mes sentiments au plus profond de moi. J'y parvenais. Mais jamais très longtemps. À chaque fois que je revenais et que je te voyais, tout remontait à la surface. Ces moments où nous débordions du cadre que tu avais fixé étaient pour moi autant de bonheurs que de douleurs. J'ai fait taire mon cœur toutes ces années. À Maurice nous avons passé des instants magiques qui me faisaient vibrer et qui réveillaient en moi des sensations que je ne pouvais pas enfouir. Audrey, j'ai des sentiments très forts et sincères pour toi que je ne veux plus te cacher. Je t'aime de tout mon être, de toute mon âme. Nous sommes des âmes sœurs, je le sais, je le sens. Et je voudrais que nous nous laissions une chance d'être ensemble pour de bon. Je sais maintenant que toi aussi tu ressens quelque chose. Tu ne peux pas me dire le contraire.

— Edouard, je suis navrée que les choses aient été si difficiles pour toi. Je n'avais rien vu, rien compris. J'étais certainement trop affairée à me tenir éloignée de tout sentiment pour ne pas risquer de souffrir à nouveau comme j'ai souffert quand Cédric est mort. J'ai voulu me préserver. Et pour cela j'ai vécu sans ressentir d'amour. Et dès qu'un homme s'attachait à moi, je fuyais. Moi aussi j'ai souvent fui. Je crois que j'ai fui ma vie. En tout cas, ma vie sentimentale. Je n'ai manqué de rien toutes ces années. Je me suis bien portée. Privilégiant ma vie de mère et gardant une liberté qui mettait cette distance entre les hommes et moi. J'ai bien vécu. Je ne regrette pas. Pauline dit que j'ai été aveuglée par ma peur. Et je crois aujourd'hui qu'elle a raison sur toute la ligne. Elle a été clairvoyante lorsque moi j'ai mis des œillères. Quand tu m'as appelé à l'hôtel « La Belle au bois dormant », tu avais raison, j'ai été endormie pendant cent ans. À Maurice, j'ai adoré nos échanges, nos secrets, nos corps à corps. Je me suis sentie vivante, vibrante. Je m'étais enfin réveillée. Mon corps et mon âme se sont éveillés d'un long et profond sommeil auquel je les ai forcés. Je me suis sentie entière, comblée, complètement épanouie. Et depuis notre retour, depuis que tout a pris fin, depuis ton absence, je me sens vide. Il manque à ma vie. J'ai compris cette nuit grâce à Pauline qu'il me manque toi. Je ressens des choses que je n'avais plus ressenties depuis une éternité. Je me considérais bien incapable d'éprouver ces émotions à nouveau. J'ai tout fait pour m'en priver. Aujourd'hui je ne parviens plus à les faire taire. À les étouffer. Et peut-être que je n'en ai plus envie. Je ressens pour toi des sentiments forts, mais qui m'effraient. Je crains d'être blessée à nouveau si cela s'arrêtait et je sais que je ne serai plus en capacité à l'heure actuelle de m'en relever. Je sais que je m'effondrerai.

— Je n'ai pas l'intention de partir Audrey. Je resterai là près de toi.

— On ne sait jamais ce qui peut arriver.

— OK, mais on sait tous les deux ce qu'on perdrait à ne pas essayer. Je veux de cette vie à deux, à trois. Je ne veux plus dissimuler mes sentiments ni être dirigé par mes peurs. Je te veux toi Audrey.

— Mais il faudra lutter contre nos angoisses.

— Je n'ai plus peur de rien avec toi. Je suis confiant. Aie foi en nous. Je t'aime, Audrey.

— Je t'aime aussi, Edouard.

— Tu fais de moi le plus heureux en prononçant ces trois petits mots lourds de sens.

Il se rapproche de moi, saisit le col de mon peignoir et m'attire à lui. Il me fixe de ses grands yeux verts. Cet élan de sentiments avoués me donne le tournis autant qu'il m'enveloppe d'une vague de chaleur. Il amène ses lèvres près des miennes et m'embrasse à m'en faire perdre la raison. Notre baiser est chargé d'émotions et de romance. Edouard dénoue la ceinture de mon peignoir, le fait glisser de mes épaules et le laisse tomber au sol. Je le conduis dans ma chambre où mon lit sera le témoin de cet échange encore plus intense que les fois précédentes, car cette fois-ci il est plein de promesses et de toujours.

Nous ne prêtons pas attention aux heures qui passent tant nous faisons l'amour dans une osmose parfaite. Nous sommes rattrapés par la réalité lorsque nous entendons la voix de Louise dans le salon. Prise de panique, je lance un « bonjour, j'arrive » à l'attention de ma fille. Je me lève en vitesse, enfile des vêtements, me recoiffe un peu, jette un coup d'œil à Edouard décontracté qui me regarde m'agiter en tous sens. Je rejoins ma fille dans la pièce à vivre. Elle dépose ses affaires sur le canapé et me regarde circonspecte. Je ne sais pas quoi lui dire, je me retrouve gênée et prise au dépourvu.

— Ça va, Maman ? Tu fais une drôle de tête. Tout va bien ?

Mais qu'est-ce que je vais bien pouvoir lui dire ? La vérité au risque de la déstabiliser ou une excuse grotesque que même une huître morte comprendrait que c'est une fourberie ? Je n'ai pas le temps de trouver une réponse qu'Edouard nous rejoint, vêtu, mais pieds nus. Louise le regarde de haut en bas sortir de l'espace nuit. Je la regarde fixement puis avec cet air coupable qu'a un chien qui aurait volé le poulet sur la table.

— Eh bien, vous en avez mis du temps à comprendre ce qui est une évidence entre vous et à sortir chacun de votre coin. Vous avez enfin compris que vous dépérissiez loin l'un de l'autre.

— Tu avais compris toi, ma Belle ?

— Oh oui Maman et bien avant toi !

Edouard sourit et se met à rire. Suivi dans son élan par Louise devant ma mine étonnée.

— Maman, si tu voyais ta tête ! Détends-toi. Ne t'inquiète pas. À notre retour de Maurice, Papa et moi avons eu une longue conversation où je lui faisais part de mes constats te concernant. Vous avez cru que je ne remarquerai rien entre vous ? Comment avez-vous pu imaginer un seul instant que j'étais naïve à ce point ? Je ne suis pas dupe depuis toutes ces années. Je sais bien qu'il se tramait quelque chose entre vous et j'ai toujours remarqué le regard de Papa sur toi Maman. J'ai toujours su qu'il avait des sentiments pour toi. Il fallait juste que toi tu le comprennes aussi et que tu l'éprouves. Et tu as eu le déclic. Il t'en aura fallu du temps !

— Ma Belle, tu auras été plus maligne que moi ! Tu aurais pu me l'expliquer pour que je ne mette pas dix-huit à le comprendre. Tu es sûre que c'est moi l'adulte ?

Edouard nous enlace toutes les deux, dépose un baiser sur le front de Louise et un autre sur mes lèvres. Je suis pleinement heureuse et épanouie. C'est ça le vrai bonheur, le bonheur complet, ultime : ma fille et mon homme. Mes deux Amours. Nous trois réunis pour le meilleur à venir.

Épilogue

Six mois se sont écoulés depuis notre périple à l'Île Maurice. J'ai eu cinquante ans, Louise a eu dix-huit ans et est titulaire de son bac avec mention bien, ce qui nous a coûté un permis de conduire et prochainement une voiture ! À la rentrée prochaine, elle intégrera une grande école pour atteindre son objectif de carrière de devenir une ambassadrice pour le développement des pays émergents. Edouard travaille à nouveau pour une organisation humanitaire. Il est basé ici, mais part quelques fois dans différents pays pour mettre en place des projets d'aide et de soins pour les populations démunies au travers du monde. Je bosse toujours au cabinet médical. L'équipe m'a proposé rapidement un CDI que j'ai accepté très volontiers. Une véritable harmonie s'est installée dans ma vie. Un équilibre naturel entre nous trois. Une vraie vie de famille. Entre Edouard et moi, les choses coulent de source. Nous alternons passion fougueuse et tendresse. Ça fait du bien de se laisser aimer et d'aimer à mon tour à nouveau. Il avait raison : nous sommes deux âmes sœurs qui se sont trouvées et rejointes. Il avait vu juste : une vie sans l'être aimé n'est pas complète et vide de sens. Bien entendu j'avais l'amour pour et de ma fille, de ma famille et de mes amis. Toutefois il manquait un élément essentiel. Maintenant que je le ressens, j'en suis convaincue moi aussi et si heureuse d'avoir ouvert ma porte à l'Amour.

Rapidement Edouard a suggéré l'idée que Louise et moi nous installions avec lui dans la maison de Marie dont il a hérité et qu'il a réaménagée à son goût. Louise l'a considérablement aidé dans ce projet qu'ils ont investi autant l'un que l'autre. Après quelques mois de relation chacun chez soi, mais souvent ensemble, pour ne pas dire constamment ensemble, je me suis sentie à l'aise avec sa proposition. Certes j'ai vécu seule toute ma vie d'adulte et j'avais des appréhensions, mais j'en mourrai d'envie. J'ai mis dix-huit ans à voir ce qu'Edouard ressentait, j'ai mis longtemps pour comprendre ce que moi je ressentais à son égard, je ne voulais plus perdre de temps et profiter pleinement de cette nouvelle étape dans ma vie, dans nos vies. Car ce projet commun nous engageait tous les deux en tant que couple, mais aussi et surtout engageait notre fille et induisait une vie de famille. Pour que l'expérience soit une réussite, j'ai voulu mettre toutes les chances de notre côté. Bien que je conserve quelques craintes, on ne se refait pas totalement à cinquante ans, j'ai décidé de prendre ce cap pour le reste de ma vie qui commence aujourd'hui.

Par conséquent Louise et moi avons définitivement emménagé chez Edouard, cette maison qui est devenue la nôtre. J'ai quitté cet appartement qui a vu grandir ma fille, sans regret et avec une pointe d'émotion. J'ai tourné une page, clôturé un chapitre pour en ouvrir un nouveau. Nous vivons dorénavant tous les trois dans cette grande demeure dans laquelle nous avons conservé l'ambiance de Maurice en souvenir de Marie et surtout en hommage à cette île qui aura fait évoluer et naître en nous des sentiments profonds et partagés. Nous sommes accompagnés sur ce chemin par ce compagnon que Louise et Edouard avaient choisi avant notre voyage : ce beau bébé léonberg de 55 kilos qui n'a pas encore fini sa croissance ! Nous l'avons nommé Kali en souvenir de notre hôte à la plantation de thé de Bois Chéri à l'île Maurice, qui avait abrité notre premier baiser chargé en émotions et qui a signé le début de notre relation.

Une longue et heureuse vie à trois (à quatre) nous attend. Il me reste tout autant d'années à venir à être heureuse et amoureuse. Je me vois bien évoluer et vieillir aux côtés d'Edouard. Avec lui, je n'ai plus peur. Jamais seule, à deux, à trois…

Lève toi et marche !

Remerciements

Merci à mes enfants, les Amours de ma vie, de croire en moi et mes projets parfois un peu fous, et de m'encourager. Vous êtes mes étoiles. L'essence de ma vie.

Merci à mon mari d'avoir été patient quand je passais des heures à écrire. Mon tout premier lecteur. Certainement celui que j'attendais le plus. Merci d'avoir respecté ma bulle et mon désir d'écrire. Nos mains unies.

Merci à mes parents qui ont été si fiers et qui sont mes plus fidèles ambassadeurs. Il vous aura fallu patienter un peu pour découvrir ce second roman.

Merci à mes amies d'avoir été toujours si enthousiastes et mes premières lectrices. Merci d'avoir eu les yeux qui pétillent. Merci de m'avoir suivie dans ce projet.

Merci à la maison Le Lys Bleu Éditions de m'avoir permis de mener à terme ce second défi que je m'étais fixé avec l'histoire d'Audrey pour vous la faire découvrir.

Merci d'en bas à Gilles qui m'a écouté d'une oreille attentive quand j'en ai eu besoin et qui a su me remotiver quand je doutais. Je me suis levée et j'ai marché. Encore et toujours. Une place spéciale dans mon cœur.

Merci à vous, lecteurs, de découvrir mes histoires, de me donner vos ressentis que j'accueille avec le plus grand intérêt, et de faire suivre mes romans à d'autres lecteurs.

Imprimé en France
Achevé d'imprimer en novembre 2023
Dépôt légal : août 2023

Pour

Le Lys Bleu Éditions
40, rue du Louvre
75001 Paris